Kontaktadresse nach EU-Produktsicherheitsverordnung:
produktsicherheit@droemer-knaur.de

Von Renate Ahrens sind bereits folgende Titel erschienen:
Der Wintergarten
Zeit der Wahrheit
Fremde Schwestern
Ferne Tochter
Seit jenem Moment
Alles, was folgte

Über die Autorin:
Renate Ahrens, 1955 geboren, studierte Anglistik und Romanistik und war einige Jahre als Lehrerin tätig, bevor sie 1986 als freie Autorin zu arbeiten begann. Sie schreibt Romane, Kinderbücher und Theaterstücke. Heute lebt sie mit ihrem Mann abwechselnd in Dublin und Hamburg. Renate Ahrens ist Mitglied des P. E. N.-Zentrums deutschsprachiger Autoren im Ausland.

Die Zeitschrift FREUNDIN urteilt über die Romane der Autorin: »In einfühlsamer Sprache erzählt Renate Ahrens Geschichten, die berühren.«

Mehr Informationen zur Autorin unter: www.renate-ahrens.de

RENATE AHRENS

Das gerettete Kind

ROMAN

Besuchen Sie uns im Internet:
www.droemer.de

Vollständige Taschenbuchausgabe September 2017
Droemer Taschenbuch
© 2016 Droemer Verlag
Ein Imprint der Verlagsgruppe
Droemer Knaur GmbH & Co. KG, München
Alle Rechte vorbehalten. Das Werk darf – auch teilweise – nur mit
Genehmigung des Verlags wiedergegeben werden.
Covergestaltung: Sabine Kwauka, München
Coverabbildung: Matt Adrian (aka The Mincing Mockingbird)
Satz: Adobe InDesign im Verlag
Printed in Germany
ISBN 978-3-426-30583-6

2 4 5 3

Alle handelnden Personen sind frei erfunden.

Für meinen Vater

Prolog

Irma betritt die Bühne. Sie hat einen alten Koffer in der Hand. Wie immer schaut sie mich nicht an. Sie bleibt stehen, blickt auf die Uhr und räuspert sich, als wolle sie sich vergewissern, dass sie ihre Stimme nicht verloren hat. Was für ein Stück wird hier gespielt? Die Tür öffnet sich, und Rebecca kommt herein. Wo warst du? Ich habe dich gesucht, rufe ich. Sie hört mich nicht, sie sieht mich nicht. Sie läuft auf Irma zu, küsst sie auf die Wange, nimmt ihr den Koffer ab. Irma hakt sich bei ihr unter. Die beiden gehen an mir vorbei, sie lachen und reden miteinander. Ich verstehe ihre Sprache nicht.

1.

Leah

Ich laufe den Pier entlang, habe den Wind unterschätzt. Eine Böe erfasst mich, ich stürze beinahe. Soll ich umkehren? Nein, bis zum Leuchtturm ist es nicht mehr weit.

Wolken ziehen über mich hinweg, hier und da scheint für einen Moment die Sonne. Die Wellen schlagen an die Felsen, höher und höher spritzt die Gischt, ich schmecke Salz auf den Lippen. Ich bin die Einzige hier. Irma würde den Kopf schütteln, wenn sie mich jetzt sähe.

Über dem Leuchtturm kreischen die Möwen. Es fängt an zu regnen, große, schwere Tropfen, im Nu bin ich nass. Ich verzichte auf die Dehnungsübungen und laufe zurück. Alles wirkt auf einmal grau: die Segelboote, der Fährhafen, die Häuserreihe an der Küstenstraße und dahinter die Dublin Mountains. Mir ist kalt.

Der Eisverkäufer am Ende des Piers sitzt unter einem großen, grünen Schirm. Er nickt mir zu, ich nicke zurück. Seit Jahren grüßen wir uns so, ohne jemals ein Wort zu wechseln. Ich überquere die Straße und laufe weiter durch die kleinen Gassen bis zu meinem Haus.

Beim Aufschließen sehe ich, dass an der Tür wieder Farbe abgeplatzt ist. Ich habe kein Blau mehr, um die Stelle auszubessern. Die ganze Fassade braucht einen neuen Anstrich. Und die alten Schiebefenster sind auch nicht mehr dicht. Ich hätte die Renovierung längst in Angriff nehmen müssen. Es wird mir alles zu viel.

»Rebecca?«

Keine Antwort. Keine Nachricht auf dem AB. Keine SMS. Es ist gleich fünf. Ich habe sie heute noch nicht gesehen. Hat sie überhaupt gefrühstückt? Warum sagt sie mir nicht mehr, wo sie hingeht, was sie unternimmt, mit wem sie sich trifft? Ist es zu viel verlangt, dies von seiner achtzehnjährigen Tochter wissen zu wollen? Soll ich sie anrufen? Besser nicht, sie würde sich sofort über meinen vorwurfsvollen Ton beschweren.

Ich dusche und wasche mir die Haare. So geht es nicht weiter, ich muss mich entspannen, vielleicht sollte ich wieder mit Yoga anfangen.

Beim Abtrocknen fällt mein Blick in den Spiegel. Ich bin blass, meine Wangen wirken schmaler als sonst, und wie immer, wenn ich müde bin, zuckt es um meine Augen herum. Sie haben die gleiche Farbe wie Irmas, braun mit orangegelben Sprengseln. Leider habe ich auch Irmas dünne, glatte Haare geerbt, nur ihre sind weiß, und meine sind dunkel, aber nicht mehr lange. Jeden Tag entdecke ich neue graue Haare. Sie sind Ihrer Frau Mutter wie aus dem Gesicht geschnitten, meinte neulich Irmas Nachbarin. Was für ein schrecklicher Ausdruck.

Ich ziehe eine Jeans und einen leichten Pulli an, koche mir einen Tee und setze mich an den Küchentisch. Ich greife nach der Zeitung, aber ich kann mich nicht konzentrieren. Eine Leere breitet sich in mir aus, ich vermisse die Schule, dabei haben die Ferien gerade erst begonnen. Es ist immer dasselbe. Warum begreife ich nicht, dass es keinen Grund zur Aufregung gibt? Ich werde genug zu tun haben. Die Korrekturen der Leaving-Certificate-Klausuren dauern mindestens drei Wochen, im letzten Jahr waren es fast vier. Angela kann es nicht fassen, dass ich wieder den Juli dafür opfere. Wie kommst du bloß auf die Idee, dich für so etwas zu bewerben? Die Bezahlung ist nicht gut, außerdem hast du genug Geld. Was habe ich ihr geantwortet? Es interessiert mich, wie sich das Niveau der Schüler von Jahr zu Jahr entwickelt. Ihr skeptischer Blick. Ich bin froh, wenn ich mich mal nicht mit Schülerniveaus beschäftigen muss, sondern irgendwo im Süden am Strand liegen und abschalten kann. Wirst du wenigstens im August verreisen? Nein, es ist noch völlig offen, was Rebecca ab Herbst machen wird, ob sie für eine Weile in die USA geht oder nach Frankreich. Da muss ich hier sein und die Dinge mit ihr durchsprechen. Außerdem will ich die neuen Englischkurse vorbereiten. Leah, du brauchst Erholung, rief Angela entsetzt. Guck dich an, wie dünn du bist. Ich wette, du hast wieder abgenommen. Lass mal, ich sorge schon für mich.

Hätte ich ihr sagen sollen, dass der Gedanke an zwei freie Sommermonate für mich unerträglich ist? Vielleicht ahnt sie es, ohne dass ich es ihr sage. Angela kennt mich seit über zehn Jahren, wir sind Kolleginnen, keine Freundinnen, aber sie weiß, dass Simon mich vor acht Jahren wegen einer jüngeren Frau verlassen hat. Nein, ich will jetzt nicht an Simon und seine neue Familie denken. Warum zum Teufel meldet Rebecca sich nicht? Ich werde sie doch anrufen.

Augen zu und ein paarmal tief durchatmen. Ganz ruhig. Wenn sie abnimmt, werde ich sie freundlich fragen, wie es ihr geht und wo sie gerade ist.

Sie hat ihr Handy ausgestellt. Das macht sie in letzter Zeit öfter.

Ich gehe in ihr Zimmer. Ihr Bett ist zerwühlt wie immer. Auf ihrem Schreibtischstuhl liegen ein blaues T-Shirt, ihr Jeansrock und ein bunter Baumwollschal. Lag das nicht alles gestern schon hier? Vielleicht ist Rebecca heute Nacht gar nicht nach Hause gekommen. Das hat es bisher noch nicht gegeben. Übernachtungen bei Freundinnen, ja, aber nicht dieses Wegbleiben, ohne mir Bescheid zu sagen. Und wenn ihr etwas zugestoßen ist? Unsinn. Dann hätte ich längst etwas gehört.

Das Telefon klingelt. Ich laufe in mein Zimmer, stolpere

über herumliegende Schuhe, fange mich wieder und nehme den Hörer ab, ohne auf das Display zu blicken. »Hallo?«

»Hier ist Jeremy. Ich habe leider schlechte Nachrichten.«

»Worum geht's?«

»Mutter ist heute Morgen ins Krankenhaus eingeliefert worden.«

Ich schlucke.

»Zum Glück war ich bei ihr und habe gemerkt, dass mit ihr irgendetwas nicht stimmt.«

»Gibt es schon eine Diagnose?«

»Herzinfarkt.«

»Oh, nein ...«

»Gestern ging es ihr noch so gut ...« Jeremy räuspert sich. »Nachmittags hat sie mit ihren Damen Bridge gespielt, und abends war sie mit Thomas im Konzert.«

Es vergeht kaum ein Tag, an dem meine Zwillingsbrüder Irma nicht sehen. Wann bin ich zuletzt bei ihr gewesen? Vor drei Wochen? Oder sind es schon vier?

»Sie liegt im St. Vincent's Hospital. Wenn du sie besuchen willst, sprich dich vorher mit uns ab, damit wir nicht alle auf einmal bei ihr auftauchen.«

»Natürlich will ich sie besuchen. Was ist denn das für eine Formulierung?«

»Bei dir weiß man's nie.«

»Ich werde gleich zu ihr fahren.«

»Gut, aber reg sie nicht auf.«

»Warum sollte ich das tun?«

»Es wäre nicht das erste Mal. Als dein älterer Bruder möchte ich dich darauf hinweisen ...«

»Ich habe dich verstanden«, unterbreche ich ihn. »Du musst bei mir nicht diesen Juristenton anschlagen.«

»Wir hören voneinander.« Er legt auf.

Stirbt sie? Ich kann mich nicht rühren. Es ist, als ob in meinem Innern etwas gefriert.

Rebecca

Ich hätte Leah zwischendurch anrufen sollen, sonst wird sie misstrauisch. Wie viele Bahnen bin ich gekrault? Sechsunddreißig oder achtunddreißig? Mensch, warum finde ich meinen Atemrhythmus heute nicht? Jonas sitzt am Beckenrand und schaut mir zu. Er hat seine tausend Meter längst geschafft. Klar. Die letzte Wende war wieder zu langsam. Wieso kann ich mich nicht konzentrieren? Zwei Bahnen noch, dann höre ich auf.

Ich atme Wasser ein und fange an zu husten. Anfängerfehler. Was ist los mit mir? Ich schere aus der Bahn aus, rette mich hinüber in den Nichtschwimmerbereich.

Nach ein paar Sekunden taucht Jonas neben mir auf.
»Alles okay?«

Ich nicke. Er umarmt mich und will mir einen Kuss geben, aber ich keuche noch.

»Passiert mir auch manchmal, dass ich falsch atme.«
»Kann ich mir kaum vorstellen.«
»Doch, wenn ich an was anderes denke.«

Er grinst und streicht mir über den Rücken. Seine hellblauen Augen leuchten. Die Augen waren das Erste, was mir an ihm aufgefallen ist, hier im Monkstown Pool, vor vier Monaten. Noch nie hatte ich jemanden mit so strahlenden Augen gesehen.

Allmählich bekomme ich wieder Luft. Jonas glaubt bestimmt, ich hätte daran gedacht, wie wir vorhin miteinander geschlafen haben.

»Weißt du eigentlich, wie schön du bist?«, flüstert er mir ins Ohr.

Ich küsse ihn. Er drückt mich an sich. Ich möchte, dass dieser Moment nie endet.

»Wollen wir los?«
Ich nicke.

Unter der Dusche versuche ich, an den Kuss zu denken, aber es gelingt mir nicht. Am Montag wird Jonas nach Hamburg zurückgehen. Knapp anderthalb Tage bleiben uns noch. Bisher haben wir es beide vermieden, über den Abschied und über die Zukunft zu sprechen. Wie soll ich es ohne ihn aushalten? Die letzten vier Monate waren die besten meines Lebens.

Wir radeln zu ihm zurück. Gleich bei unserer ersten Verabredung im Februar habe ich ihm gesagt, dass meine Mutter schwierig ist und wir uns deswegen besser bei ihm treffen. Er fand nichts dabei, vielleicht kennt er schwierige Mütter.

Das Haus in der Monkstown Road, in dem sein WG-Zimmer liegt, ist nicht weit von Simons Praxis entfernt. Neulich wären wir ihm fast begegnet. Simon stieg in sein Auto, er hat uns nicht gesehen. Ich hätte winken können, dann wäre er wieder ausgestiegen. Im Nachhinein finde ich es schade, dass Jonas meinen Vater nicht kennengelernt hat.

In Jonas' Zimmer herrscht das übliche Chaos. Er hat noch nicht angefangen zu packen.

»Du siehst traurig aus.«

Ich presse die Lippen zusammen. Wehe, ich fange jetzt an zu heulen.

»Nicht weinen.«

»Kannst du nicht ... noch ein Jahr anhängen? Dir hat das Filmstudium hier doch ... total gut gefallen.«

»Ach Süße, du weißt, dass das nicht geht. Mehr als ein Auslandsjahr ist nicht drin.«

»Vielleicht machen die auch mal Ausnahmen?!«

Jonas zieht mich zu sich heran und legt mir die Hände auf die Schultern. »Warum kommst du nicht für eine Weile nach Hamburg? Das habe ich dich schon seit Wochen fragen wollen.«

Ich habe es geahnt, dass es darauf hinauslaufen würde.

»Du bist gerade mit der Schule fertig, weißt noch nicht, was du studieren willst. Das ist der ideale Zeitpunkt.«

»Ja ...«

»Ich fände es super. Stell dir vor, wir beide in Hamburg! Wir könnten an der Elbe picknicken, Radtouren ins Alte Land machen und die Nächte in meinen Lieblingsclubs durchtanzen.«

Was soll ich ihm antworten? Ich werde niemals nach Deutschland gehen können. Den Grund dafür kann ich ihm nicht sagen. Er würde es nicht verstehen, niemand würde es verstehen.

»Was meinst du?«

»... Ich denke darüber nach.«

»Je eher du dich entscheidest, desto besser. Dann kann ich dir ein Zimmer besorgen. Vielleicht gibt's sogar noch eins in meiner WG in Ottensen. Das ist ein richtig cooler Stadtteil.«

Jonas sucht meinen Blick, ich weiche ihm aus.

»Was ist?«

»Die Dinge sind nicht so einfach ...«

»Wieso nicht? Wir wären zusammen, das ist doch das Wichtigste. Außerdem würde dir 'n bisschen Abstand zu deiner Mutter auch guttun. Du könntest endlich machen, was du willst.«

»Klingt schön«, sage ich und seufze.

»Möchtest du einen Cappuccino?«

»Ja, gern.«

Wir gehen in die Küche. Hier hat jemand aufgeräumt und abgewaschen, seitdem wir zum Schwimmen gegangen sind.

Jonas zieht sein Handy aus der Hosentasche und checkt seine SMS. »Sven schreibt, dass Marie und er bis morgen Abend in Galway sind. Das heißt, wir haben die Bude für uns allein.«

»Aber ich kann nicht bis morgen Abend hierbleiben.«

»Warum eigentlich nicht?«

»Du weißt doch, meine Mutter findet es nicht gerade grandios, wenn ich über Nacht weg bin.«

»Mensch, Rebecca, du bist volljährig. Sie kann nicht erwarten, dass du immer zu Hause schläfst.«

»Tue ich ja auch nicht.«

»Nein, aber wenn du mal hiergeblieben bist, dann ging das nur, weil du deiner Mutter erzählt hast, dass du bei Aisling übernachtest.«

»Ach, Jonas ...«

Ich schalte mein Handy ein. Eine SMS von Leah. *Deine Großmutter ist mit einem Herzinfarkt ins Krankenhaus eingeliefert worden. Ich fahre jetzt zu ihr. Gruß, L.*

In meinen Ohren rauscht es.

»Du bist ganz bleich«, höre ich Jonas wie aus weiter Ferne sagen.

Ich zeige ihm die Nachricht. Er erschrickt, weil er weiß, wie sehr ich Oma liebe.

Irma

Ich habe meine Lackschuhe an und eine schwarze Samtschleife im Haar. Ich bin fünf. Mutter und Vater tragen schwarze Mäntel und Hüte. Sie sagen nichts. Wir gehen an der Alster entlang, die Enten schnattern, heute füttern wir sie nicht. Vor dem Haus der Großeltern bleiben wir stehen. Mutter macht das Tor auf, der Kies knirscht unter meinen Schuhen. Wir steigen die Stufen zur großen Tür hinauf. Mutter klingelt. Das Hausmädchen öffnet uns. Es hat ein weißes Häubchen auf und eine Schürze um. Im Wohnzimmer sitzen meine Tanten und Onkel um Großpapa herum.

Er hält die Hände vors Gesicht. Alle haben schwarze Kleidung an, sie reden ganz leise. Mutter nimmt Großpapa in die Arme. Das Hausmädchen schenkt Mutter und Vater Tee ein, ich bekomme einen Apfelsaft. Später gehen wir die Treppe nach oben, vor der Schlafzimmertür bleiben wir stehen. Vielleicht sollte Irma lieber draußen bleiben, flüstert Vater. Nein, murmelt Mutter und drückt die Klinke herunter. Im Raum ist es dämmerig, Großmama liegt im Bett, sie hat die Hände gefaltet, ihre Augen sind zu. Ihr Gesicht ist weiß, sie hat fast keine Falten mehr, und ihre Lippen sind verschwunden. Mutter küsst sie auf die Stirn, Tränen laufen ihr über die Wangen. Großmama wird jetzt lange schlafen, sagt Vater. Ich schüttele den Kopf, sie schläft nicht, sie ist tot.

Wo bin ich? Warum liege ich nicht in meinem Bett? Was sollen die Schläuche in meiner Nase und in meinem Arm? Und wieso steht neben mir so ein piepsendes, blinkendes Gerät? Haben sie mich etwa in ein Krankenhaus gebracht? Wer hat das erlaubt? Jeremy? Er war bei mir, wir haben zusammen Tee getrunken. Und auf einmal hatte ich diesen starken Schmerz in der Brust und in der Schulter, und ich habe keine Luft mehr bekommen. Was ist danach passiert? Ich weiß es nicht. Wenn mir nur nicht so schwindelig wäre. Habe ich vorhin geträumt? Nein, es war kein Traum. Zwischen Schlaf und Wachsein bin ich in der Erinnerung versunken. Seit Jahrzehnten habe ich nicht an Großmamas Tod gedacht.

»Mrs. Goldberg?«

Vor mir steht eine junge Krankenschwester und lächelt. »Wie geht es Ihnen?«

»Ich bin so benommen ... Was ist geschehen? Ich muss nach Hause und meinen Hund füttern. Wenn Henry nicht regelmäßig etwas zu fressen bekommt, wird er unleidlich.«

»Machen Sie sich keine Sorgen. Ihr Sohn hat mir gesagt, dass er sich um Ihren Hund kümmern wird.«

»Aber mir wäre es lieber, wenn ich ihm selbst das Futter geben könnte. So ein Border Terrier hat seine Gewohnheiten. Und er mag es nun mal, wenn sein Frauchen ihn füttert.«

»Mrs. Goldberg, seien Sie froh, dass Sie hier sind. Sie haben einen Herzinfarkt gehabt.«

»Wirklich?«

»Zum Glück war Ihr Sohn bei Ihnen und hat sofort den Notarzt gerufen.«

»Jeremy ist rührend, genau wie sein Zwillingsbruder Thomas. Sie besuchen mich fast jeden Tag.«

»Da haben Sie es aber gut.«

»Ja, ich bin sehr dankbar dafür, solche Söhne zu haben. Sie sind beide Rechtsanwälte, genau wie ihr Vater, mein geliebter Mann ... Samuel ist leider schon vor zwanzig Jahren gestorben, aber er konnte Jeremy und Thomas noch die Kanzlei übergeben. Die beiden sind vor zwei Monaten sechsundfünfzig geworden, ich kann es kaum glauben. Meine Schwiegertöchter sind auch ganz reizend. Und stellen Sie sich vor, ich habe acht Enkel. Der älteste ist dreißig, und die jüngste achtzehn. Meine kleine Rebecca, ein wahrer Schatz.«

»Ich freue mich für Sie, dass Sie so eine große Familie haben. Draußen wartet übrigens wieder jemand, der Sie besuchen möchte.«

»Wer?«

»Ihre Tochter.«

»Ich bin doch recht müde ...«

»Sie sagte mir, dass ihr der Besuch sehr wichtig sei.«

»Ah so?«

»Sie wolle auch nicht allzu lange bleiben.«

»Na, gut. Dann soll sie hereinkommen.« Ich schließe die Augen, will Leahs beklommenen Blick nicht sehen.

»Irma?«
»Hm …«
»Wie geht es dir?«
»Ich bin erschöpft.«
»Du hast bestimmt furchtbare Schmerzen gehabt.«
»Ja.«
»Was für ein Segen, dass Jeremy bei dir war und sofort etwas unternommen hat.«
»Das kann man wohl sagen.«
»Hier bist du bestens aufgehoben, oder?«
»Scheint so.«
»Kann ich irgendetwas für dich tun?«
»Nein.
»Ich wünsche dir gute Besserung.«
»Danke.«
»Bis bald.«

Die Tür fällt ins Schloss. Ich mache die Augen auf. Leahs Geruch hängt noch in der Luft. Seit Jahren benutzt sie dieses Eau de Toilette, das nach Zitronen riecht. Ich werde die Krankenschwester bitten, zu lüften.

2.

Leah

Ich verlasse das Krankenhaus und versuche, mich zu erinnern, wo ich geparkt habe. In mir brodelt es. Habe ich die Szene geträumt? Warum kann Irma nicht für einen Moment die Augen öffnen und mich anschauen? Sie ist nicht zu schwach, im Gegenteil. Ihr gehe es erstaunlich gut, sagte die Schwester, als ich sie fragte, ob ein kurzer Besuch zu anstrengend für meine Mutter sei. Sie habe großes Glück gehabt, weil sie direkt nach dem Infarkt eingeliefert worden sei.

Irma wollte mich nicht sehen.

Ich entdecke meinen Wagen und setze mich hinein. Meine Kehle ist so trocken, dass es weh tut. Irgendwo muss noch eine Wasserflasche liegen. Ich greife nach hinten und ziehe die Flasche und ein rotes Haargummi von Rebecca hervor. Ob sie meine Nachricht gelesen hat? Ich trinke ein paar Schlucke und schalte mein Handy ein. Zwei Voicemails und drei SMS von Rebecca.

»Ich hab mich total erschrocken. In welchem Krankenhaus liegt Oma denn?«

»Warum meldest du dich nicht?«

Vielleicht kannst du gerade nicht telefonieren. Schick mir bitte eine SMS, wo ich Oma besuchen kann.

Wieso antwortest du nicht? Was ist mit Oma? Liegt sie im Sterben?

Habe mit Jeremy telefoniert. Radele sofort zum St. Vincent's Hospital.

Die letzte SMS hat sie mir um zehn nach sieben geschickt. Jetzt ist es kurz nach halb acht. Wer weiß, von wo sie losgefahren ist. Ich rufe sie an.

»Hallo.« Ihre Stimme klingt atemlos.

»Wo bist du?«

»In Blackrock.«

»Ich könnte vorm Krankenhaus auf dich warten.«

»Okay. In zehn Minuten bin ich da.«

Ich steige aus und gehe zum Eingang zurück. Soll ich Rebecca warnen, dass ihre Großmutter niemanden sehen möchte? Nein, ich wette, ihrer Lieblingsenkelin gegenüber wird Irma sich anders verhalten.

Mir schießen Tränen in die Augen. Irma und ich haben uns nichts zu sagen, jede Begegnung hat etwas Quälendes. Wenn sie nicht einsilbig antwortet wie heute, redet sie über ihre wunderbaren Söhne, ihre hilfsbereiten Schwiegertöchter, ihre begabten Enkel. So war es immer schon. Warum habe ich eine so unnahbare Mutter? Ich weiß es nicht. Aber ich muss es aufgeben, daran etwas ändern zu wollen. Ich ertrage es nicht, dass sie mich ständig von neuem zurückweist.

Ich wische mir über die Augen und putze mir die Nase. Jeremy und Thomas verstehen nicht, was ich meine, wenn ich von Irmas emotionaler Distanz spreche. Sie haben keine Probleme mit Irma. Vielleicht weil sie sich als Zwillinge immer selbst genug waren. Oder weil sie Irma weniger beansprucht haben. Sie hasst es, wenn Menschen in ihrer Umgebung bedürftig sind. Aber Kinder sind bedürftig. Jeremy und Thomas hatten es gut, weil sie jahrelang von Carmel, ihrer geliebten Nanny, mit Hingabe versorgt wurden. Sie war für all ihre Nöte zuständig. Als ich acht Jahre später geboren wurde, wohnte Carmel nicht mehr bei uns, sie hatte eine eigene Familie gegründet. Und die Putzfrau, die dann zu uns kam, war mit dem Haus und nicht mit mir beschäftigt. Vater war offenbar der Ansicht, dass seine Frau nicht dieselbe Unterstützung bei der Aufzucht einer Tochter brauchte wie bei den Zwillingen. Schone bitte die Nerven deiner Mutter, pflegte er zu sagen, wenn Irma und ich wieder eine unserer Auseinandersetzungen hatten. Und wer schont meine Nerven?, schrie ich. Leah, du musst Verständnis für deine Mutter haben. Sie hat so viel durchgemacht, das kannst du dir gar nicht vorstellen. Was denn? Frag sie nicht, frag sie nie.

»Da bin ich.«

»Oh, ich habe dich gar nicht kommen sehen.« Ich nehme Rebecca in die Arme, spüre ihr Schlüsselbein an meiner Wange. Seit zwei Jahren ist sie größer als ich. Sie duftet nach Aprikosen. Ist das ihr neues Shampoo?

Sie löst sich aus der Umarmung und fährt sich mit beiden Händen durch ihre hellbraunen Locken. »Wieso hast du nicht geantwortet?«

»Mein Handy war ausgeschaltet.«

»Mich meckerst du immer an, wenn ich das tue. Und jetzt tust du's selbst, ausgerechnet heute, nachdem du mir diese Horror-SMS geschickt hast. Ich habe richtig Panik gekriegt.«

»Tut mir leid. Im Krankenhaus ist die Benutzung von Handys verboten.«

»Wie geht's Oma?«

»Ganz gut. Jeremy war heute Morgen bei ihr und hat sie gleich ...«

»Ja, das hat er mir erzählt«, unterbricht sie mich. »Aber trotzdem. Ein Herzinfarkt in dem Alter ...«

»Mach dir keine Sorgen, deine Großmutter ist zäh.«

Rebecca runzelt die Stirn. »Hast du keine Angst um sie?«

»Doch, natürlich habe ich das.«

»Na, also. Kommst du noch mal mit rein?«

»Nein, ich habe nur gewartet, weil ich dich kurz sehen wollte. Wo warst du eigentlich den ganzen Tag?«

»... Mit Aisling unterwegs und später schwimmen. Wieso?«

»Du hättest dich ruhig zwischendurch mal melden können.«

»Leah!«

»Ich habe mich schon gefragt, ob du heute Nacht überhaupt zu Hause geschlafen hast.«

»Hör auf!« Ihre blauen Augen funkeln mich wütend an.

»Versetz dich mal in meine Lage …«

»Du weißt genau, dass ich dir immer Bescheid sage, wenn ich bei Aisling übernachte.«

Ich will ihr versöhnlich über die Haare streichen, aber sie weicht mir aus. »Essen wir nachher zusammen?«

»Nein, ich treffe mich mit den anderen in der Stadt. Es wird bestimmt spät.«

»Pass gut auf dich auf.«

Sie nickt und verschwindet durch die Tür. Kein Abschiedskuss.

Irma

»Mrs. Goldberg?«

»Ja?«

Die junge Krankenschwester tritt an mein Bett. »Sie haben erneut Besuch. Ihre Enkelin Rebecca.«

»Oh, wie schön.«

»Aber vielleicht sind Sie müde und möchten lieber schlafen. Vorhin wirkten Sie sehr erschöpft.«

»Nein, schicken Sie meine kleine Rebecca herein.«

»Hoffentlich liegt da keine Verwechslung vor. Die junge Frau vor der Tür ist mindestens eins achtzig.«

»Ja, ja, mein ehemaliger Schwiegersohn ist auch so groß. Sie müssen wissen, meine Tochter ist geschieden.«

»Das tut mir leid.«

»Mir auch. So ein gutmütiger, freundlicher Mann. Er ist Arzt von Beruf.«

»Ich hole jetzt mal Ihre Enkelin.«

Wahrscheinlich hat Simon es mit der arbeitswütigen, verhärmten Leah nicht länger ausgehalten.

»Hallo, Oma.«

»Rebecca, Liebes.«

Sie gibt mir einen Kuss auf die Stirn. Was für ein köstlicher Duft.

»Hübsch siehst du aus. Das Blau in deiner Bluse passt genau zu deinen Augen.«

»Danke.«

»Setz dich auf den Stuhl dort und gib mir deine Hand.«

»Du machst Sachen. Ich hab einen Riesenschrecken bekommen.«

»Ja, es war sehr unangenehm, aber jetzt geht es mir schon viel besser. Erzähl mir von dir.«

»Wir haben in dieser Woche die letzten Klausuren für das Leaving Certificate geschrieben.«

»Und? Was hast du für ein Gefühl?«

»Ich glaube, es ist ganz gut gelaufen. Die Ergebnisse bekommen wir leider erst Mitte August.«

»Nun musst du dich erholen, nach der vielen Arbeit. Was machen deine Reisepläne?«

»... Eigentlich wollte ich mit Aisling und unserer ganzen Clique für zwei Wochen nach Südfrankreich fahren, an die Atlantikküste. Wir hatten vor, uns dort ein Haus zu mieten.«

»Und?«

»Ich bin mir nicht mehr sicher, ob was daraus wird.«

»Wieso nicht? Erlaubt deine Mutter die Reise nicht?«

»Doch.«

»Oder hast du etwas Besseres vor?«

»Wie meinst du das?«

Ich drücke ihre Hand und zwinkere ihr zu. »Hast du dich vielleicht verliebt?«

Sie wird rot und sieht auf einmal traurig aus. Ich hätte meinen Mund halten sollen.

»Oma?«

»Ja?«

»Ich ... Wie lange musst du im Krankenhaus bleiben?«

»Das weiß ich nicht.«

»Darf ich dich bald wieder besuchen?«

»Natürlich, mein Liebes.«

Sie steht auf und küsst mich auf die Wangen. »Tschüs, Oma.«

»Auf Wiedersehen, meine kleine Rebecca.«

An der Tür dreht sie sich um und winkt mir zu. »Gute Besserung.«

»Danke.«

Ich habe das Gefühl, dass sie mich zum Schluss etwas anderes fragen wollte.

Rebecca

Ich rufe Jonas an und erzähle ihm, dass es Oma im Moment anscheinend ganz gutgehe.

»Ist doch super.«

»Ja, oder sie hat sich extra für mich zusammengerissen.«

»Ich glaube, das kann man nicht. Wahrscheinlich hat sie einfach großes Glück gehabt.«

»Hm. Wo bist du?«

»Noch zu Hause. Ich habe angefangen zu packen, aber ich fahre gleich los in die Stadt. Spätestens um neun bin ich da.«

»Ich warte unten an der Liffey, an unserer Bank, auf dich.«

»Gut. Wollen wir dann Pizza essen gehen?«

»Ja, das können wir gerne machen. Aisling und Owen kommen sowieso erst später.«

»Haben sie sich wieder vertragen?«

»Sieht so aus. Ich habe vorgeschlagen, dass wir uns um halb zwölf im *Club M* treffen.«

»Okay. Bis nachher.«

Wir sind schon oft zu viert unterwegs gewesen. Wie wird es sein, wenn Jonas nicht mehr da ist? Werden wir zu dritt losziehen? Oder werde ich dann alleine zu Hause hocken?

Ich schließe mein Rad auf und schlage den Weg in Richtung Innenstadt ein. Der Gedanke, dass Oma sterben könnte, macht mir Angst. Seltsam, dass sie mich ausgerechnet heute gefragt hat, ob ich verliebt bin. Ich besuche sie jede Woche und habe es monatelang vor ihr verbergen können. Hat es mit ihrem Herzinfarkt zu tun? Will sie alles aussprechen, alles fragen, was ihr in den Sinn kommt, weil sie spürt, dass ihr nicht mehr viel Zeit bleibt? Oder liegt es an mir? Ich bin dünnhäutiger als sonst, muss ständig an den Abschied von Jonas denken. Vielleicht sieht man mir das Verliebtsein an. Leahs Bemerkung, ob ich heute Nacht überhaupt zu Hause geschlafen hätte, ging auch in die Richtung.

Ich stelle das Rad an der Halfpenny Bridge ab und gehe hinunter an den Fluss. Es ist immer noch hell. Überall sind Leute unterwegs. An der Mauer steht ein älterer Mann und spielt Saxophon. Auf unserer Bank sitzt ein Pärchen und küsst sich.

Fast hätte ich Oma von Jonas erzählt, natürlich ohne zu sagen, dass er aus Deutschland kommt. Ich müsste ihm einen anderen Namen geben oder behaupten, er sei Schwede oder Norweger. Aber ich will nicht lügen.

3.

Irma

Ich sitze im Vorzimmer von Mr. Bernstein und tippe einen Brief. *London, 30. Mai 1952.* Das Fenster ist offen, warme Luft strömt herein, meine Finger fliegen über die Tasten. Ich schreibe einer Klientin, dass Mr. Bernstein sie zu einem weiteren Gespräch in die Kanzlei bittet, möglichst in der nächsten Woche. Erst danach wird er den Scheidungstermin beantragen können. Ich lehne mich zurück. Ihr Ehemann schlägt sie. Ein bekannter Politiker mit viel Einfluss. Neuerdings behauptet er, seine Frau sei nervenkrank. Sie hat Angst, die Kinder zu verlieren. Letzte Woche kam sie weinend hier an. Sie tut mir so leid. Bei Mr. Bernstein sind Sie gut aufgehoben, versuchte ich, sie zu trösten. Wenn mir die Kinder genommen werden, bringe ich mich um, flüsterte sie. Nein, rief ich, nein, das dürfen Sie nicht. Sie sind noch jung, Sie wissen nicht, wie verzweifelt man sein kann, entgegnete sie. Vielleicht hätte ich ihr sagen sollen, dass ich es trotz meiner Jugend weiß. Aber ich habe geschwiegen. Ich lege den Brief in die Mappe zu den anderen Briefen, die Mr. Bernstein nachher unterschreiben muss. In dem Moment klingelt es. Ich stehe auf und öffne die Tür. Vor mir steht ein kleiner, schlanker Mann in einem feinen, dunkelblauen Anzug mit Weste. Seine braunen Augen schauen mich freundlich an. Er lächelt. Mir schießt das Blut in den Kopf. Samuel Goldberg ist mein Name. Seine Stimme hat einen weichen Klang. Wäre es möglich, Mr. Bernstein kurz zu sprechen? Ja … stammele ich, kommen Sie herein … Ich sage Mr. Bernstein sofort Bescheid. Meine Hand zittert, als ich an seine Tür klopfe. Hoffentlich telefoniert er nicht. Nein, aber es passt ihm nicht, dass ich ihn störe. Sir, Mr. Samuel Goldberg möchte Sie sprechen. Was?, ruft Mr. Bernstein und springt auf. Das ist ja eine Überraschung. Sam, wie schön, dass du vorbeikommst. Er klopft ihm auf die Schulter und strahlt, so habe ich ihn noch nie gesehen. Sag bloß, du arbeitest jetzt in London. Mr. Goldberg nickt. Die Kanzlei, in der ich seit kurzem tätig bin, liegt zu Fuß nur fünf Minuten von hier entfernt. Mein Herz klopft. Wunderbar, sagt Mr. Bernstein. Dann schließt sich seine Tür. Ich habe noch nie gelauscht und tue es auch heute nicht, aber es fällt mir schwer. Zehn Minuten später öffnet sich die Tür wieder. Wir gehen jetzt Mittagessen, verkündet Mr. Bernstein, vor vierzehn Uhr dreißig bin ich nicht zurück. Auf Wiedersehen, sagt Mr. Goldberg und lächelt. Es liegt etwas Fragendes in seinem Blick. Oder bilde ich mir das ein? Samuel Goldberg ist der Sohn sehr guter Freunde aus Dublin, erzählt mir Mr. Bernstein bei seiner Rückkehr. Ich habe ihm damals geraten, Jura zu studieren. Er hat alles mit Bravour absolviert.

Drei Tage später, am Montagmorgen, bekomme ich einen Brief von Samuel Goldberg. Er lädt mich ein, am Mittwochabend mit ihm essen zu gehen. Der Name des Restaurants klingt französisch, es liegt in Highgate, ich bin noch nie essen gegangen. Und ich habe nichts anzuziehen, habe nur die abgetragenen, geänderten Kleider meiner Vermieterin. Am Dienstag, nach Büroschluss, kaufe ich mir von meinen Ersparnissen ein Sommerkleid aus einem leichten Baumwollstoff, hellblau mit weißen Punkten. Es ist durchgehend geknöpft und hat einen weiten, schwingenden Glockenrock. Das Geld reicht sogar für ein Paar weiße Sandalen mit Riemchen und kleinem Absatz. Meine Vermieterin leiht mir eine weiße Handtasche. Sie sehen bezaubernd aus, sagt Samuel Goldberg zur Begrüßung. Ich bedanke mich für die Einladung. Für uns ist ein Tisch am Fenster reserviert. Er zieht einen Stuhl für mich heraus und wartet, bis ich mich gesetzt habe. Heute trägt er einen hellen Leinenanzug und eine blau-weiß gestreifte Krawatte. Wie alt er wohl ist? Höchstens dreißig. Er blättert in der Speisekarte, mit der anderen Hand streicht er über seine Schläfe. Seine Finger sind lang und schmal. Mögen Sie Fisch?, fragt er. Ich nicke, sage ihm nicht, dass ich alles mag. Was halten Sie von gegrilltem Lachs mit gratinierten Kartoffeln und grünen Bohnen? Gern, antworte ich. Als Vorspeise bestellt er für uns eine Rinderbouillon. Zum Nachtisch gibt es Erdbeeren mit Schlagsahne. Ich kann mich nicht erinnern, jemals etwas so Gutes gegessen zu haben. Stammen Sie aus Nordirland?, fragt er, als wir beim Kaffee sind. Sie haben einen nordirischen Akzent. Nein, antworte ich, aber ich habe lange dort gelebt ... im Krieg und auch noch danach. Und Ihre Familie? Ich bekomme kein Wort heraus. Er merkt, dass ich nicht darüber sprechen kann, und fragt nicht weiter, legt nur seine Hand auf meine.

Ich spüre plötzlich mein Herz. Fangen die Schmerzen wieder an? Dann muss ich der Schwester Bescheid sagen. War sie nicht eben noch hier? Ruhig, Irma, ganz ruhig.
 Jetzt geht es schon wieder besser.
 Es ist so lange her, dass ich Samuel begegnet bin, und doch kommt es mir vor, als sei es erst gestern gewesen. An jenem Abend hat er mich nach Hause begleitet und mir einen Kuss auf die Wange gegeben. Zwei Wochen später haben wir uns verlobt.
 »Mrs. Goldberg?«
 »Hm?«
 »Alles in Ordnung?«
 »Danke, ja ...«
 »Schlafen Sie gut.«
 »Ich tue, was ich kann.«
 Im Schlaf kommen immer die Träume.

Leah

Ich irre durch eine zerstörte Stadt. Es ist kalt. Schüsse fallen, Maschinengewehre rattern, eine Bombe schlägt ein. Ich versuche, mir den Judenstern vom Mantel zu reißen, es gelingt mir nicht. Mit dem Stern darf ich in keinen Luftschutzkeller. Und wenn die Gestapo mich erwischt, bin ich dran. Ich ziehe den Mantel aus, lasse ihn fallen. Ich gehe auf eine Häuserruine zu, vielleicht kann ich mich dort verstecken. In dem Moment fängt sie Feuer. Brennende Menschen laufen schreiend auf die Straße, brechen zusammen, winden sich vor Schmerzen. Ich renne weiter, der Rauch nimmt mir den Atem, ich fange an zu husten. Soll ich umkehren? Ich blicke zurück, sehe nichts als eine Feuerwand, sie fegt auf mich zu, gleich wird sie mich verschlingen, ich bekomme keine Luft mehr...

Ich schrecke hoch, bin in Schweiß gebadet. Wie spät ist es? Viertel vor zwei. Ist Rebecca schon zu Hause?

Ich stehe auf, gehe in den Flur, ihre Zimmertür ist angelehnt. Ich schiebe sie vorsichtig auf, hoffe, mein schlafendes Kind zu sehen. Nein. Ich seufze. Sie tanzt vermutlich noch in irgendeiner Disco in der Innenstadt, mit Aisling und Owen und den anderen, von denen sie mir nie erzählt. Hat sie mir eine SMS geschickt? Hat sie nicht. War auch nicht zu erwarten. Warum kann ich mich so schwer daran gewöhnen, dass sie erwachsen wird und ihre eigenen Wege geht?

In der Küche koche ich mir einen Früchtetee, setze mich ans Fenster und schaue in die Dunkelheit. Wann habe ich zum ersten Mal vom Krieg geträumt? Mir kommt es so vor, als hätte es diese Alpträume immer schon gegeben. Dabei meide ich Kriegsfilme, lese keine Bücher, in denen es um Krieg geht, überschlage in der Zeitung die Artikel, in denen über Kriege irgendwo auf der Welt berichtet wird. Und natürlich war ich nie in einem Land, in dem Krieg herrscht. Es ist, als ob ich den Krieg von Irma geerbt hätte. Ich weiß so wenig über sie, weiß nur, dass sie als Einzige in der Familie den Holocaust überlebt hat. Vater hat es mir kurz vor seinem Tod erzählt. Frag sie nicht, frag sie nie. Wenn ich sie fragen dürfte, hätte ich vielleicht nicht mehr diese Alpträume.

Rebecca

Kurz vor drei, der letzte Song, Jonas und ich tanzen seit Stunden. Ich wünschte, diese Nacht würde nie zu Ende gehen. Aisling und Owen sind längst gegangen, sie haben sich wieder gestritten.

Draußen ist es kühl. Erst jetzt merke ich, wie nassgeschwitzt ich bin.

»Willst du meinen Pulli haben?«, fragt Jonas.

»Oh, gerne.«

Er holt seinen dunkelblauen Pullover aus dem Rucksack und reicht ihn mir. Einen Moment lang drücke ich mein Gesicht in die Wolle. Jonas' Geruch. Ich ziehe den Pulli an, er reicht mir über die Hüften.

Jonas nimmt mich in die Arme. »Und jetzt?«

»Wollen wir ans Meer fahren und warten, bis die Sonne aufgeht?«

»Okay. Nach Sandymount?«

»Ja. Ich glaube, es ist Ebbe. Dann können wir im Watt laufen.«

Wir radeln durch die Stadt, vorbei an einer Gruppe betrunkener Rugby-Fans und an ein paar Leuten aus meiner Schule. Sie winken mir zu, aber ich will jetzt nicht mit ihnen reden, will mit Jonas allein sein. Vorhin, als Aisling mir sagte, sie hätte die Nase voll von Owen und würde nach Hause fahren, war ich richtig erleichtert. Die ständige Streiterei zwischen den beiden nervt, und ich wollte nicht, dass sie unseren vorletzten Abend kaputt machen. Selbst Jonas, der so gutmütig ist, verdrehte irgendwann die Augen.

Ein Fuchs läuft vor uns über die Straße, er schaut sich einmal kurz um, sieht mir direkt in die Augen und verschwindet im Vorgarten eines Hauses.

In Sandymount schläft noch alles. Es fängt an zu dämmern, ich bin müde und wach zugleich.

Ich höre die ersten Möwen, wir biegen in die Küstenstraße ein, vor uns liegt das Watt. Es erstreckt sich bis zum Horizont. Ich rieche das Meer, aber ich sehe es nicht.

Wir stellen unsere Räder ab und setzen uns auf eine Bank. Vorne im Watt läuft ein Mann mit einem Hund, sonst ist hier niemand unterwegs.

»Hast du Hunger?«, fragt Jonas.

»Und wie.«

»Ich habe zwei Bananen und eine Tüte Chips.«

»Du bist der Beste.«

Er entdeckt auch noch zwei Müsliriegel in seinem Rucksack. Der dünne Jonas ist der Einzige, den ich kenne, der immer etwas zu essen dabeihat. Auch für mich.

In meiner Kehle brennt es.

Ich beiße in die Banane und versuche, mir vorzustellen, dass dies ein ganz normaler Sonntag ist. Es gelingt mir nicht.

»Wenn du nach Hamburg kommst, können wir sonntagmorgens um fünf zum Fischmarkt gehen.«

Ich verschlucke mich fast. »Willst du etwa um die Zeit Fisch kaufen?«

»Nicht unbedingt. Da gibt's auch Bananen und zig anderes Obst und Blumen und Klamotten. Aber das Wichtigste ist die super Stimmung. Wenn ich mit meinen Leuten samstagnachts durch die Stadt ziehe, landen wir morgens immer am Fischmarkt.«

Zu den Leuten gehört auch Svenja. Drei Jahre lang war Jonas mit ihr zusammen. Das ist vorbei, behauptet er, wenn ich ihn nach Svenja frage. Sie simst ihm regelmäßig, er findet nichts dabei. Und ihr Foto hat er auch noch nicht gelöscht. Sie hat glänzende, hellblonde Haare und ein schüchternes Lächeln. Wenn sie nicht Jonas' ehemalige Freundin wäre, würde ich sie gern kennenlernen.

Es wird heller. In der Ferne sehe ich einen schmalen, silbernen Streifen, der sich bewegt. Das Meer.

»Gehen wir ins Watt?«

Jonas nickt. Wir ziehen unsere Schuhe und Strümpfe aus und laufen los.

Ich mag den feuchten, festen Sand unter meinen Füßen. Es gibt weniger Algen und Muscheln als sonst, hier und da liegt ein Stück Schwemmholz, ein Stück weiter entfernt trippeln drei Austernfischer, auf der Suche nach Würmern und Krebsen.

Jonas greift nach meiner Hand. »Komm, wir rennen.«

Ein, zwei Minuten lang schaffe ich es, mit ihm Schritt zu halten, dann lasse ich los und falle zurück. Er dreht sich kurz um und läuft weiter.

Wenn ich Leah doch von Jonas erzählen könnte, aber ich kann es nicht, werde es nie können. Neulich, als Aisling zum Mittagessen bei uns war und sagte, dass ihr Bruder im Sommer in München jobben werde, wurde Leahs Gesicht ganz starr, wie immer, wenn jemand über Deutschland spricht.

Ich sehe den ersten orangeroten Schimmer über dem schmalen Meeresstreifen. Der letzte Tag mit Jonas hat begonnen.

Leah

Was war das für ein Geräusch? Ich blicke auf die Uhr. Halb sieben. Ist Rebecca jetzt erst nach Hause gekommen? Lass sie in Ruhe, sage ich mir. Bleib liegen und schlaf weiter. Vergeblich.

Ich betrete die Küche. Rebecca steht mit dem Rücken zu mir am Schrank und sucht nach etwas. Sie trägt einen dunkelblauen Pullover, den ich noch nie gesehen habe. Einen Männerpullover.

»Guten Morgen, mein Kind.«

»Hallo. Weißt du, wo der Kakao ist?«

»Hinten links irgendwo. Was ist denn das für ein Pullover?«

Sie hält inne. »Habe ich mir geliehen.«

»Von wem?«

»Ist doch egal, oder?«

»Rebecca, ich wüsste gern, mit wem …«

»Leah, hör auf«, unterbricht sie mich und stürmt an mir vorbei.

»Ich dachte, du wolltest einen Kakao trinken.«

»Keine Lust mehr.« Sie schlägt ihre Zimmertür hinter sich zu.

In der Eile hat sie ihr Handy auf dem Küchentisch liegen gelassen. Das passiert ihr sonst nie. Ich könnte nachschauen, mit wem sie in den letzten Tagen telefoniert und gesimst hat.

Nein, das tue ich ihr und mir nicht an.

4.

Irma

Ich stehe in einem zugigen Wartesaal, an jeder Hand ein Kind. Ihre Rucksäcke sind viel zu groß. Jeremy hüpft auf und ab. Wir verreisen, wir verreisen. Nun halt doch mal still, sage ich. Thomas' Finger sind kalt. Wo hast du deine Handschuhe gelassen? Weiß ich nicht, schnieft er. Und dein Taschentuch? Habe ich vergessen. Ich wische ihm die Nase mit meinem ab. Wann wirst du endlich lernen, auf deine Sachen zu achten? Thomas' Mundwinkel zucken. Mein Kleiner, murmele ich und streiche ihm über den Kopf. Habt ihr wenigstens eure Butterbrote? Ja, Mama, rufen sie im Chor. Von allen Seiten strömen Eltern mit ihren Kindern in den Wartesaal. Ich blicke in ernste, blasse Gesichter. Eine Mutter drückt ihren Sohn an sich, ein Vater nimmt seine Tochter auf den Arm, ihm laufen Tränen über die Wangen. Warum weint der Mann?, fragt Thomas. Weil er traurig ist, antworte ich, ich bin auch traurig. Wieso?, fragt Jeremy. Weil ihr wegfahrt. Aber du kommst doch bald nach, das hast du gesagt. Ja … In dem Moment höre ich die Lautsprecheransage: Achtung an Gleis 8. Einfahrt des Zuges nach Hoek van Holland. Bitte zurücktreten. Jeremy zieht an meiner Hand. Schnell, Mama, sonst kriegen wir keinen Platz. Meine Kehle schnürt sich zu. Ich kann sie nicht gehen lassen, darf sie nicht gehen lassen. Von hinten drängen die Menschen. Jemand rammt mir seinen Koffer in die Kniekehlen. Ich drehe mich um. Können Sie nicht aufpassen? Eine Frau starrt mich ängstlich an. Schauen Sie lieber nach vorn, sagt ein Mann. Wir werden weitergeschoben. Vor mir taucht eine Absperrung auf. Keiner der Erwachsenen betritt den Bahnsteig!, schreit ein Beamter. Ich will die Kinder festhalten, aber sie lassen meine Hände los. Jeremy, Thomas, kommt zurück. Wir haben uns noch nicht verabschiedet. Wo seid ihr? Jeremy! Thomas! Ich sehe euch nicht mehr. Ihr könnt doch nicht weglaufen, ohne mir adieu zu sagen. Jeremy! Thomas! Nein, bitte nicht. Nein! Nein!

»Ruhig, ganz ruhig.«

Wer spricht da? Ich öffne langsam die Augen. Mir ist heiß. Wo bin ich?

Eine junge Frau in einem weißen Kittel legt mir ihre Hand auf die Stirn. Sie ist kühl und trocken.

»Mrs. Goldberg, Sie haben im Schlaf geschrien.«

»Wer sind Sie?«

»Mein Name ist Cathy. Ich habe heute Nachtdienst.«

»Was ist mit mir?«

»Sie haben gestern einen Herzinfarkt erlitten und liegen seitdem im Krankenhaus.«

»… Jetzt erinnere ich mich.«

»Haben Sie Schmerzen?«

»Nein, ich habe schlecht geträumt.«

»Das liegt sicherlich an den Medikamenten.«

»Glaube ich nicht.«

»Möchten Sie etwas trinken?«

»Danke, gern.«

Sie reicht mir mein Wasserglas. »Heißen Ihre Kinder Jeremy und Thomas?«

»Ja. Woher wissen Sie das?«

»Sie haben im Schlaf ihre Namen gerufen.«

Ich trinke einen Schluck. Seitdem die beiden auf der Welt sind, träume ich immer wieder, dass ich sie verliere.

»Wie alt sind Ihre Söhne?«

»Sechsundfünfzig.«

Die Nachtschwester schaut mich ungläubig an. »Sagen Sie bloß, Sie haben Zwillinge.«

»Ja.«

»Sie Glückliche.«

»In meiner Familie sind Zwillinge nicht so selten Meine Mutter hatte auch ...« Meine Hand beginnt plötzlich zu zittern. Ich lasse das Glas fallen. Es zerspringt auf dem Boden. »Entschuldigung.«

»Macht nichts, Mrs. Goldberg.«

Ich schließe die Augen, höre, wie die Schwester das Zimmer verlässt und kurz darauf wiederkommt, die Scherben zusammenkehrt und das Wasser aufwischt.

»Ich stelle Ihnen ein neues Glas auf den Nachttisch.«

»Danke.«

»Haben Sie noch einen Wunsch?«

»Setzen Sie sich einen Moment zu mir. Haben Sie Kinder?«

»Ja, drei Mädchen. Sie sind fünf, sieben und neun. Eine wilde Bande.«

Ihre Erzählung von den lebhaften Töchtern lenkt mich für ein paar Minuten ab. Ich wünschte, Cathy könnte länger bleiben.

»Soll ich das Licht ausmachen?«

»Ja.«

Ich sitze bei Großpapa auf dem Sofa, ich bin acht. Die Tür geht auf, Mutter und Tante Marianne kommen herein. Aber welche von beiden ist Mutter? Sie tragen die gleichen dunkelblauen Kostüme, rosafarbene Seidenblusen mit Schleifen und lange Perlenketten. Ihre Haare haben sie hochgesteckt und die Lippen angemalt. Sie kichern, Großpapa seufzt. Ich habe euch noch nie voneinander unterscheiden können. Mein Blick wandert zwischen ihnen hin und her. Warum zwinkert Mutter mir nicht zu? Will sie mich prüfen, ob ich sie erkennen kann? Ich habe plötzlich Angst, dass sie mit Tante Marianne tauschen könnte und ich mit der falschen Mutter nach Hause fahre. Ob Vater das merken würde? Warum hören sie nicht auf zu kichern? Das ist nicht lustig. Tränen steigen mir in die Augen. Da endlich sehe ich das erlösende Zwinkern.

Rebecca

Zwanzig vor zwölf. Ich kann nicht mehr schlafen. Und ich habe wieder diese stechenden Kopfschmerzen, an der linken Schläfe, ausgerechnet heute. Dabei habe ich gestern keinen Schluck Alkohol getrunken. Hat Jonas sich schon gemeldet? Wo ist mein Handy?

Beim Aufstehen schwanke ich. In meiner Jeans ist es nicht und auch nicht auf dem Schreibtisch oder unterm Bett. Habe ich es heute Morgen am Strand verloren? Nein, das kann nicht sein. Jonas hat mir noch eine SMS geschickt. *I love you. J.* Kurz bevor Leah in die Küche kam. Habe ich das Handy etwa dort liegen gelassen?

Ich laufe in die Küche, entdecke es auf dem Tisch. Wie konnte ich so blöd sein und es hier vergessen. Ob Leah meine SMS gelesen hat? Und selbst wenn. Jonas und ich haben immer nur auf Englisch gesimst. Dabei kann ich schon genug Deutsch, um ihm eine SMS zu schreiben. Aber es käme mir künstlich vor, weil ich noch nie mit ihm Deutsch gesprochen habe. Haben wir Hamburg jemals erwähnt? Hektisch gehe ich die SMS der letzten Tage durch. Nein, zum Glück nicht. Wir haben das Thema gemieden. Und falls Leah meine Voicemails abgehört hat, wird sie auch nicht unbedingt auf den Gedanken kommen, dass Jonas aus Deutschland stammt. Er hat einen leichten Akzent, hier in Dublin halten sie ihn oft für einen Skandinavier.

»Leah?«

Nicht da. Wahrscheinlich joggt sie wieder. Sie sollte mal etwas anderes machen als immer nur zu arbeiten und zu joggen.

Ich schicke Jonas eine SMS. Er ist auch schon wach und fragt, ob ich zum Frühstück zu ihm komme. *Klar, bis gleich,* antworte ich. *Bringe Obst und Joghurt mit. Deine R.*

Ich dusche und nehme eine der starken Tabletten gegen Migräne ein, die Simon mir verschrieben hat. Manchmal helfen sie.

Leah

Ich sitze auf der Bank am Leuchtturm und schaue aufs Meer. Heute schimmert es in der Sonne hellgrün. Ein leichter Wind weht, das perfekte Segelwetter. Ich zähle über dreißig Boote. Simon hat nie verstanden, warum ich keine Lust hatte, Segeln zu lernen. Sein Ein und Alles. Hätte ich mir mehr Mühe geben sollen?

Vor mir taucht ein Seehund auf, schaut mich mit bettelnden Augen an. Im nächsten Moment ist er wieder verschwunden.

Hinter mir ertönt das Abfahrtssignal der Fähre nach Wales. Kurz darauf fährt das Schiff dicht an mir vorbei. An der Reling stehen zwei Kinder und winken. Ich winke zurück. Vielleicht sollte ich doch verreisen.

Ich bin müde, habe seit dem Gespräch mit Rebecca heute Morgen in der Küche nicht mehr geschlafen. Warum gelingt es mir nicht, innerlich ruhiger zu werden?

Soll ich Angela anrufen und sie fragen, ob sie Zeit hat, sich mit mir zu treffen? Das habe ich am Wochenende noch nie getan. Wahrscheinlich hat sie längst andere Pläne für einen schönen Sonntag wie heute.

Ich wähle ihre Nummer, es läuft nur der AB. Ich hinterlasse keine Nachricht.

Irma

Vom Flur her höre ich die Stimmen meiner Jungen. Jeremy spricht etwas lauter und etwas schneller als Thomas. Ganz der Erstgeborene.

Jetzt geht die Tür auf. Eine Krankenschwester, die ich noch nicht kenne, möchte wissen, ob es mir recht sei, Besuch zu bekommen.

»Natürlich«, antworte ich. »Schicken Sie meine Söhne herein.«

Da sind sie. Wie immer im Anzug, der eine grau, der andere blau. Dazu passende Krawatten. Und jeder hält einen kleinen Strauß bunter Rosen in der Hand, wie früher an Muttertag.

»Guten Morgen, Mama«, sagt Jeremy und küsst mich auf die Wangen.

»Wie hast du geschlafen?«, fragt Thomas und küsst mich ebenfalls.

»Na ja, mein Bett zu Hause wäre mir lieber.«

Jeremy runzelt die Stirn. »Aber du wirst doch hoffentlich gut versorgt?«

»Ja, ja. Was für schöne Rosen. Sind die aus meinem Garten?«

»Ja, Thomas hat sie heute Morgen frisch geschnitten.«

»Ihr seid so lieb. Wenn ich euch nicht hätte.«

»Ich besorge mal zwei Vasen«, verkündet Jeremy und verlässt das Zimmer.

Thomas holt einen zweiten Stuhl und stellt ihn neben mein Bett. Er zieht die Bügelfalten seiner Hose ein Stück hoch, bevor er sich setzt. In seiner vorsichtigen, bedächtigen Art wird er seinem Vater immer ähnlicher.

»Wie geht es Ruth?«

»Bestens. Sie lässt dich herzlich grüßen und wünscht dir gute Besserung. Und die Kinder natürlich auch. Am nächsten Wochenende werden alle vier in Dublin sein. Sie freuen sich schon darauf, dich zu sehen.«

»Hoffentlich bin ich dann wieder zu Hause.«

»Bestimmt. Die Ärztin meinte eben, sie hätte selten eine Infarktpatientin in deinem Alter erlebt, die sich so schnell erholt.«

»Wirklich?«

Jeremy kommt mit zwei Wassergläsern zurück. »Es gibt leider keine hübschen Vasen.«

»Die Gläser tun es auch. Nun setz dich erst mal.«

Er sinkt auf den Stuhl. Ich sehe die Unruhe in seinem Gesicht.

»Was ist los?«

»Ich habe gestern am späten Nachmittag mit Leah telefoniert. Wir mussten ihr ja Bescheid sagen. Sie wollte sofort zu dir kommen.«

»Ja, sie war hier.«

»Ich hoffe, ihr Besuch hat dich nicht zu sehr angestrengt.«

»Ach, wisst ihr ...«

»Ich hatte Leah gebeten, dich nicht aufzuregen.«

»Danke.«

»Ich sehe dir an, dass es nicht einfach war.«

»Wie soll ich es euch erklären?« Ich fahre mit dem Zeigefinger über die Bettdecke. »In Leahs Gegenwart fühle ich mich immer sofort erschöpft.«

Jeremy greift nach meiner Hand. »Mama, es tut mir so leid, aber sie bestand darauf ...«

»Mach dir keine Vorwürfe«, unterbreche ich ihn. »Ich weiß, wie hartnäckig sie sein kann.«

»Manchmal begreife ich nicht, dass jemand wie sie unsere Schwester sein soll.«

Thomas legt seinem Bruder die Hand auf den Arm. »Lass es.«

»Sie ist anders als ihr«, sage ich. »Das war sie immer schon.«

»Aber warum?«

»Jeremy, bitte.« Thomas' Blick ist streng.

Samuel würde es freuen zu sehen, wie die beiden sich bemühen, mich zu beschützen. Auch er hat mich all die Jahre beschützen wollen, vor Leahs Kälte, ihren Wutausbrüchen und ihrer Unberechenbarkeit.

»Was macht Henry?«, frage ich, um das Thema zu wechseln.

»Ich war heute Morgen mit ihm spazieren«, antwortet Jeremy. »Er hat gut gefressen, aber man spürt, wie sehr er dich vermisst.«

»Ich ihn auch«, murmele ich. Seit zehn Jahren lebt Henry bei mir. Er ist der treueste Border Terrier, den ich je hatte.

Später, als Jeremy und Thomas sich verabschiedet haben, kehren meine Gedanken zu Leah zurück. Warum war sie mir immer fremd? Ich kenne auch andere Mütter, die schwierige Töchter haben. Aber keine ist so feindselig wie Leah.

5.

Rebecca

Jonas hat uns Cappuccino gemacht. Bei dem Kaffeegeruch wird mir übel.

»Was ist?«, fragt er erschrocken. »Du bist plötzlich ganz blass.«

»Ich habe seit dem Aufwachen wieder diese schlimmen Kopfschmerzen.«

»Hast du was eingenommen?«

»Ja.« Ich schiebe mein Müslischälchen beiseite, kann nicht einmal die Erdbeeren essen.

Jonas streicht mir über die Stirn. »Willst du dich hinlegen?«

Ich nicke, kann kaum aufstehen. Er greift nach meinem Arm.

Wir gehen in sein Zimmer, ich sehe den aufgeklappten Koffer und daneben Jonas' Rucksack. Vor meinen Augen flimmert es. Ich stolpere über einen Beutel, Jonas fängt mich auf.

»Ich ärgere mich so. Wir wollten doch heute noch mal im Meer schwimmen.«

»Dir geht's bestimmt bald besser.«

»Glaube ich nicht.« Ich falle auf sein Bett und rolle mich zusammen.

»Stört es dich, wenn ich weiter packe?«

»Nein.« Ich ziehe mir die Decke über den Kopf. Der stechende Schmerz in der Schläfe ist unerträglich. Hoffentlich muss ich mich nicht übergeben.

Jonas' Handy klingelt. »Hallo, Papa«, höre ich ihn sagen. Er geht hinaus in den Flur.

Seine Stimme hat einen anderen Klang, wenn er Deutsch spricht. Sie ist weicher, heller und die Wörter fließen ineinander. Er freut sich, dass sein Vater ihn vom Flughafen abholen will.

Morgen um diese Zeit wird er längst in Hamburg sein.

Leah

Auf dem Rückweg vom Pier kaufe ich frische Sesambagels, die mag Rebecca am liebsten. Vielleicht kann ich damit ihre Laune verbessern. Wenn sie wieder den Männerpullover trägt, werde ich nichts dazu sagen.

Ich schließe die Haustür auf. »Rebecca?«

Ihre Zimmertür steht offen. Ich höre kein Geräusch. Sie ist nicht mehr da. Eine Nachricht gibt es nicht. Natürlich nicht.

Ich versuche, meine Enttäuschung hinunterzuschlucken, friere die Bagels ein und steige unter die Dusche.

Später stehe ich vor meinem aufgeräumten Schreibtisch und wünschte, ich könnte sofort damit anfangen, die Klausuren zu korrigieren. Aber ich werde sie erst morgen bekommen.

Soll ich mich bei Jeremy nach Irmas Befinden erkundigen? Wie ich meine Brüder kenne, waren sie heute schon bei ihr, korrekt gekleidet und jeder mit einem Blumenstrauß in der Hand. Wieder ein Anlass für Irma, sich über ihre gut geratenen Zwillinge zu freuen.

Ich sehe ihre geschlossenen Augen vor mir und verzichte auf den Anruf. Wenn sich ihr Zustand verschlechtert, werde ich es früh genug erfahren.

Die Sonne kommt heraus, ich müsste den Rasen mähen, die Hecke schneiden, Unkraut jäten. Oder ich könnte mich mit der *Irish Times* in den Garten setzen. Das habe ich seit Wochen nicht getan.

Rebecca muss den Liegestuhl unter den Sommerflieder gestellt haben. Ein schöner Platz. Ich lehne mich zurück und schlage die Zeitung auf, lese wieder einen dieser deprimierenden Artikel über die Emigration junger Iren, die seit dem Ausbruch der Finanzkrise ihr Glück woanders auf der Welt suchen. Ob Rebecca ihre Heimat auch irgendwann verlassen wird?

Um mich herum summen die Bienen, es duftet nach Honig, ein Pfauenauge landet auf einer Blütendolde. Ich spüre, wie mir die Augen zufallen.

Das Klingeln des Telefons weckt mich. Nein, es ist nicht Jeremy, sondern Angela, die auf ihrem Display gesehen hat, dass ich versucht habe, sie zu erreichen.

»Ja, ich …«

»Ist bei dir alles in Ordnung?«

»Hm.«

»Gut, ich dachte schon, es sei etwas passiert. Du hast mich noch nie an einem Sonntagmorgen angerufen.«

»Stimmt.«

»Hast du Lust, auf einen Kaffee vorbeizukommen?«

»Ich weiß nicht …«

»Bei mir sind alle ausgeflogen, Brian und die Jungs sind segeln, und die Mädels spielen Tennis.«

»Vielleicht willst du einfach mal deine Ruhe haben?«

»Nein, nein, ich würde mich freuen, wenn du kämst. Du warst schon lange nicht mehr hier.«

»Okay.«

»Dann bis gleich.«

Soll ich Rebecca eine SMS schicken, dass ich Angela besuche? Und sie fragen, ob wir nachher zusammen essen wollen? Sie wird als Erstes wissen wollen, was es für Nachrichten von Irma gibt. Ich werde nicht darum herumkommen, Jeremy anzurufen. Am besten bringe ich es gleich hinter mich.

Er nimmt sofort ab. »Ich habe mich schon gefragt, wann du dich wohl meldest.«

»Warst du heute Morgen im Krankenhaus?«

»Ja, zusammen mit Thomas. Wir sind beide fassungslos, dass du es nicht einmal an dem Tag, an dem Mutter einen Herzinfarkt hatte, schaffst, sie zu schonen.«

»Wie bitte? Das ist eine völlig absurde Unterstellung. Ich habe sie freundlich gefragt, wie es ihr geht, ob sie sich gut aufgehoben fühlt und ob ich irgendetwas für sie tun kann. Der Besuch hat keine drei Minuten gedauert. Sie hatte die ganze Zeit die Augen zu.«

»Weil es sie anstrengt, mit dir zu reden.«

»Hat sie das gesagt?«

»Sie meinte, in deiner Gegenwart fühle sie sich immer sofort erschöpft.«

»Aber ich habe ihr doch nichts getan!«

»Schrei nicht so.«

»Was soll ich denn machen? Mich aus ihrem Leben verabschieden?«

»In der jetzigen Situation wäre es sicherlich nicht verkehrt, wenn du etwas Abstand wahren würdest.«

»Dann weiß ich Bescheid.« Ich lege auf.

Als ich auf dem Rad sitze und in Richtung Blackrock zu Angela fahre, wird mir bewusst, dass ich Jeremy nicht gefragt habe, wie es Irma heute geht. Und Rebecca habe ich auch nicht angerufen. Ich werde ihr nachher sagen, dass sie sich selbst bei ihrem Onkel nach ihrer Großmutter erkundigen muss.

Angelas Haus liegt in einer Siedlung moderner Reihenhäuser, mit kleinen Vorgärten, Parkbuchten und Hinweisschildern auf spielende Kinder. Die Fassaden sehen alle gleich aus. Warum habe ich nicht daran gedacht, ihre Hausnummer nachzuschlagen? Ich versuche, mich zu erinnern, was für einen Wagen sie fährt, aber auch das weiß ich nicht. Angela kommt immer mit dem Rad zur Schule. Mir bleibt nichts anderes übrig, als sie anzurufen.

In dem Moment sehe ich sie am Ende der Straße stehen und winken. Sie trägt ein kurzes, grünes Sommerkleid und hat ihre roten Haare zu einem Seitenzopf geflochten. Aus der Entfernung sieht sie aus wie sechzehn, nicht wie eine Frau von Ende dreißig, die vier Kinder auf die Welt gebracht hat.

»Du bist nicht die Einzige, die sich hier nicht zurechtfindet«, sagt sie zur Begrüßung und nimmt mich in die Arme.

»Danke, dass du nach mir Ausschau gehalten hast. Ich sollte wirklich wissen, wo du wohnst.«

»Komm rein.« Sie lächelt. »Hast du Hunger?«

»Ja.« Ich werde ihr nicht sagen, dass ich heute bisher nur eine Banane gegessen habe.

»Bei uns sieht es wüst aus, wie immer.«

Ich folge Angela durch den Flur voller Schuhe, Fahrradhelme, Hockeyschläger und Wäschekörbe ins Wohnzimmer, wo ein großes, halbfertiges Legoschiff steht. Über dem Klavier hängen lauter gerahmte Kinderzeichnungen. Unter dem Bild von einem blauen Elefanten lese ich: *Für Mama. Ich hab dich so lieb. Deine Georgia.*

»Ich habe auf der Terrasse für uns gedeckt.«

Es gibt warme Scones mit selbstgemachter Erdbeermarmelade. Mir ist es unbegreiflich, wie Angela es schafft, neben einer vollen Stelle und der Kindererziehung Marmelade einzukochen.

Sie schenkt uns Kaffee ein. »Du siehst müde aus.«

Ich sehe ihren besorgten Blick. Sie kennt mich besser, als ich es wahrhaben will.

»Ich habe schlecht geschlafen. Meine Mutter hatte gestern einen Herzinfarkt.«

»Oh, Leah. Das tut mir leid.«

»Einer meiner Zwillingsbrüder war zum Glück gerade bei ihr; sie ist sofort ins Krankenhaus gekommen.«

»Hat sie das Bewusstsein verloren?«

»Nein, nein. Die Krankenschwester meinte, es ginge ihr erstaunlich gut.«

»Wie alt ist sie?«

»Sechsundachtzig.«

»Dann hat sie dich sehr spät bekommen.«

»Ja, sie war achtunddreißig, als ich geboren wurde. Meine Brüder sind acht Jahre älter.«

»Also warst du das Nesthäkchen.«

Ich lasse beinahe meine Kaffeetasse fallen. »Nein, überhaupt nicht. Im Gegenteil. Ich glaube, meine Mutter wollte gar kein drittes Kind.« Der Satz rutscht mir heraus, bevor ich mich bremsen kann.

Angela starrt mich erschrocken an. »Steht ihr euch nicht sehr nahe?«

»Nein.«

»Vielleicht ist ihre Erkrankung eine Chance für euch. Manchmal verändert solch eine Erfahrung die Menschen.«

»Das kann ich mir kaum vorstellen.«

»Wer weiß. Wenn sie merkt, dass es mit ihrem Leben zu Ende geht …«

»So weit ist es noch nicht.« Meine Stimme bebt. Ich hätte das Thema nicht anschneiden sollen.

Wir schweigen eine Weile.

»Was macht Rebecca? Hat sie das Leaving Cert gut überstanden?«

»Sie ist ganz zuversichtlich. In den letzten Monaten hat sie sehr hart gearbeitet. Das hätte ich nicht mehr für möglich gehalten.«

»Ich erinnere mich, dass du große Bedenken hattest.«

»Ja, wir haben uns deshalb oft gestritten. Ich weiß nicht, was der Auslöser für diesen Sinneswandel war. Es kann sein, dass ihr Vater ihr ins Gewissen geredet hat. Auf den hört sie eher als auf mich.«

Angelas Handy klingelt. »Entschuldige, bitte. Das ist Emily … Hallo, mein Schatz.« Sie strahlt. »Herzlichen Glückwunsch … Ganz toll … Ich bin stolz auf dich … Ja, bis nachher.«

Sie legt auf. »Emily hat gerade ein Tennismatch gewonnen. Sie war so aufgeregt. Mit ihren neun Jahren ist sie die Jüngste in ihrer Gruppe.«

»In dem Alter erzählen sie einem noch alles. Bei Rebecca habe ich längst den Überblick verloren.«

»Das gehört dazu, wenn Kinder erwachsen werden. Bei uns war es auch nicht anders, oder?«

»Wahrscheinlich hast du recht. Aber ich will natürlich nicht, dass sie in schlechte Kreise gerät. Sie ist ständig unterwegs.«

»Ich habe sie neulich auf einer Bank an der Liffey sitzen sehen. Ihr Freund sieht sehr nett aus.«

In meinen Ohren rauscht es. Warum weiß ich nichts von diesem Freund?

»Geht er noch zur Schule, oder studiert er schon?«

»Ich … habe ihn noch nicht kennengelernt.«

»Mach dir nichts draus. Ist doch schön, dass Rebecca verliebt ist und nicht nur arbeitet.«

»Deine Gelassenheit möchte ich haben.«

»Die habe ich auch nicht immer.«

Beim Abschied fällt mein Blick wieder auf den blauen Elefanten. Angela hat sich bestimmt auf jedes ihrer Kinder gefreut.

Irma

Die Ärztin nimmt sich viel Zeit für mich. Sie ist jung, höchstens dreißig, eine zierliche Frau mit freundlichen Augen und schmalen Händen. *Dr. Nayanar* steht auf dem Namensschild an ihrem Kittel. Sie möchte wissen, wie ich geschlafen habe, wie ich mich fühle, wenn ich aufstehe, und ob ich Appetit habe.

»Alles bestens«, antworte ich.

Sie lächelt. Ihre weißen Zähne leuchten in ihrem dunklen Gesicht.

»Darf ich Sie fragen, wo Sie herkommen?«

»Aus Kerala. Das liegt im Südwesten Indiens.«

»Sie sprechen sehr gut Englisch.«

»Danke.«

Sie notiert etwas in meiner Akte. »Ich freue mich, wie schnell Sie sich erholt haben.«

»Ich mich auch. Am liebsten würde ich morgen nach Hause fahren.«

Sie lächelt wieder. »Eine Weile werden wir Sie noch hierbehalten müssen. Wir wollen ein paar Untersuchungen durchführen, und danach sehen wir weiter. Aber wie ich hörte, bekommen Sie viel Besuch, so dass Ihnen nicht langweilig wird.«

»Ja, meine lieben Kinder und Enkel kümmern sich sehr um mich.«

»Alles Gute, Mrs. Goldberg.«

Dr. Nayanar legt mir kurz die Hand auf den Kopf, als wolle sie mich segnen. Vielleicht werden in ihrem Land die Menschen nicht so alt wie ich. Mutter und Vater hatten damals Angst, dass ich meinen sechsten Geburtstag nicht erleben würde.

Mein Bett steht in einem großen Raum mit vielen Betten. Die anderen Kinder sind alle älter als ich. Sie reden und lachen viel zu laut. Es ist so hell, meine Augen brennen. Ich muss immerzu husten, es tut in der Brust und am Rücken weh. Mir ist kalt, ich zittere am ganzen Körper. Und dann ist mir wieder heiß, das Nachthemd klebt auf meiner Haut. Die Krankenschwester ist streng, sie hat keine Zeit, das Nachthemd zu wechseln. Mutter besucht mich. Sie sieht sofort, wie heiß mir ist. Mein Kind ist völlig nassgeschwitzt, sagt sie zu dem Arzt. Und das bei einer schweren Lungenentzündung. Sie tragen die Verantwortung, wenn Irma stirbt. Der Arzt schimpft mit der Krankenschwester. Und als alle weg sind, schimpft die Schwester mit mir. Viele Wochen liege ich im Krankenhaus. Mutter bringt mir als Trost einen kleinen Stoffbären mit, sie kommt jeden Tag, ihr Gesicht ist ernst. Vater kommt immer am Wochenende, er erzählt mir lustige Geschichten von unserem Kätzchen, das ihm tote Mäuse vor die Füße legt oder sich in die Küche schleicht und den Räucherlachs auffrisst. Er verspricht mir, dass wir ans Meer fahren, wenn ich wieder gesund bin. Einmal kommt auch Lea …

Nein, ich will nicht. Ich darf nicht. Ich kriege keine Luft. Wo ist die Klingel? »Hallo? Hallo? Kann mal jemand … Ich brauche Hilfe. Bitte.«

»Mrs. Goldberg?« Die junge Krankenschwester läuft auf mich zu. »Was ist passiert?«

»Ich …«

»Haben Sie wieder Atemnot?«

»Ja.«

»Dann gebe ich Ihnen Sauerstoff über eine Nasensonde, so wie gestern.«

»Ich … finde den Schlauch in der Nase … sehr unangenehm.«

»Versuchen Sie's. Es wird Ihnen Erleichterung verschaffen.«

Vorsichtig bringt sie die Nasensonde an. Sie hat recht. Jetzt kann ich wieder normal atmen.

Sie greift nach meinem Handgelenk und fühlt den Puls.

»Die Ärztin war eben bei Ihnen, oder?«

»Ja, da war alles in Ordnung.«

»Haben Sie einen Anruf bekommen, der Sie aufgeregt hat?«

»Ich habe hier gar kein Telefon.«

»Ihr Puls schlägt ruhig und gleichmäßig. Ich werde Dr. Nayanar Bescheid sagen, dass sie noch einmal nach Ihnen schaut.«

»Danke.«

»Und nicht das Trinken vergessen.« Sie reicht mir mein Wasserglas.

»Ich habe keinen Durst.«

»Es ist wichtig für Sie.«

»Na gut.« Mehr als zwei Schlucke schaffe ich nicht.

»Haben Sie etwas zu lesen, um sich abzulenken?«

»Ja, mein Sohn Jeremy hat mir gestern eine Zeitschrift besorgt. Wo habe ich sie bloß hingelegt?«

»Darf ich mal suchen?«

»Natürlich.«

Die junge Krankenschwester findet sie in der Schublade meines Nachttisches. »Die neueste Sommermode.«

»Ah ja. Meine Söhne wissen immer genau, was mich interessiert.«

Sie stutzt einen Moment. Vielleicht wundert sie sich, warum ich nur von meinen Söhnen spreche. Sonst sind es immer die Töchter, die ihre Mütter mit allem Notwendigen versorgen.

»Ich befestige Ihre Klingel am Nachttisch, damit Sie sie gut erreichen können.«

»Danke, das ist nett von Ihnen.«

Ich blättere in der Zeitschrift. Die Sommerhüte gefallen mir, elegante Modelle aus Stroh, naturfarben und in einem zarten Rosé- oder Fliederton, mit schmaler oder breiter Krempe. Sobald es mir bessergeht, sollte ich mit Martha in die Stadt fahren und Hüte anprobieren. Hoffentlich haben die Jungen sie darüber informiert, dass ich im Krankenhaus liege. Martha, meine gute Seele. Wenn ich die nicht hätte. Sie ist so umsichtig und geht mir nie auf die Nerven. Wie lange kommt sie schon zu mir? Zwölf Jahre? Oder sind es dreizehn? Es war nach der Hüftoperation. 1998. Das heißt, es sind bereits fünfzehn Jahre. Wie die Zeit vergeht. Martha kocht so gut wie ich früher oder sogar noch besser. Zehn Kandidatinnen hat Jeremy damals interviewt und sofort die Richtige gefunden.

Dr. Nayanar kommt herein, ihr Blick ist besorgt. »Die Schwester sagte mir, dass Sie Atemnot hätten.«

»Es geht mir schon wieder besser.«

Sie prüft die Werte in meiner Akte und schaut auf das blinkende Gerät neben meinem Bett. »Das sieht alles sehr gut aus.«

»Sie lieben Ihren Beruf, stimmt's?«

»Ja, sehr.«

»Haben Sie Kinder?«

»Einen Sohn. Er ist zehn Monate alt.«

»Und wer kümmert sich um ihn, wenn Sie arbeiten?«

»Ich habe eine Tagesmutter engagiert. Außerdem ist mein Mann viel zu Hause. Er schreibt an seiner Doktorarbeit.«

»Dann verdienen Sie das Geld für die Familie.«

»So ist es.«

»Ich habe mir früher manchmal gewünscht, dass ich noch berufstätig wäre. Vor meiner Ehe habe ich als Sekretärin gearbeitet.«

»Sie waren sicherlich eine sehr gute Mutter.«
»Ich weiß nicht.«
»Leider muss ich jetzt weiter. Wir sind heute auf der Station etwas knapp besetzt.«
»Oh, entschuldigen Sie. Ich wollte Sie nicht aufhalten.«
»Nein, nein, ist schon gut.« Dr. Nayanar lächelt und legt mir wieder kurz die Hand auf den Kopf.

Ich sehe ihr nach, wie sie mit leichten Schritten das Zimmer verlässt. Hoffentlich kommt bald Besuch. Ich mag das Alleinsein nicht.

Rebecca

Es stinkt nach Fisch. Wo ist Jonas? Eben war er noch da. Ich versuche, mir einen Weg durch das Gedränge zu bahnen, vorbei an Ständen mit Aalen, Heringen und Makrelen. Lauter tote Augen starren mich an. Ich esse nie wieder Fisch. In der Ferne höre ich ein dumpfes Brummen. Ist das die U-Bahn? Oder gibt es ein Gewitter? Über mir ballen sich dunkle Wolken zusammen. Jonas, wo bist du? Ich finde mein Handy nicht. Und mein Geld ist auch weg. Was soll ich jetzt machen in dieser fremden Stadt? Plötzlich entdecke ich ihn, neben dem Lkw mit den Bananen. Er hält Svenja im Arm und küsst ihre blonden Haare. Ich will auf ihn zulaufen, aber meine Füße sind festgewachsen. Ich schreie, er hört mich nicht.

»Alles okay, Süße?«
»Was?« Ich öffne die Augen. Jonas hockt neben mir, er streichelt mir die Wange.
»Du hast im Traum geschrien. Tut dir der Kopf immer noch so weh?«
»Nein, ich ... die Schmerzen sind weg. Wie spät ist es?«

»Gleich fünf.«

»Dann habe ich fast drei Stunden lang geschlafen.«

Er nickt und gibt mir einen Kuss.

Ich richte mich auf. Neben seinem Bett stehen der gepackte Koffer und der Rucksack.

Ich ziehe seinen Pullover aus und lege ihn zusammen. »Den darfst du nicht vergessen.«

»Willst du ihn behalten?«

»Nein, wenn meine Mutter den sieht, stellt sie mir nur blöde Fragen.«

»Du musst eben nach Hamburg kommen«, murmelt Jonas und küsst mich wieder.

Von meinem Traum erzähle ich ihm nichts.

6.

Irma

Meine Schwiegertöchter Esther und Ruth wollten mir blaue Weintrauben mitbringen, aber unten an der Rezeption wurde ihnen gesagt, dass es in dieser Klinik nicht gestattet sei, die Patienten mit Lebensmitteln zu versorgen, angeblich zu unserem eigenen Schutz. Schade, ich hätte gern ein paar Weintrauben gegessen.

Jetzt sitzen die zwei an meinem Bett und erzählen mir von ihren Kindern. Esther hat eine neue Frisur, sie ist immer noch blond, aber ihre Haare sind kürzer, gerade mal kinnlang. Der Schnitt steht ihr sehr gut. Ruth trägt zwei Perlmuttkämmchen in ihren dichten braunen Locken. Hatten sie immer schon einen rötlichen Schimmer? Hübsch sieht das aus. Und elegant sind die beiden, Esther in ihrem dunkelroten, schmal geschnittenen Leinenkleid und passenden Sandaletten, und Ruth im cremefarbenen Rock mit einer weißen Bluse und ihrer dezenten Perlenkette. Leah sollte sich ein Beispiel an ihnen nehmen, statt immer nur Jeans und irgendwelche verwaschenen T-Shirts und ausgeleierten Pullis zu tragen.

»Gibt es etwas, was wir für dich besorgen können?«, fragt Esther und legt ihre Hand auf meine.

»Danke, ihr Lieben. Ich habe alles, was ich brauche.«

»Bist du sicher?«

»Ja. Am wichtigsten ist mir eure Gesellschaft.«

»Vielleicht möchtest du nachher etwas fernsehen«, schlägt Ruth vor. »Wir haben veranlasst, dass du den Apparat benutzen kannst.«

»Wunderbar. Vielen Dank.«

»Beinahe hätte ich vergessen, dir die Fotos von Henry zu zeigen«, sagt Esther und greift nach ihrem Handy. »Er ist wirklich drollig.«

Henry beim Fressen, beim Herumtollen im Garten und zusammen mit Jeremy im Wohnzimmer. Mein kleiner Henry.

»Macht er euch auch nicht zu viel Arbeit?«

»Nein, überhaupt nicht.«

Sie küssen mich zum Abschied und versprechen, bald wiederzukommen. Ich bitte sie, mir den Fernseher einzuschalten. Sie gehen verschiedene Programme durch. Zum Glück läuft gerade eine Kochsendung. Die sehe ich am liebsten.

Leah

Ich wusste nicht, dass es sonntags in unserem Supermarkt so voll ist. Sonst gehe ich samstags einkaufen, aber gestern, nach dem Besuch bei Irma, war ich dazu nicht mehr in der Lage.

Ich stehe vor dem Käseregal und überlege, was ich für diese Woche brauche. Seit Monaten isst Rebecca viel seltener zu Hause. Morgen wollen wir bei Aisling grillen. Ich bleibe zum Abendessen bei Aisling. Aisling und ich treffen uns mit den anderen zum Pizzabacken. Wie konnte ich so naiv sein, ihr zu glauben? Wahrscheinlich wohnt sie schon fast bei ihrem Freund.

Ich wähle ein Stück Cheddar und einen Tortenbrie aus. In dem Moment sehe ich Simon, braun gebrannt und mit einem gelben Pulli über den Schultern. Er steht nicht weit von mir entfernt und studiert das Joghurtangebot. Graue Strähnen durchziehen seine braunen, lockigen Haare. Wann bin ich ihm zuletzt begegnet? Vor drei Jahren? Oder sind es schon vier? Sein Anblick versetzt mir immer noch einen Stich. Soll ich versuchen weiterzugehen, bevor er mich bemerkt?

»Leah, hallo«, höre ich ihn da sagen.

Ich drehe mich um. Was für ein gequältes Lächeln.

»Hallo, Simon.«

Er schiebt seinen vollen Einkaufswagen auf mich zu. »Ich dachte, du hasst es, sonntags einzukaufen.«

»Tue ich auch. Aber manchmal hat man im Leben keine Wahl.«

»Ist es so dramatisch?«

»Meine Mutter hatte gestern einen Herzinfarkt.«

»Oh, das tut mir leid.«

Sein Erschrecken ist echt, seine Augen sind voller Anteilnahme. In diese Augen habe ich mich vor zwanzig Jahren verliebt.

»Wie geht es ihr?«

»Schon wieder ganz gut. Jeremy hat sofort die Einweisung ins Krankenhaus veranlasst. Aber es ist erst mal ein Schock, auch für Rebecca.«

»Ja. Seltsam, dass sie sich nicht bei mir gemeldet hat.«

»Vielleicht liegt es daran, dass sie im Augenblick anderweitig beschäftigt ist.«

»Wie meinst du das?«

»Mein Kollegin Angela hat mir heute erzählt, dass sie Rebecca neulich auf einer Bank an der Liffey hat sitzen sehen, zusammen mit ihrem Freund.«

»Aha.«

»Du weißt also auch nichts von diesem Freund.«

»Nein, aber das finde ich nicht weiter erstaunlich.«

»Ich schon.«

»Sind die Eltern nicht meistens diejenigen, die es zuallerletzt erfahren, wenn ihre Kinder sich verlieben?«

»Kann sein.« In Simons Einkaufswagen türmen sich Windelpackungen und Bio-Babynahrung. Mit seinen kleinen Söhnen wird er diese Probleme noch lange nicht haben.

»Machst du dir Sorgen um Rebecca?«

»In letzter Zeit kommt sie mir manchmal etwas verändert vor.«

»Inwiefern?«

»Sie wirkt ernster, nachdenklicher.«

Er fährt sich mit der Hand durch die Haare, die altbekannte Bewegung, wenn er überlegt.

»Vielleicht hast du recht«, murmelt er.

»Ich habe es auf den Stress mit dem Leaving Cert geschoben.«

»Wobei das wohl gut gelaufen ist, oder?«

»Ja.«

»Hast du eine Ahnung, warum sie jetzt im Sommer doch nicht mit ihrer Clique nach Frankreich fahren will?«

»Das wusste ich noch gar nicht.« Es trifft mich, dass Simon wieder einmal besser informiert ist als ich.

Er räuspert sich. »Wahrscheinlich hängt es mit ihrem Freund zusammen.«

Wir schweigen. Ich starre auf meine beiden Käsepäckchen.

»Meinst du, es würde helfen, wenn wir ab und zu mal wieder telefonieren?«

Ich seufze. »Wir können es probieren.«

Er sieht mich an, als wolle er sagen, kannst du mir immer noch nicht verzeihen?

»Ich muss jetzt los. Wir sind heute Abend zum Essen eingeladen und vorher müssen wir den neuen Babysitter einweisen. Bitte bestell deiner Mutter gute Besserung von mir.«

»Darüber wird sie sich freuen. Sie hatte immer eine Schwäche für dich.«

Er zieht verlegen eine Augenbraue hoch, dann nickt er mir zum Abschied zu und verschwindet mit seinem Einkaufswagen im Gewühl.

Nach unserer Trennung kosteten die Telefonate mit Simon mich jedes Mal so viel Kraft, dass ich es irgendwann nicht mehr ertragen konnte, seine Stimme zu hören, und ihn bat, nur noch schriftlich mit mir Kontakt aufzunehmen. Meine Eltern reden seit Jahren kein Wort miteinander, sagte Rebecca kürzlich zu Aisling. Wie soll das denn gehen?, fragte Aisling entgeistert. Es geht nicht, das merkst du ja, erwiderte Rebecca.

Später sehe ich Simon in einer der langen Warteschlangen an der Kasse. Er telefoniert und wirkt ganz aufgebracht. Beschwert seine Frau sich bei ihm, wo er so lange bleibt? Rebecca hat mehrfach angedeutet, wie sehr er unter ihrer Fuchtel steht. Das hast du nun davon, könnte ich denken. Aber ich verspüre nur ein Gefühl der Leere.

Rebecca

Wieso hat Leah morgens um halb drei noch Licht an? Ist sie beim Lesen eingeschlafen?

Ich bringe mein Fahrrad in den Schuppen und schließe leise die Tür auf.

Leah taucht aus dem Wohnzimmer auf und schaut mich böse an. »Da bist du ja endlich.«

»Kontrollierst du jetzt wieder, wann ich nach Hause komme? Vielleicht darf ich dich daran erinnern, dass ich seit drei Monaten volljährig bin.«

»Warst du, wie üblich, mit Aisling und den anderen unterwegs?«

»Ich bin dir keine Rechenschaft schuldig.«

»Und ich lasse mich nicht von dir anlügen.«

»Wieso?«

»Das fragst du noch? Ich habe heute erfahren, dass du einen Freund hast.«

Verflucht. Wer hat ihr das erzählt?

»Vermutlich warst du bis jetzt bei ihm.«

»Und selbst wenn. Ist das verboten?«

»Rebecca ...«

Leahs Augen glänzen. Fängt sie gleich an zu heulen?

»Mir geht es nicht darum, dass ich dir deinen Freund nicht gönne.«

»Sondern?«

»Ich bin traurig, weil du mir etwas vorgemacht hast. Hättest du mir nicht einfach sagen können, dass du verliebt bist? Das ist ja nichts Ungewöhnliches in deinem Alter. Du musst mir deinen Freund auch nicht gleich vorstellen. Aber so ein Lügengebilde zu entwickeln ... Das enttäuscht mich zutiefst.«

Sie weint tatsächlich.

»Es tut mir leid.« Ich versuche, Leah zu umarmen, doch sie steht da wie ein Stück Holz. Ich lasse sie los. »Wie geht es Oma?«

»Ruf morgen Jeremy an. Der wird es dir sicherlich sagen können.« Sie stürmt an mir vorbei in ihr Zimmer und schlägt die Tür hinter sich zu.

Dreht sie jetzt völlig durch?

In meinem Zimmer liegt ein Berg schmutziger Wäsche auf dem Fußboden, daneben ein Zettel: *Waschen könntest Du auch mal wieder.* Was soll das? Bis vor zwei Tagen habe ich Klausuren geschrieben. Da konnte ich nicht ans Wäschewaschen denken.

In vier Stunden geht Jonas' Flug nach Hamburg. Ich muss mit jemandem reden, sonst platze ich. Ob Aisling noch wach ist? Ich schicke ihr eine SMS, sie meldet sich sofort.

»Wo bist du?«

»Zu Hause. Ich schaffe das nicht mit dem Abschied von Jonas.«

»Gibt's keine Chance, dass er wiederkommt?«

»Erst mal nicht.«

»Dann musst du nach Hamburg fahren. Ich dachte, das hattest du sowieso vor, als du neulich meintest, dass du nicht mit nach Frankreich kommst.«

»Ich weiß überhaupt nicht mehr, was ich machen soll. Eben ist meine Mutter ausgeflippt. Irgendwie hat sie das mit Jonas rausbekommen und ist jetzt total enttäuscht, weil ich ihr nichts von ihm erzählt habe.«

»Ehrlich gesagt, habe ich nie kapiert, warum sie nichts von ihm wissen durfte. Deine Mutter ist doch gar nicht so streng.«

»Nein. Ach, es ist alles so schwierig.«

»Schlaf erst mal.«

»Ich versuch's.«

»Morgen reden wir weiter.«

Aber nicht darüber, warum ich Leah nicht erzählen kann, dass ich einen deutschen Freund habe.

7.

Rebecca

Ein SMS-Ton weckt mich. *Bin gut zu Hause angekommen. Ich vermisse dich, dein J.*

Wie spät ist es? Zehn nach zehn. *Ich dich auch, bin total traurig. Kuss, deine R.*

Ich kann die Augen kaum offen halten, so müde bin ich. Bis halb acht habe ich wachgelegen und über die Auseinandersetzung mit Leah nachgedacht. An ihrer Stelle wäre ich auch enttäuscht, wenn ich herausfinden würde, dass meine Tochter mich belogen hat. Aber die Wahrheit hätte sie noch mehr runtergezogen, das wollte ich ihr ersparen. Anfangs war mir auch nicht klar, wie sich die Dinge zwischen Jonas und mir entwickeln würden. Wenn nach ein paar Wochen alles wieder vorbei gewesen wäre, hätte ich den Stress zu Hause umsonst gehabt. Wie oft habe ich versucht, mir ein Gespräch mit Leah vorzustellen. Ich muss mal mit dir reden. Ja, natürlich. Ist was passiert? Du siehst so ernst aus. Ich habe mich verliebt. Das ist doch eine schöne Nachricht. Es wird dir nicht gefallen, was ich dir jetzt sage. Bist du schwanger? Nein. Ist dein Freund verheiratet? Nein. Ja, wieso sollte ich ... Er kommt aus Hamburg. Bleich wäre sie geworden und hätte mich entgeistert angestarrt. Was??? Wie kannst du mir, wie kannst du uns das antun? Dann wäre sie aus dem Zimmer gelaufen, und ich hätte mich gefühlt wie ein Monster.

Ich stehe auf und gehe ins Badezimmer, um zu duschen. Als ich wieder herauskomme, begegnet mir Leah im Flur. Ihre Lippen sind zusammengepresst.

»Guten Morgen«, sage ich.

Sie nickt mir zu, als seien wir entfernte Bekannte.

»Bist du immer noch sauer auf mich?«

Sie geht weiter in die Küche, ohne auf meine Frage zu reagieren. Ich folge ihr.

»Merkst du nicht, dass ich nicht mit dir reden will?«, giftet sie mich an.

Sie reißt die Terrassentür auf und stürmt nach draußen.

Ich koche mir einen Kaffee und schneide ein paar Erdbeeren in mein Müsli. Durchs Fenster sehe ich, wie Leah sich in ein Rosenbeet kniet und hektisch anfängt, Unkraut zu jäten.

Ich beschließe, in meinem Zimmer zu frühstücken. Was soll das? Will sie jetzt ständig mit diesem blöden Gesicht herumlaufen? Dann packe ich meine Sachen und ziehe für eine Weile zu Simon. Seine Miriam wird nicht gerade begeistert sein, aber das ist mir egal. Als er vor acht Jahren bei uns auszog, hat er mir versprochen, dass er immer für mich da sein würde. Vielleicht hat er demnächst die Chance, es zu beweisen.

Typisch, dass Leah mir heute Nacht nicht sagen konnte, wie es Oma geht. Da hat es wieder Ärger gegeben. Ich suche mir die Telefonnummer von Jeremys Kanzlei heraus.

»Mr. Goldberg hat einen Termin bei Gericht«, erklärt mir seine Sekretärin. »Vor fünfzehn Uhr wird er nicht zurück sein, und übers Handy ist er nur im Notfall zu erreichen. Kann ich ihm etwas ausrichten?«

»Ich wüsste gern, wie es meiner Großmutter geht. Sie liegt im Krankenhaus.«

»Ja, ich weiß. Rufen Sie am besten seine Frau an.«

»Danke.«

Von Esther erfahre ich, dass Oma gute Fortschritte macht.

»Heute Nachmittag um drei wird Martha sie besuchen.«

»Kann ich vorher zu ihr fahren?«

»Ja, ab zwei ist Besuchszeit. Irma wird sich freuen, dich zu sehen. Ach, übrigens, du hast vermutlich noch nicht gehört, dass es besser ist, wenn deine Mutter sie erst mal nicht mehr besucht.«

»Nein. Wieso?«

»Der Kontakt mit ihr ist in der momentanen Situation zu anstrengend für Irma.«

Für mich auch, denke ich beim Auflegen. Leah hat sich noch nie gut mit Oma verstanden. Aber wieso schafft sie es nicht, sich wenigstens jetzt mal zusammenzureißen?

Ich radele zum Monkstown Pool und schwimme tausend Meter in einer neuen Bestzeit. Beim Anschlag am Beckenrand sehe ich Jonas vor mir, wie er vor zwei Tagen dort saß und mir zusah. Wird es bei allem, was ich tue, jetzt immer ein Vorher und ein Nachher geben? Das halte ich nicht aus.

Um Punkt zwei klopfe ich an Omas Zimmertür.

»Herein.«

Sie sitzt aufrecht im Bett und strahlt. »Rebecca, Liebes.«

»Hallo, Oma.« Ich umarme sie.

»Setz dich zu mir. Wie du siehst, bin ich schon fast wieder gesund.«

»Toll. Wann darfst du nach Hause?«

»Hoffentlich bald. Aber vorher wollen die Ärzte mich noch gründlich untersuchen. Heute Morgen ging das hier Schlag auf Schlag.«

»Dann bist du bestimmt erschöpft.«

»Alles halb so schlimm. Wie geht es dir?«

»Ich ... Ach, Oma, du hattest neulich recht.«

»Womit?«

»Ich habe mich verliebt.«

»Oh, wie schön.« Oma greift nach meiner Hand. »Und wie heißt er?«

»Jonas.«
»Ein hebräischer Name.«
Ich stutze. »Wirklich?«
»Stammt dein Freund aus Israel?«
»Nein.«
»Jonas bedeutet Taube.«
»Ich wette, das weiß er selbst nicht.«
»Was macht er denn, dein Jonas?«
»Er studiert an der Filmhochschule.«
»Will er Regisseur werden?«
»Ja, obwohl das sehr schwierig ist. Aber er ist wild entschlossen, es zu versuchen. Und er kennt sich mit Filmen total gut aus.«
»Wie interessant. Ihr müsst mich mal zusammen besuchen, wenn ich wieder zu Hause bin.«
»Er ist heute verreist ...«
»Und jetzt bist du traurig.«
»Ja.«
»Das kann ich gut verstehen. Ich fand Trennungen von meinem Samuel auch immer schwer zu ertragen. Dabei waren wir in den einundvierzig Jahren unserer Ehe nur hier und da mal ein oder zwei Tage getrennt. Als er starb, war es, als sei ein Teil von mir mitgestorben.«
»Ich hätte ihn so gern kennengelernt.«
»Er war ein sehr gütiger Mensch. Und er hat mir beigestanden, wo er nur konnte. Ohne Samuel wäre ich verloren gewesen.«
»Verloren? Wie meinst du das?«
»Ach, lass uns nicht darüber reden, sonst kann ich heute Nacht nicht schlafen. Ich würde lieber hören, wo du Jonas begegnet bist.«
»Im Monkstown Pool.«
»Na, so was. Ich hätte nie gedacht, dass man sich im Hallenbad verlieben kann.«

Die Krankenschwester kommt herein, um eine Karaffe mit frischem Wasser zu bringen. Ich bin erleichtert über die Unterbrechung. Als sie gegangen ist, verabschiede ich mich von Oma. Unten an der Rezeption hängt ein Schild, dass Krankenbesuche nicht länger als zwanzig Minuten dauern sollen. Wenn ich noch geblieben wäre, hätte ich ihr alles erzählt.

Leah

Ich ziehe meine Joggingschuhe an, schließe die Haustür ab und laufe los in Richtung Hafen. Manchmal erschrecke ich über meine Härte, meine Unerbittlichkeit. Heute Nacht hat Rebecca versucht, sich zu entschuldigen. Wollte mich sogar umarmen. Und ich lasse sie stehen. Vorhin ist sie wieder auf mich zugekommen, hat mich begrüßt. Und ich schreie sie an. Eine Mutter darf sich nicht so verhalten, auch wenn sie noch so gekränkt ist. Sie sollte darauf bedacht sein, dass der Konflikt gelöst wird, sie mit ihrem Kind im Gespräch bleibt. Wenn ich so weitermache, wird Rebecca sich völlig von mir zurückziehen.

Fast wäre ich gestolpert. Ich drehe mich um. Wie konnte ich dieses Loch im Asphalt übersehen? Ich muss mich konzentrieren, auf meinen Atem, meinen Rhythmus, das Abrollen der Füße.

Ich spüre den Wind auf meinem Gesicht, den salzigen Geschmack auf den Lippen. Dennoch gelingt es mir nicht, Rebecca aus meinem Kopf zu verbannen.

Der Eisverkäufer am Ende des Piers nickt mir zu, ich nicke zurück. Es gibt Momente wie heute, in denen denke ich, dass mir solche wortlosen Kontakte am liebsten sind. Keine Verantwortung, keine Vorwürfe, keine Enttäuschung. Was für eine armselige Bilanz, würde Simon sagen. Schon bald nach Rebeccas Geburt gab es immer häufiger Streit zwischen uns, weil er es nicht ertrug, dass ich mich zunehmend von allen abschottete, auch von ihm und dem Kind. Mich in meine Arbeit stürzte und nichts wissen wollte von Babygruppen und Elterntreffen. Vermutlich hat er da zum ersten Mal begriffen, dass er mich besser nicht zu einer Schwangerschaft überredet hätte.

Nach einer Stunde und zweiundzwanzig Minuten biege ich in meine Straße ein. Vor dem Haus steht ein Kurier mit einem Paket. Der erste Klausurstapel. Ich atme auf. Die Tage bekommen wieder eine Struktur.

Irma

Herzlichen Glückwunsch zum Geburtstag, geliebte Irma, sagt Mutter und gibt mir einen Kuss auf die Stirn. Vater nimmt mich in die Arme und hält mich ganz fest. Bleib gesund und pass gut auf dich auf, meine große Tochter, flüstert er mir ins Ohr. Dann öffnet er die Tür zum Wohnzimmer. Auf meinem Gabentisch steht ein Gugelhupf mit neun brennenden Kerzen. Und daneben liegt ein himmelblaues Kleid mit weißer Stickerei und einer Schleife. Oh, genauso eins habe ich mir gewünscht, rufe ich. Mutters Augen leuchten. Und was ist das für ein Buch? *Die schönsten Sagen des Klassischen Altertums*. Diese Geschichten gehören zu den großartigsten, die ich kenne, sagt Vater und lächelt. Vielleicht bist du noch ein bisschen zu jung dafür, aber du wirst mit ihnen wachsen. Und anfangs lese ich sie dir vor. Oh, ja. Niemand kann so gut vorlesen wie Vater. Meine Augen wandern über den Tisch, entdecken ein Päckchen in weißem Papier mit roten Punkten. Ich wickele es aus und halte eine kleine Schachtel in den Händen. Ich nehme den Deckel ab und eine Schicht blauer Watte und entdecke ein goldenes Armband. Oh, wie schön. Ist das wirklich für mich? Mutter und Vater nicken. Ich streiche über die winzigen Goldperlen. So etwas habe ich noch nie gesehen. Möge es dir Glück bringen, sagt Mutter und bindet mir das Armband um. Es schmiegt sich an mein Handgelenk. Plötzlich liegt auf dem Tisch noch ein Geschenk in dunkelgrünem Glanzpapier mit einem roten Band. Vater schmunzelt. Wo hat er das hergezaubert? Pack es aus, es ist für dich. Ich knote das Band auf. Was könnte in diesem rechteckigen Paket sein? Schwer ist es nicht. Ich streife das Papier ab und blicke auf einen kleinen, grauen Schuhkarton. Bekomme ich neue Sandalen? Aber wir haben mir gerade welche gekauft. Langsam hebe ich den Deckel an, sehe weißes Seidenpapier und auf einmal ahne ich, was sich darunter verbirgt: Ballettschuhe. Und richtig. Sie sind hellrosa und aus feinem, weichem Leder. Bisher habe ich fürs Tanzen immer nur Stoffschuhe gehabt. Danke, danke, danke, rufe ich und drücke Mutter und Vater. Wenn sie nicht passen, können wir sie umtauschen, sagt Mutter. Ich probiere sie an, sie passen genau. Jetzt bist du für deinen großen Auftritt bestens gerüstet, sagt Vater. Ich bin so aufgeregt. Nur noch zwei Wochen bis zu unserer Aufführung, und ich darf das Dornröschen tanzen. Meine erste Hauptrolle. Es werden noch viele folgen, meinte die Ballettlehrerin, Fräulein Herburg, neulich zu mir. Du bist so begabt. Die anderen Mädchen sind neidisch auf mich, Ingrid am allermeisten. Sie tuscheln und kichern immer hinter meinem Rücken. Drei Tage nach meinem Geburtstag nimmt Fräulein Herburg mich beiseite. Ich muss dir leider sagen, dass du nicht mittanzen darfst. Warum nicht?, frage ich erschrocken. Habe ich etwas falsch gemacht? Sie schaut mich traurig an und schüttelt den Kopf. Ich werde das Dornröschen tanzen, höre ich Ingrid kreischen. Juden haben hier nichts mehr zu suchen. Ich packe meine Ballettschuhe ein. Draußen vor der Tür fange ich an zu weinen.

Ich wische mir übers Gesicht. Meine Wangen sind nass. Was ist bloß los mit mir? Ich will nicht an früher denken. Warum werde ich in den letzten Tagen von all diesen Erinnerungen heimgesucht? Hat es etwas mit dem Herzinfarkt zu tun?

Ich hätte vorhin zu Rebecca nicht sagen dürfen, dass ich ohne Samuel verloren gewesen wäre. Natürlich wollte sie wissen, warum. Rebecca fragt immer nach. Schon als kleines Kind gab sie sich erst zufrieden, wenn man ihr erklärt hatte, wie der Mond an den Himmel kommt, weshalb manche Sterne heller leuchten als andere und warum es Ebbe und Flut gibt. Leah war nie so.

Es klopft, und die junge Krankenschwester kommt herein.

»Draußen wartet Ihre Haushälterin und möchte Sie besuchen. Ist Ihnen das recht?«

»Ja, natürlich.«

»Haben Sie Schmerzen?«

»Nein.«

»Aber Sie haben geweint.«

»Das passiert einer alten Frau schon mal.«

Die Schwester tupft mit einem Taschentuch meine Tränen ab. »Sie müssen mir versprechen, dass Sie mir Bescheid sagen, wenn Sie wieder traurig sind.«

Ich nicke. »Und jetzt schicken Sie mir meine Haushälterin herein.«

Da ist sie, meine große, kräftige Martha mit ihrer praktischen, grauen Kurzhaarfrisur. Sie hält eine Vase mit einem Strauß bunter Löwenmäulchen in den Händen.

»Martha, ich freue mich, Sie zu sehen.«

»Mrs. Goldberg, ich habe solche Angst um Sie gehabt.«

»Mir geht es schon wieder ganz gut. Was für schöne Blumen.«

»Ich habe sie heute Morgen in Ihrem Garten gepflückt.«

»Wunderbar.«

»Alle Nachbarn wünschen Ihnen gute Besserung und hoffen, dass Sie bald nach Hause können.«

»Danke.«

Sie zieht einen Umschlag aus ihrer Handtasche. »Hier ist eine Karte von Ihrem Rabbiner. Er hat sie vorhin persönlich vorbeigebracht, als ich gerade staubgesaugt habe.«

»Aha.« Ich kann mich nicht erinnern, wann ich zuletzt in der Synagoge war.

»Wahrscheinlich hat er von Ihren Söhnen erfahren, dass Sie im Krankenhaus liegen.«

»Ja, ja, meine frommen Jungen.«

Martha runzelt einen Moment lang die Stirn. Eine gläubige Katholikin wie sie versteht nicht, dass ich mit der Religion nicht viel im Sinn habe. Aber sie kennt mich lange genug, um zu wissen, dass ich nicht darüber sprechen will, warum ich schon lange vom Glauben abgefallen bin.

Rebecca

Ich radele ziellos durch die Gegend. Omas Satz geht mir nicht aus dem Kopf. *Ohne Samuel wäre ich verloren gewesen.* Hat sie mit ihm darüber reden können, was sie als Kind in Deutschland erlebt hat und wie sie nach Irland gekommen ist? Ich weiß fast nichts über Omas Leben damals. Einmal habe ich versucht, von Leah etwas zu erfahren. Drei oder vier Jahre muss das her sein. Ihr Blick wanderte in eine unbestimmte Ferne. Deine Großmutter hat als Einzige in der Familie den Holocaust überlebt, sagte sie mit monotoner Stimme. Frag sie nicht, frag sie nie. Dann ging sie aus dem Zimmer. Ich glaube, Leah weiß auch nicht mehr.

Ohne es zu merken, bin ich in Monkstown gelandet. Ich will nicht an dem Haus vorbeifahren, in dem Jonas gewohnt hat. Soll ich Aisling besuchen? Ich schicke ihr eine SMS, dass ich in fünf Minuten bei ihr sein könnte.

Tut mir leid, bin in Connemara, simst sie zurück. *Meine Mutter hat mich heute Morgen überredet, mitzukommen, weil das Wetter so schön ist.*

So was Blödes. Ausgerechnet jetzt. Ich hatte gehofft, dass wir uns sehen könnten.

Nach Hause will ich nicht.

Ich simse Simon: *Wann hast du Zeit? Ich muss dringend mit dir reden. Leah spinnt total.*

Meistens dauert es eine Weile, bis er mir antwortet, weil er sein Handy ausgeschaltet hat. Aber heute meldet er sich schon nach ein paar Minuten. *Komm um 18.15 Uhr zu mir in die Praxis. Dort haben wir Ruhe.*

Und seiner Miriam kann er sagen, dass die Sprechstunde länger gedauert hat. In ein Café will er nicht mit mir gehen, weil sie davon erfahren könnte. Und dann würde es wieder Vorwürfe hageln, dass er sich mehr um seine kleinen Söhne kümmern solle, als mit seiner erwachsenen Tochter Cappuccino zu trinken.

Ich fahre hinunter ans Meer und setze mich auf einen der Felsen. Warum ist alles so kompliziert?

Ich hole mein Vokabelheft aus dem Rucksack und versuche, ein paar Wörter aus meiner neuesten Lektion zu lernen. *Strawberry – Erdbeere, raspberry – Himbeere, cherry – Kirsche, pear – Birne, lemon – Zitrone. To buy – kaufen, to choose – auswählen, to prepare – zubereiten, to order – bestellen, to eat – essen.*

Um Punkt Viertel nach sechs klingele ich an Simons Praxis. Er öffnet mir sofort.

»Hallo.«

Er nimmt mich in die Arme. »Komm rein.«

Die Arzthelferinnen sind zum Glück schon weg. Wir gehen in sein Sprechzimmer. Ich setze mich auf den Patientenstuhl. Simon lehnt an der Wand.

»Ich kann mir in etwa vorstellen, worum es geht.«

»Das glaube ich nicht.«

»Ich bin deiner Mutter gestern zufällig im Supermarkt begegnet.«

»Aha.«

»Sie hat mir erzählt, dass du einen Freund hast.«

»Hast du eine Ahnung, woher sie das weiß?«

»Von einer Kollegin. Sie hat euch auf einer Bank an der Liffey sitzen sehen.«

»Ich bin achtzehn. Ich kann tun und lassen, was ich will.«

»Deine Mutter ist wahrscheinlich enttäuscht, dass sie es nicht von dir erfahren hat.«

»Bist du das auch?«

»Nein, aber wir leben nicht zusammen. Du hast ihr gegenüber bestimmt das eine oder andere Mal eine Ausrede erfunden.«

»Ja, klar. Für Leah ist das natürlich gleich ein *Lügengebilde*. Sie ist so sauer, dass sie nicht mehr mit mir redet. Dabei habe ich sie heute Morgen ganz freundlich begrüßt.«

»Sie wird sich bestimmt wieder beruhigen.«

»Und wenn nicht?«

»Ihr müsst euch irgendwie zusammenraufen. Außerdem hast du doch vor, im Herbst für eine Weile in die USA oder nach Frankreich zu gehen. Etwas Abstand würde euch beiden sicherlich guttun.«

Auf die Idee, dass ich zu ihm ziehen könnte, kommt er nicht.

8.

Leah

Ich habe mir alles auf meinem Schreibtisch zurechtgelegt: Links der Stapel mit den Klausuren, vor mir, etwa vierzig Zentimeter entfernt, meine alte Buchstütze mit den Aufgabenstellungen, daneben die Lampe und Kugelschreiber in verschiedenen Farben. Meine Literaturgeschichte und andere Nachschlagewerke stehen rechts griffbereit im Bücherregal. Für meinen PC und den Drucker habe ich mir vor Jahren einen zweiten schlichten Tisch aus Kiefernholz gekauft. Dadurch kann ich mich in meinem kleinen Arbeitszimmer zwar kaum noch bewegen, aber ich war es leid, ständig alles hin- und herräumen zu müssen, sobald ich Klausuren zu korrigieren hatte. Getränke stelle ich grundsätzlich immer auf die Fensterbank, seitdem Rebecca im Alter von fünf Jahren einen Kaffeebecher umgestoßen hat und ich drei Klausuren trocken fönen musste. Die Texte waren nur noch mit Mühe zu entziffern.

Es ist ruhig im Haus. Ich könnte mich hinsetzen und anfangen zu arbeiten. Stattdessen gehe ich in die Küche und schaue auf mein Handy. Keine Nachricht von Rebecca und auch von sonst niemandem. Habe ich erwartet, dass Jeremy sich meldet, um sich für seine ungeheuerliche Bemerkung gestern zu entschuldigen, und mir wieder die Erlaubnis erteilt, Irma zu besuchen? Würde ich sie besuchen wollen? Ich weiß es nicht. Oder habe ich gehofft, dass Simon mich anruft, um mir zu sagen, dass er mit Rebecca gesprochen hat? Es tue ihr leid, dass sie mich angelogen habe. Ich solle mir einen Ruck geben und ihr verzeihen. Könnte ich das? Ich glaube, ja, aber Rebecca muss mir wenigstens zeigen, dass sie ihre Lügerei bereut. Vielleicht habe ich auch gedacht, dass Angela mir eine SMS schickt und fragt, wie es mir und meiner Mutter geht.

Eine große Müdigkeit überfällt mich. In den letzten Nächten habe ich noch weniger geschlafen als sonst. Ich könnte mich eine Stunde hinlegen, dann habe ich wieder Energie. So hat es keinen Zweck.

In meinem Schlafzimmer ist es stickig. Ich öffne das Fenster und lege mich aufs Bett. Im Nachbargarten spielen Kinder. Soll ich das Fenster wieder zumachen? Nein, ich brauche frische Luft. Ich schließe die Augen, höre Vogelgezwitscher. Ist das ein Rotkehlchen? Eher eine Meise oder eine Drossel. Simon konnte unzählige Vogelstimmen voneinander unterscheiden.

Irma und ich fahren mit dem Zug. Wir sind allein im Abteil. Sie steht auf, zieht ihren Mantel an und holt ihren alten Koffer aus der Gepäckablage. Mein kleiner roter Koffer liegt neben mir auf dem Sitz. Du musst dich auch anziehen, wir steigen gleich um. Warum? Weil dieser Zug nicht dahin fährt, wo wir hinwollen. Wo wollen wir denn hin? Nun frag nicht so viel. Sie gibt mir meinen Anorak, ich verheddere mich in den Ärmeln. Die Zugbremsen quietschen. Beeil dich, wir sind gleich da, sagt Irma. Und vergiss deinen Koffer nicht. Sie schiebt die Tür vom Abteil auf. Ich stolpere hinter ihr her, den Anorak in der einen und den Koffer in der anderen Hand. Wir laufen durch den schmalen Gang. Der Zug hält. Irma drückt die Türklinke herunter und steigt aus. Ich sehe die steilen Stufen. Nun komm endlich, ruft sie. Aber das schafft die Kleine doch nicht, sagt der Schaffner und hebt mich herunter. Danke, murmele ich. Er springt zurück in den Waggon und bläst in seine Trillerpfeife. Die Tür fällt zu, der Zug fährt ab. Setz dich auf die Bank, sagt Irma, ich bin gleich wieder da. Ich will mitkommen, rufe ich. Nein, du bleibst hier bei den Koffern. Ich schaue ihr nach. Sie geht den Bahnsteig entlang, nicht schnell und nicht langsam. Holt sie uns etwas zu essen und zu trinken? Ich höre das Zwitschern der Vögel, sonst nichts, keine Züge, keine Stimmen. Zwischen den Gleisen wächst hohes Gras. Die Fensterscheiben im Bahnhof sind kaputt. Warum ist hier niemand? Irma!, schreie ich. Irma! Irma! Keine Antwort. Ich darf die Koffer nicht allein lassen. Ich warte, es wird dunkel, Irma kommt nicht wieder.

»Alles in Ordnung?«

»Was?« Ich richte mich auf. Mir ist heiß.

Rebecca steht in der Tür und sieht mich stirnrunzelnd an. »Du hast nach Irma geschrien.«

»Ich habe schlecht geträumt.«

»Sonst legst du dich nachmittags nie hin.«

»Ich war so erschöpft. Wie spät ist es?«

»Viertel nach sieben.«

»Oh, nein. Dann habe ich über drei Stunden geschlafen.«

»Macht doch nichts. Du hast schließlich Ferien.«

»Rebecca ... es tut mir leid, dass ich heute Morgen so grob zu dir war.«

»Ist schon okay. Hast du Hunger?«

»Ja.«

»Ich koche uns Spaghetti.«

Sie schließt die Tür. Immerhin reden wir wieder miteinander.

Seit Jahren habe ich diesen Traum nicht mehr gehabt. Früher verging kein Monat, in dem ich nicht mindestens einmal träumte, dass Irma mich auf dem einsamen Bahnsteig zurücklässt. In einer anderen Variante des Traums bin ich die Mutter, die weggeht. Ein kleines Mädchen mit einem hellbraunen Lockenkopf bleibt allein auf einer Bank sitzen, seine Füße reichen kaum auf den Boden. Ich weiß, es schaut mir nach, aber ich drehe mich nicht um.

Ich dusche und wasche mir die Haare. Warum werde ich dieses Traumbild von Rebecca nicht los?

Als ich aus dem Badezimmer komme, duftet es nach gebratenen Champignons mit Tomaten, Knoblauch und Zwiebeln. Rebeccas Spezialsauce.

Statt Jeans und Pulli ziehe ich meine helle Leinenhose und eine weiße Bluse an.

Rebecca bemerkt es sofort. »Gut sieht das aus.«

»Danke.«

Sie hat den Tisch gedeckt, mit bunten Servietten und gelben Rosen aus dem Garten. Fast hätte ich gesagt, so haben wir lange nicht mehr gegessen. Aber das hätte sie mir als Vorwurf auslegen können, und die Stimmung wäre im Nu umgeschlagen.

»Setz dich hin, ich fülle uns auf«, verkündet Rebecca und holt ein Schälchen mit geriebenem Parmesankäse aus dem Kühlschrank.

»Was hast du heute gemacht?«, frage ich so unbefangen wie möglich.

»Oma besucht.«

Sie reicht mir meinen Teller, die Sauce hat sie mit frischen Basilikumblättern dekoriert.

»Wie geht's ihr?«

»Sie meinte, sie sei schon fast wieder gesund, was natürlich etwas übertrieben ist.«

»Das glaube ich auch, zwei Tage nach ihrem Herzinfarkt.«

»Auf jeden Fall machen die Ärzte alle möglichen Untersuchungen mit ihr.«

»Hauptsache, sie ist in der Klinik gut aufgehoben.«

»Bestimmt. Guten Appetit.«

»Dir auch.«

Wir beginnen zu essen. Es schmeckt hervorragend, noch besser als früher. Wahrscheinlich kochen Rebecca und ihr Freund oft zusammen.

»Köstlich.«

»Das freut mich.«

Soll ich sie nach ihm fragen? Oder ist sie dann sofort schlecht gelaunt? Vielleicht wartet sie sogar darauf, dass ich sie frage, und ist beleidigt, wenn ich es nicht tue.

»Was ist eigentlich mit Oma und dir los?«

»Wieso?«

»Esther sagte mir heute, dass es besser wäre, wenn du sie erst mal nicht mehr besuchst.«

»Das hat Jeremy gestern so verfügt. Angeblich findet Irma meine Gegenwart zu anstrengend.«

»Habt ihr euch wieder gestritten?«

»Nein, überhaupt nicht.«

»Na, nun tu mal nicht so, als ob das so abwegig wäre.«

»Ich habe mich immer sehr bemüht, nicht in deiner Gegenwart ...«

»Ja, ja«, unterbricht sie mich. »Aber ich weiß doch, dass ihr keinen Draht zueinander habt. Das habe ich immer schon gewusst. Wobei ich es nicht verstehe. Mit Oma kann man so leicht auskommen.«

»Ich nicht. Und ich konnte es auch nie.«

»Hast du eine Ahnung, wieso?«

»Ich glaube, ich war in ihrem Leben nicht mehr vorgesehen.«

Rebecca versinkt in Schweigen. Vielleicht denkt sie darüber nach, ob sie in meinem Leben vorgesehen war.

»Magst du ... mir etwas über deinen Freund erzählen?«, frage ich nach einer Weile.

Sie schüttelt den Kopf. »Ein andermal.«

Sie sieht traurig aus. Ich würde sie gern trösten, aber ich weiß nicht, wie.

Rebecca

Halb zehn. In Deutschland ist es halb elf. Jonas hat sich noch nicht gemeldet. Wir haben fest verabredet, dass wir heute Abend skypen.

Ich schicke ihm eine SMS. *Wann wollen wir skypen? Kuss, deine R.*

Es dauert über eine Dreiviertelstunde, bis ich eine Antwort bekomme. *Gegen Mitternacht. Bin noch unterwegs, dein J.*

Meint er Mitternacht deutscher oder irischer Zeit? Ich weiß nicht, ob ich so lange wach bleiben kann. Mir fallen jetzt schon die Augen zu.

Ich lege mich aufs Bett und höre Musik. Hätte ich auch für Leah und mich gekocht, wenn sie sich nicht bei mir entschuldigt hätte? Vielleicht. Ihre Schreie im Traum klangen so verzweifelt. Irgendwann werde ich Oma fragen, ob sie Leah lieber nicht bekommen hätte.

Ich wüsste gern, mit wem Jonas unterwegs ist. Er redet immer nur von seinen Leuten. Und von Svenja. Ob er sie heute wiedergesehen hat?

Die Musik lullt mich ein.

Um kurz nach eins werde ich wach. Auf dem Bildschirm meines Laptops sehe ich, dass Jonas versucht hat, mich zu erreichen. Noch ist er online. Ich springe auf und gebe seinen Namen ein.

»Jonas?«

»Ja, hallo. Hab ich dich eben geweckt?«

»Macht nichts. Wie geht's dir?«

»Gut. Ich war erst bei meinen Eltern und hab da Mittag gegessen. Mein Vater hat gerade Urlaub, und meine Mutter hat sich heute frei genommen.«

»Dann haben sie sich also gefreut, dass du wieder da bist?«

»Und wie. Später haben sie mich zu meiner WG gebracht.

Mein Zimmer war bis gestern noch belegt, ist aber ganz okay. Ich hab ausgepackt und mit den anderen geklönt. Und dann bin ich gleich wieder voll in die Hamburger Szene eingetaucht. Zwei, drei Kneipen, ein Club. Hier ist alles unverändert.«

Ich schlucke.

»Und wie war dein Tag?«

»Ich bin schwimmen gegangen, und nachmittags habe ich meine Oma besucht ...«

»Und?«

»Es geht ihr langsam besser.«

»Das ist doch super.«

»Ja.«

»Du, ich glaube, ich muss jetzt ins Bett. Ich melde mich morgen wieder.«

»Schlaf gut.«

»Du auch.«

»Ich liebe dich«, sage ich.

Aber Jonas hat schon aufgelegt.

Irma

Wie spät ist es? Viertel vor vier. Soll ich die Nachtschwester rufen? Vielleicht hat sie mir gestern Abend kein Schlafmittel gegeben. Oder ich brauche eine doppelte Dosis.

Die frühen Morgenstunden sind die schlimmsten. Fast jede Nacht liege ich wach und spüre, wie in mir die Gedanken kreisen. Je älter ich werde, desto genauer erinnere ich mich an früher. Dabei will ich alles vergessen. Andere Menschen in meinem Alter klagen über ihr nachlassendes Gedächtnis. Ich wünschte, meins wäre schlechter.

»Mrs. Goldberg?«

»Cathy, gerade wollte ich klingeln.«
»Ich habe gesehen, dass bei Ihnen noch Licht brennt.«
»Wenn ich nur schlafen könnte.«
»Ihre Baldrian-Tablette haben Sie eingenommen.«
»Offenbar wirkt sie nicht.«
»Versuchen Sie, sich zu entspannen.«
»Ich weiß nicht, wie.«
»Denken Sie an etwas Schönes.« Cathy streichelt mir die Hand. »Zum Beispiel an Ihre Zwillinge.«
Sie gibt mir einen Schluck Wasser zu trinken.
»Danke.«
»Gute Nacht, Mrs. Goldberg.« Sie löscht das Licht und verlässt leise das Zimmer.

Cathy kann nicht ahnen, dass ich bei dem Wort Zwillinge wieder hellwach bin. Gestern haben sie mir erzählt, dass sie die Sache mit Leah in die Hand genommen hätten. Sie werde mich nicht mehr besuchen. Sind sie damit nicht etwas zu weit gegangen? Sie meinen es gut, aber Leah ist meine Tochter, auch wenn sie mir das Leben so schwer gemacht hat.

Jahrelang warteten Samuel und ich darauf, dass ich noch einmal schwanger würde. Nach sieben Jahren gaben wir die Hoffnung auf. Und dann blieb meine Regel aus. Wir konnten es kaum fassen. Unser Glück war vollkommen, als ich ein Mädchen zur Welt brachte. Samuel sagte, seine Gebete seien erhört worden. Ob ich nicht zu Gott zurückfinden könne, jetzt, da er uns ein drittes Kind geschenkt habe? Nein, das konnte ich nicht. Ein Gott hätte es niemals zugelassen, dass meine Familie ermordet wurde.

Und wenn es doch einen Gott gibt? War Leah die Strafe für meine Ungläubigkeit?

Unsinn. Ich knipse das Licht an und greife nach meiner Illustrierten. Ich darf mich nicht aufregen, sonst werde ich nicht wieder gesund. Meine Jungen haben recht, Leah soll sich von mir fernhalten.

9.

Leah

Ich sitze jeden Tag acht Stunden lang am Schreibtisch und korrigiere Klausuren. In diesem Jahr ist das Niveau der Schüler schlechter als sonst, nicht nur bei den Grundkursschülern, sondern auch bei denen, die Englisch als Leistungskurs gewählt haben.

Zwischendurch jogge ich, mache meine Dehnungsübungen und esse wieder regelmäßig. Ich schlafe erstaunlich gut, vielleicht weil Rebecca jetzt öfter zu Hause ist. Einmal erwähnte sie nebenbei, dass ihr Freund verreist sei. Und Aisling verbringt diese Wochen im Sommerhaus ihrer Familie in Connemara. Rebecca geht schwimmen, besucht Irma oder hört in ihrem Zimmer Musik. Ich weiß nicht, ob sie dabei liest oder schreibt. Sie skypt viel, wahrscheinlich mit ihrem Freund.

Abends essen wir meistens zusammen; wir kochen abwechselnd, es hat sich so ergeben. Dann berichtet sie mir von Irma, der es von Tag zu Tag besser geht. Sie wird immer ungeduldiger, weil sie nach Hause möchte. Meinst du, ich kann sie mal anrufen?, frage ich Rebecca. Sie hat kein Telefon am Bett, lautet ihre Antwort, und sie will auch keins haben. Ich überlege, ob ich Irma eine Karte oder einen Brief schreiben soll. Aber mir fallen nur die üblichen Floskeln ein, und es käme mir verlogen vor, ihr einen solchen Text zu schicken. Dabei denke ich viel an sie und wünsche ihr und mir, dass sie wieder gesund wird. Ich darf mir nicht vorstellen, dass sie bald sterben könnte; sofort habe ich das Gefühl, den Boden unter den Füßen zu verlieren. Warum hat der Gedanke etwas so Bedrohliches? Habe ich insgeheim immer noch die Hoffnung, dass sich zwischen uns etwas ändern könnte und ich irgendwann eine Nähe zu meiner Mutter spüren werde, zum ersten Mal in meinem Leben? Es wird nicht dazu kommen.

Simon hat sich bisher nicht gemeldet. Und ich sehe auch keine Notwendigkeit, Kontakt mit ihm aufzunehmen.

Rebecca

Henry schnüffelt aufgeregt an meinen Füßen. Ich folge ihm in Omas sonniges Wohnzimmer.

Sie sitzt in ihrem Sessel und streckt mir ihre Hände entgegen. »Rebecca, Liebes. Wie schön, dich zu sehen.«

»Ich freue mich so, dass du wieder zu Hause bist.«

»Und ich erst.« Ihre Augen leuchten.

Sie trägt einen dunkelblauen Leinenrock und eine bunte, seitlich geschlitzte Bluse. Ihre Haare sind frisch frisiert.

»Schick siehst du aus.«

»Ich habe leider im Krankenhaus etwas abgenommen.«

»Martha sorgt bestimmt dafür, dass du wieder zunimmst.«

»Das wird nicht so leicht sein, weil ich eine strenge Diät einhalten muss.«

»Deshalb gibt es auch keinen Kuchen«, höre ich Martha hinter mir sagen. Sie bringt uns Tee und zwei Schälchen mit Obstsalat.

»Danke, Martha.«

Ich schenke uns ein.

»Wie geht's Jonas?«, fragt Oma. »Kommt er bald aus dem Urlaub zurück?«

»Nein, er ... wohnt nicht in Dublin. Er hat hier nur ein Jahr studiert.«

»Oh, wo wohnt er denn?«, fragt Oma erschrocken. Mein Herz klopft. »… In Hamburg.«

»Ach.« Sie stellt ihre Teetasse ab. »So ein Zufall.«

»Wieso?«

»Dort bin ich geboren.«

»Was? Ich dachte, dass du aus Berlin kommst.«

»Berlin? Nein«, murmelt sie.

»Ich habe dich nie gefragt.«

»Niemand hat mich gefragt, auch Samuel nicht.« Ihre Stimme zittert.

»Tut mir leid, Oma. Ich wollte dich nicht aufregen.«

Sie sinkt plötzlich in sich zusammen.

»Ist dir nicht gut?« Ich greife nach ihren Händen. Sie sind kalt. »Soll ich einen Arzt rufen?«

»Es geht schon wieder.«

»Willst du dich aufs Sofa legen?«

»Nein, nein.«

Wir schweigen. Wenn Oma wieder einen Herzinfarkt bekommt, bin ich schuld.

Sie holt tief Luft. »Ich weiß nicht, wie ich dir …« Sie bricht ab und schüttelt den Kopf.

»Du musst nichts sagen, wenn du nicht willst.«

»In all den Jahren … es sind über sieben Jahrzehnte … habe ich nie über das gesprochen, was damals passiert ist …«

»Vielleicht war es richtig so.«

»Das habe ich auch lange gedacht. Ich wollte Samuel und die Kinder nicht damit belasten. Aber seit einiger Zeit quälen mich die Erinnerungen … Im Krankenhaus war es ganz schlimm. Manchmal habe ich kaum geschlafen.«

Und dann beginnt sie zu erzählen. Von ihrem neunten Geburtstag, den schönen Geschenken, die sie von ihren Eltern bekommen hat, den neuen Ballettschuhen und ihrer Vorfreude auf die Dornröschen-Aufführung.

»Als ich erfuhr, dass ich nicht mehr mittanzen durfte,

brach eine Welt für mich zusammen. Ich ahnte ja nicht, was noch folgen würde ...«

»In welchem Jahr war das?«

»1936.«

Ich sehe, wie Oma die Augen zufallen.

»Für heute ist es genug«, sagt sie leise.

Ich stehe auf und küsse sie auf die Wangen.

»Bis bald, meine kleine Rebecca.«

»Versprich mir, dass du den Arzt anrufst, wenn es dir schlechter geht.«

»Ja.«

An der Tür drehe ich mich um und will ihr zuwinken. Sie ist eingeschlafen.

Irma

»Mrs. Goldberg?«

Martha steht vor mir, mit einem Tablett in der Hand. Einen Moment lang weiß ich nicht, wo ich bin. »Wie spät ist es?«

»Halb sieben.«

»Wann ist Rebecca aufgebrochen?«

»Vor zwei Stunden.«

»Oh ...«

Sie stellt das Tablett auf den Esstisch. »Hier ist eine leichte Hühnersuppe für Sie.«

»Ich habe keinen Hunger.«

»Hühnersuppe essen Sie doch so gern, Mrs. Goldberg. Sie müssen wieder zu Kräften kommen.«

»Ich versuch's.«

»Und vergessen Sie das Trinken nicht.« Sie schenkt mir ein Glas Wasser ein.

»Ich bin Ihnen so dankbar, dass Sie fürs Erste auch über Nacht bleiben.«

»Das ist selbstverständlich, Mrs. Goldberg.«

»Nein, das ist es nicht. Normalerweise passen Sie abends oft auf Ihre Enkelkinder auf.«

»Machen Sie sich darüber keine Gedanken. Meine Tochter hat schon einen Babysitter gefunden.«

»Na, gut. Das erleichtert mich sehr.«

»Und jetzt müssen Sie essen. Sonst wird die Suppe kalt.«

Martha hilft mir beim Aufstehen.

»Wollen Sie sich nicht auch einen Teller Suppe holen? Damit ich nicht so allein bin.«

Martha zögert. Sie hat noch nie mit mir zusammen gegessen. »Morgen vielleicht. Ich hatte eben in der Küche schon eine Portion.«

Ich setze mich an den Tisch. Sie reicht mir meine Serviette und wünscht mir guten Appetit. Dann verlässt sie das Zimmer.

Ich probiere einen Löffel. Es schmeckt vorzüglich, und dennoch muss ich mich zwingen weiterzuessen.

Später sitze ich in meinem Sessel und frage mich, wo mein Tagebuch sein könnte. Als wir 1956 in dieses Haus zogen, hatte ich es noch. Ich weiß genau, dass ich es sicher verstaut habe, weil niemand es finden sollte. Wenn es auf dem Dachboden ist, müsste ich Martha bitten, es zu suchen. Aber das wäre mir nicht recht.

Im Sekretär ist es nicht, dort hätte Samuel es früher oder später entdeckt. Ich gehe am Bücherregal entlang und prüfe, ob es hinter den Fotoalben liegt. Nein. Dann bleibt nur das Schlafzimmer.

Ich schaue in meinen Kleiderschrank und in die Kommode, in der ich meine Wäsche aufbewahre. Es fällt mir schwer, mich zu bücken. In der untersten Schublade, hinter meinen Strümpfen, fühlen meine Finger etwas Hartes. Da ist es.

Ich ziehe das kleine Buch mit dem verblichenen grünen Einband hervor. In meinem Innern krampft sich etwas zusammen. Ich muss nicht hineinsehen, ich könnte es auch einfach wieder zurücklegen und die Schublade zumachen.

Meine Finger sind so klamm, das Buch rutscht mir beinahe aus den Händen. Ich setze mich aufs Bett, schlage die erste Seite auf.

Dieses Tagebuch gehört Irma Morgenstern.

Seltsam, diese deutschen Wörter zu lesen.

23. Februar 1939

Wo soll ich anfangen? Ich bin so traurig. Vor zwei Tagen mußte ich mich von Mutter und Vater trennen. Nachts liege ich wach und weine vor Heimweh. Tagsüber lasse ich mir nichts anmerken. Viele Kinder hier im Lager in Dovercourt sind jünger als ich, manche höchstens drei oder vier. Wie mag es ihnen erst gehen?

An der holländischen Grenze mußten wir unsere Koffer aufmachen. Die deutschen Beamten waren sehr grob, sie haben alles durchwühlt. Das Tagebuch hat sie nicht interessiert, aber den winzigen Samtbeutel mit meinem goldenen Armband haben sie mir weggenommen.

Ich klappe das Buch zu.

10.

Rebecca

Es fällt mir schwer, mich auf den Verkehr zu konzentrieren. Wie hat Oma es ertragen, so viele Jahre zu schweigen? Auf der Terenure Road East, nicht weit von Omas Haus entfernt, gerate ich in einen Stau. Reiß dich zusammen. Wenn ich einen Unfall baue, wird Leah mir nie wieder ihr Auto leihen. Und mit dem Rad oder dem Bus brauche ich bis zu Oma mindestens eine Dreiviertelstunde. Ich verstehe, dass sie ihren Kindern früher nichts von all dem Schrecklichen erzählen wollte, was sie in Deutschland erlebt hat. Aber warum konnte sie mit Opa nicht darüber reden? Er hat sie geliebt und sie ihn auch.

Fast hätte ich eine rote Ampel übersehen. Hoffentlich erholt sie sich wieder nach ihrem Schwächeanfall. Ob sie weiterreden wird, wenn ich sie das nächste Mal besuche? Vielleicht kann oder will sie es nicht.

In unserer Einfahrt stelle ich erleichtert den Motor ab und steige aus. Leah öffnet die Haustür. Ich werde so tun, als sei nichts gewesen.

»Du warst lange unterwegs.«

»Es gab einen Stau.« Ich reiche ihr den Autoschlüssel. »Danke.«

»Wie geht's Irma?«

»Sie ist ziemlich schwach.«

»Warum haben sie sie dann entlassen?«

»Die Untersuchungen sind abgeschlossen. Jetzt muss sie sich erholen.«

»Ich rufe sie nachher mal an.«

»Lieber morgen früh.«

»Wieso?«

»Als ich wegging, war sie in ihrem Sessel eingeschlafen.«

»Ist Martha bei ihr?«

»Ja. Jeremy hat sie gebeten, eine Zeitlang bei Oma zu wohnen.«

»Aha. Es ist also mal wieder für alles gesorgt.«

Ich nicke.

»Hat sie ... nach mir gefragt?«

»Nein.«

»Hätte mich auch gewundert. Worüber habt ihr euch denn unterhalten?«

»... Über Verschiedenes ... Sie ist froh, wieder zu Hause zu sein. Und ... Martha darf keinen Kuchen mehr backen, weil Oma Diät halten muss.«

»Ah ja.« Leah seufzt und verschwindet in ihr Arbeitszimmer.

Ist ihr mein Zögern aufgefallen? Hoffentlich nicht. Ich schalte mein Handy ein.

Eine SMS von Aisling. *Wir haben tolles Wetter. Willst du nicht nach Connemara kommen?*

Was soll ich ihr antworten?

Danke, aber ich muss mich um meine Oma kümmern.

Das stimmt nicht ganz, ich will mich um sie kümmern. Aber das kann ich nicht schreiben, ich müsste zu viel erklären.

Ich gehe online und logge mich in meinen Deutschkurs vom Goethe-Institut ein. Seit Jonas' Abreise vor knapp zwei Wochen habe ich jeden Tag ein paar Stunden gelernt. Es geht gut voran.

Um neun schickt Jonas mir eine SMS. *Habe gerade erfahren, dass ab 1. August in meiner WG ein Zimmer frei wird. Wie sieht's aus? Willst du's haben? Du musst dich schnell entscheiden, am besten noch heute.*

Wie stellt er sich das vor? So was Absurdes. Es klingt, als

ob es ihm nicht nur um das Zimmer geht. In den letzten Tagen ist mir auch beim Skypen aufgefallen, dass er immer ungeduldiger wird. Du könntest wenigstens mal anfangen, darüber nachzudenken, wann du mich in Hamburg besuchen willst, sagte er neulich. Wie viele Wochen sind es bis zum 1. August? Dreieinhalb. In dreieinhalb Wochen könnte ich Jonas wiedersehen, könnte in Hamburg wohnen, könnte machen, was ich will. Aber ich kann es nicht.

Ist er online? Ja. Er meldet sich sofort.

»Hallo, Süße. Ist das nicht eine super Nachricht?«

»Daraus wird nichts.«

»Wieso nicht?«

»Weil es nicht geht.«

»Du hast keine Ahnung, wie schwierig es ist, in Hamburg ein bezahlbares Zimmer zu finden.«

»Das mag sein.«

»Ich habe fest damit gerechnet, dass du ...«

»Aber das konntest du nicht«, unterbreche ich ihn. »Ich habe dir nichts versprochen. Ich habe nur gesagt, dass ich darüber nachdenke.«

»Was gibt's da groß nachzudenken? Hamburg ist doch nicht am Ende der Welt.«

»Gib mir noch etwas Zeit.«

»Du weichst mir immerzu aus.«

»Tut mir leid ...«

»Manchmal frage ich mich, ob du überhaupt noch mit mir zusammen sein willst.«

In meiner Kehle wird es eng. »Natürlich will ich das.«

»Ohne dass wir uns sehen? Wie soll das denn funktionieren?«

»Vielleicht kannst du ja wieder nach Dublin kommen.«

»Da war ich gerade ein ganzes Jahr lang, falls du das vergessen haben solltest. Jetzt will ich erst mal in Hamburg bleiben. Hier ist mein Zuhause, und ich hatte mich darauf gefreut, dir alles zu zeigen.«

»Jonas, ich wünschte, ich könnte dir erklären, warum es so schwierig ist.«

»Ja, das wünschte ich auch.«

Aufgelegt.

Irma

Ich laufe die Rothenbaumchaussee entlang, unter dem Arm meine Tasche mit den Noten. Ich bin zehn. Die Sonne scheint, es ist warm. Ich muss mich beeilen, um fünf fängt meine Klavierstunde an. Ich habe nicht genug geübt, hoffentlich wird Fräulein Ruben nicht böse mit mir sein. In der Ferne sehe ich einen Jungen und zwei Erwachsene auf mich zukommen. Es sind Werner und seine Eltern, sie wohnen eine Etage unter uns. Du musst alle Nachbarn immer freundlich grüßen, auch wenn sie seit einiger Zeit so tun, als ob sie uns nicht kennen würden, hat Vater mir eingeschärft. Guten Tag, sage ich. Sie antworten nicht. Werner macht eine Bewegung mit dem Mund, und plötzlich trifft mich etwas Feuchtes auf der Stirn. Ich schreie auf, er hat mich angespuckt. Werner grinst, seine Eltern schauen weg. Ich muss würgen, suche nach einem Taschentuch, finde keins. Ich wische mir die Spucke mit dem Ärmel ab. Dann renne ich. Um fünf Minuten nach fünf klingele ich bei Fräulein Ruben. Sie öffnet mir die Tür und sieht mich streng an. Irma, du bist sonst nie zu spät. Entschuldigen Sie ... Ich ... Was ist passiert? Du bist ganz bleich. Ich ... Komm erst einmal herein. Darf ich mir bei Ihnen das Gesicht waschen?, frage ich leise. Natürlich, antwortet Fräulein Ruben und zeigt mir den Weg zur Gästetoilette. Ich seife mir die Hände ein, kneife die Augen zu und schmiere die seifige Masse in mein Gesicht. Dann spüle ich sie mit kaltem Wasser ab, so lange, bis ich meine Haut nicht mehr fühle. Ich rubbele sie trocken und blicke in den Spiegel. Etwas an meinen Augen ist anders. Vielleicht haben sie noch nie so erschrocken geguckt. Hinter mir taucht das Gesicht von Fräulein Ruben auf. Sie nimmt meine Hand und geht mit mir ins Wohnzimmer. Setz dich aufs Sofa, ich hole uns etwas zu trinken. Ich habe bei Fräulein Ruben noch nie auf dem Sofa gesessen, und zu trinken gibt es sonst auch nichts. Auf dem Ärmel meiner grünen Strickjacke ist eine feuchte Spur, als sei eine Schnecke darübergelaufen. Da bin ich wieder, sagt Fräulein Ruben und stellt ein silbernes Tablett mit zwei Gläsern und einer Flasche Apfelsaft auf den Tisch. Sie schenkt uns ein und reicht mir ein Glas. Deine Hand zittert ja, sagt sie. Ich trinke den Saft in einem Zug aus. Ein Junge aus unserem Haus hat mich angespuckt, da hinten auf der Rothenbaumchaussee. Und seine Eltern haben nichts dazu gesagt. Fräulein Ruben nimmt mich in die Arme. Es tut mir so leid, Irma. Werner und ich kennen uns seit dem Kindergarten, platzt es aus mir heraus. Wir haben oft zusammen gespielt, er war immer bei mir auf dem Geburtstag und ich bei ihm. Wir müssen aus diesem Land fort, bevor es zu spät ist, murmelt Fräulein Ruben. Und wohin?, frage ich. Wenn ich das wüsste. Sie steht auf, geht zum Klavier, dreht den Hocker niedriger. Sie setzt sich hin und fängt an zu spielen. Nicht die Czerny-Etüden und auch nicht die Sonatine von Mozart, die ich üben sollte. Es ist ein Stück, das ich nicht kenne, traurig und schön. Fräulein Ruben hat die Augen geschlossen, ihre Finger finden auch so die richtigen Tasten. Ich lehne mich zurück und lausche ihr. Als sie fertig ist, sind wir beide ganz still. Die Schneckenspur ist getrocknet. Das war die Mondscheinsonate von Ludwig van Beethoven. Danke, sage ich. Und jetzt bist du dran. Sie dreht den Hocker wieder höher. Meine Finger zittern nicht mehr. Ich hangele mich durch die Czerny-Etüden, aber Fräulein Ruben schimpft nicht. Das wird schon werden, meint sie und schlägt die Noten für die Sonatine auf. Ich schiebe den Gedanken an die Schneckenspur beiseite und fange an zu spielen, erst zaghaft, dann mutiger. Es klappt besser als jemals zuvor. Wunderbar, lobt mich Fräulein Ruben. Beim Abschied nimmt sie mich wieder in die Arme. Vergiss die Musik nicht. Und bestell deinen Eltern herzliche Grüße von mir. Es war mir immer eine Freude, dich zu unterrichten. In dem Moment ahne ich, dass ich Fräulein Ruben nicht wiedersehen werde. Als ich eine Woche später bei ihr klingele, sagt mir ihre Nachbarin, dass sie ausgewandert sei. Wohin?, frage ich. Sie zuckt mit den Achseln. Woher soll ich das wissen? Hat sie alles mitgenommen, auch ihr Klavier? Die Nachbarin fängt an zu lachen. So weit kommt es noch. Die Ruben ist mit einem einzigen Koffer auf und davon. Und wer spielt nun auf ihrem Klavier?, frage ich. Das geht dich nichts an. Und jetzt raus mit dir. Wir wollen keine Juden mehr im Haus.

»Fräulein Ruben ... Sie hat das einzig Richtige getan.«

Henry stupst mich mit seiner Nase an, wie immer, wenn er mich aufmuntern will.

»Jetzt rede ich schon mit mir selbst«, murmele ich und streichele ihm den Kopf.

Das Telefon klingelt. Auf dem Display sehe ich Leahs Nummer. Oh nein. Ich höre, dass Martha im Flur bereits abgenommen hat.

Sie kommt herein. »Ihre Tochter ist am Apparat.«

Ich seufze und greife nach dem Hörer.

»Guten Morgen, Irma.«

»Morgen, Leah.«

»Rebecca hat mir gesagt, dass du wieder zu Hause bist.«

»Sie war gestern hier.«

»Wie geht es dir?«

»Na ja, ein Herzinfarkt hat es in sich. Wie soll es mir da gehen? So etwas braucht Zeit. Ist ja noch nicht lange her.«

»Etwas mehr als zwei Wochen.«

»Ich bin froh, dass ich nicht mehr im Krankenhaus liege.«

»Das glaube ich.«

Henry leckt mir die Hand. Es kitzelt, ich fange an zu kichern.

»Hast du gerade etwas gesagt?«

»Nein.«

»Ich habe viel an dich gedacht.«

»So?«

»Ich wollte dich auch wieder besuchen, aber Jeremy ...«

»Er meinte es gut«, unterbreche ich sie. »Deine Brüder wollen immer nur mein Bestes.«

»Und ich nicht?«

Da ist er wieder, Leahs schnippischer Ton.

»Ich habe gar keine Chance, irgendetwas für dich zu tun.«

»Bitte mach mir jetzt keine Vorwürfe. Ich muss mich schonen.«

»Entschuldige.«

»Lass uns ein andermal weiterreden.«

»Ja ...«

»Bis dann.« Ich lege auf.

Eine große Müdigkeit überkommt mich, wie immer, wenn ich mit Leah gesprochen habe.

»Ist Ihnen nicht wohl?«, höre ich Martha fragen.

»Ich weiß nicht ... Ach, bringen Sie mir meine Wolldecke. Mir ist etwas kühl.«

»Wie geht es Ihrer Tochter?«

»Sie hat so viel zu tun.«

»Wird sie Sie besuchen?«

»Vorerst nicht.«

Martha legt mir die Decke über die Beine. »Schade.«

Ich schalte den Fernseher ein. Eine Gartensendung. Mir ist jede Ablenkung recht.

Leah

Ich hätte Irma nicht anrufen sollen. Was habe ich erwartet? Dass sie sich freut, mit mir zu reden? Mich einlädt, sie zu besuchen? Wieso sollte sie, wenn sie sonst nie das Bedürfnis gehabt hat? Weil sie krank ist und vielleicht nicht mehr lange leben wird? Wie oft lese ich, dass alte Menschen sich am Ende ihres Lebens nach einer Aussöhnung sehnen. Irma nicht.

Ich gehe in meinem Arbeitszimmer auf und ab. Ans Korrigieren ist nicht mehr zu denken. Joggen war ich vorhin schon, ich kann nicht immerzu laufen.

Ich rufe Angela an und hinterlasse eine Nachricht auf ihrem Band. Wann wollte sie in Urlaub fahren?

Und Rebecca? Ist sie überhaupt da?

Im Flur höre ich ein Geräusch aus ihrem Zimmer. Sie tippt auf ihrem Laptop. Ich klopfe.

»Ja?«

Ich öffne ihre Tür. »Guten Morgen.«

Sie schiebt etwas unter ihre Bettdecke. »Hallo.«

»Wollen wir einen Spaziergang machen?«

»Was jetzt? Um diese Uhrzeit arbeitest du doch immer.«

»Ich brauche eine Pause.«

»Tut mir leid, ich habe noch 'ne Menge zu erledigen.«

»Okay.«

Ich gehe in die Küche, koche einen Tee, kann auch hier nicht stillsitzen. Manchmal kommt es mir so vor, als ob meine Welt immer enger würde. Ich habe keinen Partner, die Beziehung zu meiner Mutter ist gestört, der Kontakt zu meiner Tochter alles andere als gut. Sie ist ihrer Großmutter näher als mir. Bleibt nur die Arbeit.

Selbstmitleid führt zu nichts. Ich setze mich wieder an den Schreibtisch.

11.

Rebecca

Was soll das? Wieso will Leah plötzlich mit mir spazieren gehen? An einem Montagmorgen? Das tun wir sonst nie. Hat sie mit Oma telefoniert und hat die ihr was von Jonas erzählt? Will Leah mich etwa aushorchen? Hoffentlich hat sie mein Vokabelheft nicht gesehen.

Ich bin müde und enttäuscht, dass Jonas sich nicht mehr gemeldet hat. So kenne ich ihn nicht. Wenn wir Streit hatten, haben wir uns immer am selben Tag wieder vertragen. Die ganze Nacht habe ich mich hin und her gewälzt und überlegt, wie ich reagieren soll:

Ich kann jetzt kein Zimmer in Hamburg mieten; wenn du das nicht akzeptierst, weiß ich auch nicht ...

Oder: *Okay, ich komme, obwohl ich keine Ahnung habe, wie ich das meiner Mutter erklären soll.*

Nein, das kann ich nicht machen.

Schließlich schreibe ich: *Ich fand es bescheuert, dass du einfach aufgelegt hast. Mir liegt sehr viel an unserer Beziehung, das weißt du genau.*

Er antwortet sofort: *Dann beweis es mir.*

Nein, so nicht. Da kann er lange warten.

Ich mache drei Grammatikübungen zum Imperfekt und eine Übung zum Textverständnis. Es geht darum, dass eine Frau ein Paar Schuhe kaufen will. Wer weiß, ob ich jemals in ein deutsches Schuhgeschäft gehen werde.

Simon ruft mich an und fragt, ob ich Lust hätte, abends bei ihnen zu essen.

»Ist das denn okay?«

»Ja, wieso nicht?«

»Miriam ist in der Regel nicht gerade begeistert, mich zu sehen.«

»Ich habe ihr gesagt, dass du es im Moment nicht so leicht hättest und etwas mehr Unterstützung bräuchtest.«

»Und?«

»Das konnte sie nachvollziehen.«

»Ah ja ... Ich will aber nicht über Leah sprechen, wenn sie dabei ist.«

»Das musst du auch nicht. Miriam geht nach dem Essen zum Fitnesstraining. Dann bringen wir die Jungen ins Bett, und anschließend haben wir Zeit, in Ruhe miteinander zu reden.«

»Na, gut.«

»Ich freue mich.«

»Ich auch.« Ich war ewig nicht bei Simon zu Hause.

Irma

Martha besteht darauf, mit mir einen kurzen Spaziergang zu machen. Es sei wichtig für die Durchblutung; Jeremy habe ihr extra einen Zettel geschrieben, dass ich mich jeden Tag etwas an der frischen Luft bewegen müsse. Ich weiß, die beiden haben recht, aber ich sitze am liebsten in meinem Sessel.

Henry wedelt mit dem Schwanz; er denkt, er darf mitkommen.

»Leider nicht, mein Kleiner. Martha wird nachher mit dir rausgehen.«

Ich schiebe langsam meinen Rollator vor mir her. Wir begegnen einer Nachbarin, die sich mit mir unterhalten will. Ich versuche, ihr zu erklären, dass das Stehen für mich zu anstrengend sei. Sie wendet sich beleidigt ab.

»Sehen Sie, Martha, es hat keinen Zweck.«

»Den nächsten Gang machen wir in Ihrem Garten.«

Martha gibt nicht so schnell auf.

Sie serviert mir ein köstliches Gemüserisotto und zum Nachtisch frische Himbeeren. Leider will sie wieder nicht mit mir essen. Martha war schon immer auf Abstand bedacht. Als Haushälterin hat sie ihre Prinzipien. Und die vertragen sich nicht mit der Vorstellung, wie ein Gast an meinem Esstisch zu sitzen. Ich kann es nicht ändern.

»Möchten Sie sich ein wenig ausruhen?«, fragt sie, nachdem sie abgeräumt hat.

»Ist wohl besser, oder?«

Sie nickt. Ich lege mich aufs Sofa, Martha deckt mich mit der Wolldecke zu.

»Soll ich das Telefon mitnehmen, damit Sie nicht gestört werden?«

»Ja, danke.«

Sie schließt die Tür. Im Flur spricht sie leise mit Henry.

Ich bin hellwach. Rebeccas Besuch gestern Nachmittag geht mir nicht aus dem Kopf. Es fiel ihr sichtlich schwer, mir zu sagen, dass Jonas aus Hamburg stammt. Ob sie es ihrer Mutter erzählt hat? Bestimmt nicht. Niemand aus der Familie hat so starke Vorbehalte Deutschland gegenüber wie Leah. Sie käme noch nicht einmal auf den Gedanken, ein deutsches Produkt zu kaufen, kein Auto, keine Waschmaschine, keine Kleidung. Was hat sie mich im letzten Winter mit Vorwürfen überhäuft, als sie meinen neuen Mantel entdeckte. Ein deutsches Fabrikat! Wie kannst du nur!, schrie sie und lief rot an. Ausgerechnet du! Das ist eine wunderbare Qualität, entgegnete ich, hundert Prozent Kaschmir. Und nur weil es sich um eine deutsche Marke handelt ... Nur? Nur?, unterbrach sie mich und schnappte nach Luft. Du brauchst nicht gleich so hysterisch zu werden, versuchte ich sie zu beruhigen. Das hätte ich besser nicht sagen sollen. Wortlos griff sie nach ihrem alten blauen Anorak und verschwand. Sie könnte auch einen schönen Wintermantel gebrauchen, dachte ich. Aber ich werde mich hüten, ihr so etwas vorzuschlagen.

Leah würde natürlich niemals nach Deutschland fahren. Lange Zeit ging es mir genauso. Damals, kurz nach Samuels Tod, als der Brief vom Hamburger Senat kam mit der Einladung, für ein paar Tage in meine Geburtsstadt zurückzukehren, war ich empört. Was bildeten sich diese Leute eigentlich ein? Glaubten sie im Ernst, ich würde so ohne weiteres eine Reise nach Hamburg antreten? Ich beschloss, den Brief unbeantwortet zu lassen. Doch in den letzten Wochen habe ich manchmal überlegt, wie es wäre, wieder in Hamburg zu sein und die Orte von früher aufzusuchen. Ob unser Haus in der Oberstraße noch steht? Bis zur Bornplatzsynagoge war es nicht weit. Nie werde ich die Nacht vergessen ... Nein, ich bin zu alt für eine solche Reise. Aber vielleicht wird Rebecca nach Hamburg fahren und ihren Jonas besuchen. Ob sie etwas Deutsch kann? Leah hatte nie Interesse, Deutsch zu lernen. Jeremy und Thomas allerdings auch nicht. Ich habe die beiden irgendwann einmal gefragt, als sie zehn oder elf waren, sie fanden die Idee völlig abwegig und wählten Französisch. Es wäre anders gewesen, wenn ich von Anfang an Deutsch mit ihnen gesprochen hätte. Aber das konnte ich nicht. Ich hatte die Sprache tief in mir vergraben. Seit vielen Jahren dachte, fühlte, träumte ich auf Englisch. Nach der Geburt der Jungen fragte mich Samuel, ob ich Sehnsucht nach meiner Muttersprache hätte. Ich verstand zuerst gar nicht, was er damit meinte. Er hatte irgendwo gelesen, dass junge Mütter ihre Babys am liebsten in der Sprache anreden, die ihnen gefühlsmäßig am nächsten liegt und die sie sprechen können, ohne nachzudenken. Aber das ist für mich Englisch, rief ich. Dann ist es ja gut, sagte er und nahm mich in die Arme.

Ich stehe auf, lege die Decke zusammen und gehe zum Sekretär. Mein Tagebuch liegt jetzt in der obersten Schublade. Ich nehme es heraus und setze mich in meinen Sessel. Es überrascht mich immer noch, dass es mir nicht schwerfällt, meine deutschen Einträge zu lesen, nach fast fünfundsiebzig Jahren. Ob ich mich auch auf Deutsch unterhalten könnte? Ich glaube nicht.

Ich habe genau vor Augen, wie ich mich damals mit meinem Tagebuch in irgendeine Ecke verzogen habe, am Ende des Tages oder ganz früh morgens.

24. Februar 1939

Ich verstehe kaum jemanden, dabei habe ich doch schon zwei Jahre Englischunterricht gehabt. Den anderen Kindern geht es genauso. Wir reden natürlich Deutsch miteinander. Manche der Erwachsenen hier können Deutsch, aber sie sagen, daß sie lieber Englisch sprechen und daß wir es auch so schnell wie möglich lernen sollen.

Heute habe ich Mutter und Vater meinen ersten Brief geschickt. Ich habe nicht geschrieben, daß mir die deutschen Beamten an der Grenze mein goldenes Armband weggenommen haben. Und von meinem Heimweh habe ich auch nichts geschrieben. Es würde sie nur traurig machen, so etwas zu lesen. Ich habe ihnen erzählt, daß in meinem Zugabteil ein Junge saß, der mir einen Apfel geschenkt hat. Dafür habe ich ihm ein Stück Streuselkuchen abgegeben. Und daß auf dem Bahnhof in Holland lauter Frauen waren, die sich um uns gekümmert haben. Es gab heißen Kakao und Käsebrote. Und daß es nachts auf dem Schiff so schlimm geschaukelt hat, mir aber nicht schlecht geworden ist. Ich habe ihnen nicht geschrieben, daß neben mir ein kleines Mädchen lag und sich in den Schlaf geweint hat, genau wie ich. Und auch nicht, daß viele gejubelt haben, als wir in Holland an-

kamen: Wir sind frei, wir sind frei. Ich hatte einen Kloß im Hals, weil Mutter und Vater nicht frei sind. Am Schluß wollte ich mich erst dafür entschuldigen, daß ich am Abend vor meiner Abreise diesen schlimmen Wutausbruch hatte. Aber dann habe ich es gelassen, es wäre nicht ehrlich gewesen. Warum haben sie mir nicht wenigstens ein paar Tage vorher gesagt, daß sie mich für einen Kindertransport angemeldet hätten und ich nach England reisen würde? Dann hätte ich Zeit gehabt, Lea alles zu erklären. So konnte ich mich nicht einmal von ihr verabschieden ...

Das Tagebuch gleitet mir aus den Händen. Ich will mich bücken, da spüre ich wieder diesen Druck auf der Brust.

»Martha?«

Warum kommt sie nicht? Ist sie noch mit Henry unterwegs?

»Martha! Martha!«

Wo ist das Telefon? Ich muss Jeremy anrufen. Warum zittern meine Hände?

Ich versuche aufzustehen, meine Beine geben nach. Ich will nicht wieder ins Krankenhaus.

War das die Haustür? Ja, jetzt höre ich Marthas Stimme. Und Henrys kurzes, heiseres Bellen. Er schliddert über die Dielen in Richtung Küche. Gleich wird Martha ihm ein Leckerli geben.

Ich lehne mich zurück und schließe die Augen. Ruhig, ganz ruhig. Der Druck auf der Brust lässt langsam nach. Ich muss Martha nicht sagen, dass mir nicht gut war. Ich muss es niemandem sagen.

Leah

Das Telefon klingelt. Auf dem Display sehe ich eine Nummer, die ich nicht kenne.

»Hallo?«

»Hier ist Angela. Wie geht's dir?«

»Ich ... Wo bist du?«

»In der Provence. Wir machen in diesem Jahr einen Haustausch. Die Franzosen, die bei uns wohnen, haben mir eben Bescheid gesagt, dass du eine Nachricht hinterlassen hättest.«

»Ja, ich wollte dich fragen, ob wir uns treffen können.«

»Leider erst wieder in knapp drei Wochen.«

»Schade. Habt ihr's schön?«

»Ja, wunderbar. Du klingst, als ob irgendwas passiert sei. Hat sich der Zustand deiner Mutter verschlechtert?«

»Nein, zum Glück nicht.«

»Und wie sieht's mit Rebecca aus?«

»Sie erzählt mir nichts.«

»Du musst Geduld haben.«

»Ich versuch's.«

»Kommst du mit den Korrekturen voran?«

»Ja.«

»Versprich mir, dass du im nächsten Jahr darauf verzichtest und mal richtig ausspannst.«

»Ich weiß gar nicht, ob ich das kann.«

»Natürlich kannst du das.«

»Genießt eure Ferien.«

»Danke. Du hast doch meine Handynummer, oder? Wenn du mich zwischendurch erreichen willst.«

»Ja.«

»Lass dich nicht unterkriegen.«

»Bis bald«, sage ich und lege auf.

Ich muss mich überwinden, weiterzuarbeiten. Warum

geht es mir heute so schlecht? Liegt es an dem Gedicht, das viele Schüler mit großem Engagement interpretiert haben? Nicht von ungefähr schiebe ich die Korrektur dieser Texte seit Tagen vor mir her. *The Fist* von Derek Walcott. Die Faust, die das Herz umklammert. Hier spricht jemand über die Schmerzen der Liebe, die ihn an den Rand des Abgrunds treiben. Und dennoch erträgt er diesen Zustand, ist er doch besser als ein Leben ohne Liebe. *Hold hard then, heart. This way at least you live.* Herz, gib nicht auf. So weißt du wenigstens, dass du lebst.

Lebe ich?

Ich stehe auf und wärme den Rest der Gemüsesuppe von gestern auf. Rebecca isst heute Abend bei Simon und seiner neuen Familie. Vermutlich erzählt sie inzwischen sogar Miriam mehr als mir.

Rebecca

Ich schließe mein Rad an Simons Zaun an. Als ich vor acht Jahren das erste Mal hier war, konnte ich es kaum glauben, dass er jetzt in dieser kleinen Sackgasse direkt am Meer wohnt. Es sind die schönsten Häuser, die ich kenne, restaurierte, alte Cottages mit bunten Türen und kleinen Gärten. Bis zum Strand sind es nur ein paar Meter. Dein Vater hat es gut getroffen, pflegt Leah zu sagen, wenn sie über Simon spricht. Er hat sich eine Frau geangelt, die zwanzig Jahre jünger ist als er und außerdem noch ein Haus am Meer geerbt hat. Keine gewöhnliche Lehrerin wie ich, sondern eine erfolgreiche Politikwissenschaftlerin, die an der Universität lehrt. Mit so einer kann er sich schmücken. Und seitdem sie ihm die ersehnten Söhne geboren hat, ist sein Glück perfekt. Er muss auch nicht mehr kochen, weil sie natürlich eine Haushälterin haben. Geld spielt bei denen keine Rolle.

Ich klingele. Simon öffnet mir die Tür. Im Hintergrund schreit ein Kind.

»Komm rein. Hier ist es gerade etwas chaotisch.«

Ich folge ihm in die große, helle Küche.

Michael sitzt im Hochstuhl und schlägt mit dem Löffel auf den Tisch. »Hunger! Hunger! Hunger!« Mit seinen lockigen Haaren sieht er aus wie Simon auf seinen Kinderfotos.

Der kleine Matthew liegt in seiner Wiege und brüllt. Miriam ist nirgendwo zu sehen.

»Kinder, nun gebt mal Ruhe«, murmelt Simon und zieht eine Auflaufform aus dem Ofen. »Du magst doch Lachs, oder?«

Ich nicke, obwohl Lachs nicht gerade zu meinen Lieblingsgerichten gehört. Das müsste Simon eigentlich wissen. »Wo ist Miriam?«

»Sie muss noch eine Vorlesung für morgen ausdrucken. Wenn du willst, kannst du Matthew etwas schaukeln. Oder nimm ihn am besten auf den Arm.«

Ich beuge mich über die Wiege. Matthews Gesicht ist krebsrot, seine Haare sind nassgeschwitzt. Vorsichtig greife ich unter seinen Rücken und seinen Kopf und hebe ihn hoch. Sofort hört er auf zu brüllen. »Na, du Kleiner, du bist aber schwer geworden.«

»Ja, für seine vier Monate bringt er einiges auf die Waage.«

Simon füllt etwas Lachsauflauf auf Michaels Teller und fängt an, ihn zu füttern.

»Komisch, dass er Lachs mag.«

»Wieso?«

»Ich habe als Kind Lachs gehasst.«

»Aha …«

In dem Moment betritt Miriam die Küche, schlank und schick wie immer, in ihrer engen weißen Hose und einer orangefarbenen Leinenbluse. Sie stutzt, als sie mich mit Matthew am Fenster stehen sieht.

»Hallo«, sage ich.

»Tag.«

Sie reißt mir Matthew beinahe aus den Armen, setzt sich hin und knöpft ihre Bluse auf.

Simons Augen wandern zwischen ihr und mir hin und her. »Er hat vor einer Stunde erst was gekriegt.«

»Ich werde ja wohl besser wissen, wann mein Kind hungrig ist. Hast du nicht gehört, wie er gebrüllt hat?«

»Ich glaube, das lag an seinen Blähungen.«

Miriam wirft ihm einen genervten Blick zu und fährt sich durch ihre langen, dunklen Haare.

Als ich Matthew auf dem Arm hatte, hat er nicht mehr gebrüllt. Will sie mir zeigen, dass ihr Sohn nur richtig zufrieden ist, wenn sie ihn stillt?

»Wann musst du los?«, fragt Simon.

»In zehn Minuten.«

»Dann hast du keine Zeit mehr, was zu essen.«

»Ich wärme mir nach dem Sport was auf.«

Wahrscheinlich hat sie es extra so eingerichtet. Mir kann es nur recht sein.

Matthew ist eingeschlafen. Miriam drückt ihn Simon in den Arm und knöpft sich die Bluse zu. Ein kurzes Winken in meine Richtung, und weg ist sie.

Nach dem Essen baden wir Michael und bringen ihn ins Bett. Simon singt ihm ein Schlaflied. Ich wusste nicht, dass er singen kann.

»Hast du mich früher auch in den Schlaf gesungen?«, frage ich, als wir ins Wohnzimmer gehen und Simon eine Flasche Rotwein öffnet.

»Ich glaube nicht.«

»Und warum nicht?«

»Deine Mutter hat dir immer was vorgelesen.«

»Das schließt sich doch nicht aus.«

»Nein.« Simon schenkt uns ein und reicht mir ein Glas. »Zum Wohl.«

Ich trinke einen Schluck. Der Wein schmeckt gut. Mein erster Wein mit Simon. »Also warum nicht?«

»Leider habe ich damals nicht viel Zeit mit dir verbracht. Ich war damit beschäftigt, meine Praxis aufzubauen und bin abends oft erst um zehn nach Hause gekommen.«

»Das würde Miriam nicht akzeptieren.«

»Nein. Deine Mutter dagegen hat sich niemals darüber beschwert. Im Gegenteil. Ich hatte immer den Eindruck, dass es sie entlastete, weil sie dann auch so viel wie möglich arbeiten konnte.«

»Das tut sie heute noch. Entweder arbeitet sie oder sie läuft. So möchte ich nicht leben.«

Simon schaut mich nachdenklich an. »Wie willst du denn leben?«

»Weiß ich nicht. Ich wünsche mir eine Arbeit, die mir gefällt, aber ich will mich nicht kaputtmachen.«

»Vielleicht hast du mehr Glück als deine Eltern.«

Wir schweigen. Soll ich ihm von Jonas erzählen? Ist da überhaupt noch etwas zu erzählen?

»Wie sieht's mit deinen Plänen für den Herbst aus?«

»Keine Ahnung.«

»Du wolltest doch vielleicht nach Frankreich oder in die USA gehen.«

»Hm.«

»Musst du dich nicht allmählich darum kümmern?«

Ich stelle mein Weinglas ab. »Wenn ich ins Ausland gehe, dann nach Deutschland.«

Simon starrt mich an. »Wie kommst du auf die Idee?«

»Mein Freund lebt in Hamburg.«

»Moment mal ... Da fehlt mir eine Strecke. Ich dachte, dein Freund sei hier in Dublin.«

»War er auch bis vor kurzem. Jonas hat hier ein Jahr an der Filmhochschule studiert.«

»Und was willst du in Deutschland machen?«

»Jobben und die Sprache lernen. Ich habe schon vor ein paar Monaten mit einem Online-Deutschkurs vom Goethe-Institut begonnen.«

»Aha. Ja, warum nicht? Was sagt deine Mutter dazu?«

»Ich habe bisher nicht mit ihr darüber geredet. Du kennst sie ja, alles aus Deutschland ist tabu.«

»Wenn du ihr erklärst, dass du dich in einen Deutschen verliebt hast ...«

»Dann flippt sie aus, so viel ist sicher. Und du hast doch auch deine Probleme mit diesem Thema. Ich kann mich genau erinnern, dass du irgendwann mal gesagt hast, Deutschland müsstest du nicht unbedingt kennenlernen.«

»Das stimmt.«

»Na, siehst du.«

»Ich würde dich trotzdem nicht davon abhalten.«

»Leah schon.«

»Wie soll sie das anstellen? Du bist volljährig.«

»Sie hat ihre Methoden, mich unter Druck zu setzen.«

»Ich glaube, du übertreibst. Wenn du fest entschlossen bist, nach Hamburg zu gehen, wird sie sich damit abfinden müssen.«

»Aber ich bin nicht fest entschlossen.«

»Und warum nicht?«

»Jonas und ich stecken gerade in einer Krise.«

»Umso wichtiger wär's vielleicht, am selben Ort zu sein.«

»Ja. Es ist auch nicht nur das ...«

»Sondern?«

»In manchen Momenten habe ich Angst davor, in das Land zu fahren, in dem Omas Familie ermordet wurde.«
»Du kannst jederzeit zurückkommen.«
Ich nicke. So habe ich es bisher nicht gesehen.

12.

Irma

Vater kommt aus dem Geschäft nach Hause. Mutter schaut ihn besorgt an. Ich habe alles in die Wege geleitet, sagt er und legt mir die Hände auf die Schultern. Was?, frage ich. Du wirst die Schule wechseln. Haben sie mich rausgeworfen?, flüstere ich. Nein, aber wir können es nicht länger ertragen, wie die anderen Schülerinnen dich quälen und niemand dir beisteht, kein Kind, kein Lehrer, kein Schulleiter. Ich hatte Angst, etwas zu sagen, flüstere ich. Mutter streicht mir über die Haare. Glaubst du, wir haben deine beschmierten Hefte und die zerrissene Kleidung nicht bemerkt? Als ich vor ein paar Tagen die blauen Flecke auf deinen Armen und deinem Rücken gesehen habe, war das Maß voll. Muss ich nie wieder auf die alte Schule gehen?, flüstere ich. Nein, sagt Vater. Ab Montag wirst du die jüdische Schule in der Karolinenstraße besuchen. Sind dort nicht alle sehr fromm?, frage ich. Frommer als wir, antwortet Vater. Aber das macht nichts. Hauptsache, die Kinder und Lehrer sind gut zu dir. An meinem ersten Tag in der Karolinenstraße spüre ich, wie eine Last von mir abfällt. Hier tut mir niemand etwas, und ich muss auch keine hässlichen Dinge über den Kampf gegen die jüdische Weltdiktatur und die Überlegenheit der arischen Rasse lernen. Mein Schulweg ist jetzt viel länger als früher. Vater bringt mich morgens mit dem Auto zur Karolinenstraße, und Mutter holt mich mittags dort ab. Wenn es regnet, nehmen wir den Bus. Sonst gehen wir zu Fuß nach Hause, und sie trägt meinen Ranzen. Einmal begegnet uns Werner an der Straßenecke. Er spuckt Mutter vor die Füße. Schäm dich, du widerlicher Junge, schimpft sie. Er grinst. Sie haben mir gar nichts zu sagen. Es wird sowieso nicht mehr lange dauern, dann müssen Leute wie Sie raus aus unserem Haus. Mutter greift nach meiner Hand, und wir eilen weiter. Wie kann er so etwas behaupten?, frage ich. Hör nicht drauf, murmelt sie.

Henry legt seinen Kopf auf meine Füße. »Mein kleiner Henry. Hätten wir nur auf den widerlichen Werner gehört.«

»Mrs. Goldberg?« Martha steht in der Tür. »Sie haben Besuch. Rebecca ist da.«

»Oh, hat es geklingelt?«

»Ja.«

»Ich war so in Gedanken vertieft.«

»Hallo, Oma.«

»Rebecca, Liebes.«

»Wie geht es dir?«

»Ich fühle mich etwas schwach.«

»Hoffentlich war mein Besuch am Sonntag nicht zu anstrengend für dich.«

»Nein, nein.«

»Ich habe mir anschließend Vorwürfe gemacht, weil das Reden über früher bestimmt nicht gut für dich ist.«

»Doch. Wann, wenn nicht jetzt? Ich werde ja nicht ewig leben.«

Martha bringt uns Tee und eine Schale mit Erdbeeren. »Möchten Sie sonst noch etwas?«

»Ja, könnten Sie bitte das Telefon mitnehmen? Dann werden wir nicht gestört.«

Rebecca schenkt uns ein. Sie hat Schatten unter den Augen.

»Hast du schlecht geschlafen?«

»Fast gar nicht.«

»Hast du Sorgen?«

Rebecca seufzt. »Jonas möchte, dass ich zu ihm nach Hamburg komme.«

»Und?«

»Ich weiß nicht, ob ich das kann.«

»Warum nicht?«

»Oma, das musst du gerade fragen.«

»Auf mich brauchst du keine Rücksicht zu nehmen. Außerdem ist das Deutschland von heute mit dem von damals nicht zu vergleichen.«

»Ich habe ein eigenartiges Gefühl bei der Vorstellung, dass ich nach Hamburg fahre und vielleicht das Haus sehe, in dem du gewohnt hast.«

»Du könntest mir davon berichten und ein paar Fotos schicken.«

»Würde dir das nicht sehr weh tun?«

»Ich habe die Bilder sowieso im Kopf. Mich interessiert auch, ob es das Gebäude meiner Schule in der Karolinenstraße noch gibt. Und was sie mit der Stelle gemacht haben, an der unsere Synagoge stand.«

»Wo war das?«

»Am Bornplatz.«

»Und wo habt ihr gewohnt?«

»In der Oberstraße 9. Es war ein schönes vierstöckiges Haus aus der Gründerzeit. Wir hatten die Beletage im ersten Stock.«

»Wie heißt der Stadtteil?«

»Harvestehude.«

»Ich habe leider nicht die geringste Ahnung, wo das ist.«

»Das lernst du alles schnell kennen. Hamburg wird dir gefallen, davon bin ich überzeugt. Wenn ich jünger wäre, würde ich mit dir fahren.«

Rebecca schaut mich entgeistert an. »Wirklich?«

»Ja. Gestern habe ich genau über diese Frage nachgedacht. Unser Gespräch am Sonntag hat viele Erinnerungen in mir wachgerufen.«

Sie löffelt ihre Erdbeeren. Ich sehe, wie es in ihr arbeitet. Mit achtzehn ist man noch so jung. Oder auch nicht. Als ich achtzehn war, hatte ich schon den Krieg hinter mir.

»Jonas wohnt in Ottensen.«

»Ah, ja, die Gegend hinter dem Altonaer Bahnhof.«

»Das klingt nicht so schön.«

»Damals wirkten die kleinen Häuser und engen Straßen ziemlich heruntergekommen. Aber das hat sich sicherlich geändert. Wer weiß, vielleicht ist es heute ein ganz begehrter Stadtteil.«

»Ich habe übrigens vor ein paar Monaten angefangen, Deutsch zu lernen.«

»Wie schön. Ehrlich gesagt, hatte ich es ein bisschen gehofft.«

»Es ist sehr schwer. Viel schwerer als Französisch.«

»Wenn du erst einmal in Hamburg bist, wird es nicht lange dauern, bis du die ersten Fortschritte merkst.«

Rebecca lehnt sich zurück und holt tief Luft. »Wie soll ich Leah bloß beibringen, dass ich einen deutschen Freund habe?«

»An dem Punkt wirst du bei ihr auf Granit beißen. Deine Mutter hasst Deutschland und alles, was mit diesem Land zusammenhängt.«

»Ja, das hat sie mir achtzehn Jahre lang eingetrichtert.«

»Dabei war sie nie dort.«

»Wahrscheinlich lag es daran, dass sie deine Gefühle schonen wollte.«

»Das würde mich wundern. Meine Gefühle haben in ihrem Leben nie eine Rolle gespielt.«

»Doch. Sie leidet darunter, dass ihr euch nicht versteht.«

»Ah, ja?«

»Sie glaubt sogar, dass du sie eigentlich gar nicht mehr haben wolltest.«

»Was??? So ein Unsinn. Jahrelang hatten Samuel und ich darauf gehofft, dass ich noch einmal schwanger würde. Was meinst du, wie glücklich wir waren, als deine Mutter geboren wurde.«

»Und warum gab es dann immer so viel Stress zwischen euch?«

»Ich weiß es nicht. Leah hat mir von Anfang an das Leben schwer gemacht.«

»Mir macht sie das Leben auch schwer.«

»Umso wichtiger ist es, dass du mal rauskommst und die Welt kennenlernst.«

»Und wenn Leah total ausrastet?«

»Deine Mutter ist ein hoffnungsloser Fall. Daran wirst du nichts ändern können.«

»Mit Simon habe ich geredet. Der versteht mich.«

»Dein Vater war immer ein vernünftiger Mensch. Kein Wunder, dass er sich eine andere Frau gesucht hat.«

»Miriam ist aber auch unmöglich. Sie hat ihn total im Griff.«

»Gutmütige Menschen haben es oft nicht leicht.«

»Morgen spreche ich mit Leah.«

»Wenn du es zu Hause nicht mehr aushältst, kannst du jederzeit zu mir kommen.«

»Danke, Oma.«

»Ich werde dir auch etwas auf dein Konto überweisen. Das hatte ich mir sowieso vorgenommen, als Belohnung für dein bestandenes Leaving Certificate.«

»Aber ich habe das Ergebnis noch gar nicht.«

»Macht nichts. Du wirst das Geld gut gebrauchen können. Ich traue es deiner Mutter zu, dass sie sich weigert, dir eine Reise nach Deutschland zu finanzieren.«

Rebecca schaut mich erschrocken an. »Daran habe ich noch gar nicht gedacht.«

»Glaub mir, sie wird sich mit allen Mitteln dagegen sträuben.«

»Meinetwegen kann sie ihr Geld behalten. Ich will sowieso jobben.«

Auf einmal spüre ich, wie müde ich bin. Ich darf nicht so viel über Leah nachdenken.

Rebecca nimmt mich in die Arme. »Dir fallen die Augen zu.«

»Tut mir leid.«

»Nein, ich bin diejenige, die sich entschuldigen muss. Immer wenn ich dich besuche, gibt's diese schwierigen Themen.«

Ich streiche ihr über die Wange. »Komm bald wieder.«

»Schlaf schön.«

Ich höre, wie sie sich im Flur von Martha und Henry verabschiedet. Rebecca wird mir fehlen, wenn sie nach Deutschland geht.

Rebecca

Ich fahre zum Monkstown Pool und versuche, mich aufs Schwimmen zu konzentrieren. Es gelingt mir nicht, ich muss immerzu an Omas Worte denken. *Du könntest mir davon berichten und ein paar Fotos schicken.* Was soll ich tun, wenn Jonas und ich uns nicht wieder vertragen? Würde ich trotzdem nach Hamburg fahren? Ich ärgere mich immer noch über seine SMS, dass ich es ihm beweisen soll, wenn mir etwas an unserer Beziehung liegt. Und gleichzeitig vermisse ich ihn.

Nach achthundert Metern gebe ich auf. Ich dusche und

radele nach Hause. Die Sonne scheint, und es weht ein leichter Wind. Ich muss aufhören, so viel zu grübeln, das bringt alles nichts. Also: Erst mal keine Gedanken mehr an Jonas. Im Moment zählt allein, dass Oma meine Idee gut findet und mich sogar unterstützen will. Es war viel einfacher, das Thema anzusprechen, als ich gedacht hatte. Und plötzlich weiß ich, dass ich mich längst entschieden habe.

Leah telefoniert in ihrem Arbeitszimmer. Jeremy, was soll diese Bevormundung?, ruft sie aufgebracht. Ich gehe in mein Zimmer und schaue mir im Internet einen Hamburger Stadtplan an. Ich finde die Oberstraße, die Karolinenstraße und Ottensen, nur den Bornplatz finde ich nicht.

Den SMS-Ton hätte ich beinahe überhört. *Wollen wir skypen? Kuss, dein J.*

Der Kuss überrascht mich. *Bin zu Hause,* simse ich zurück. Ohne Gruß.

»Das war vorgestern nicht okay von mir«, sagt Jonas zur Begrüßung.

»Stimmt.«

»Und meine blöde SMS von gestern würde ich gern löschen.«

»Ist gut.«

»Ich war so enttäuscht, und irgendwann habe ich Panik gekriegt, dass wir uns nie wiedersehen.«

»Doch.« Mein Herz klopft. »Ich komme nach Hamburg.«

Jonas reißt die Augen auf. »Ehrlich? Wann?«

Ich lächele. »Am 1. August.«

»Wahnsinn!« Seine Stimme überschlägt sich fast. »Oh, ich freu mich so.«

»Ich mich auch.«

Er strahlt mich an. Ich fühle mich auf einmal so leicht, als ob ich fliegen würde.

»Was ist passiert, dass es jetzt klappt?«

»Ich habe ein paar entscheidende Fragen für mich geklärt.«

»Das verstehe ich nicht ganz ...«

»Macht nichts. Ich erzähle es dir, wenn ich in Hamburg bin. Ist das Zimmer noch frei?«

»Leider nicht. Wir haben's gestern Abend dem Bruder von meinem Kumpel zugesagt.«

»Oh, wie schade! Ich hatte so gehofft, dass es noch nicht zu spät ist. Hätte ich bloß nicht so lange gewartet.«

»Alles halb so schlimm. Ich werde versuchen, in einer anderen WG was für dich zu finden.«

Ich sacke in mich zusammen. Allein in einer fremden WG? Auf einmal habe ich wieder Angst vor dem Schritt, nach Hamburg zu gehen.

»He, was ist? Wenn's bis zum 1. August nicht klappt, wohnst du erst mal bei mir.«

Ich richte mich auf. »... Geht das denn?«

»Na klar.«

»Dann ist ja gut.«

Jonas grinst. »Ich bin so froh, das glaubst du gar nicht. Ich hab dich so vermisst.«

»Ich dich auch. Unser Streit hat mir echt zugesetzt.«

»Es tut mir leid. Ich war nicht fair.«

»Wir haken's ab, okay? Sag mal, was ganz anderes, mit wie viel Miete muss ich eigentlich rechnen?«

»Etwa vierhundert Euro im Monat.«

»Ehrlich?«

»Für ein WG-Zimmer in Ottensen ist das günstig.«

»Und wie ist es in anderen Stadtteilen?«

»Die meisten sind noch teurer. Es sei denn, du wohnst weiter außerhalb.«

»Nein, das will ich nicht.«

»Ich auch nicht. Du sollst ganz nah bei mir sein.«

Ich wünschte, ich könnte Jonas umarmen, wie er dasitzt und Pläne schmiedet. »Irgendwie werden wir einen Weg finden, oder?«

»Ja, sicher. Hauptsache, deine Mutter ist im Prinzip einverstanden.«

»Meine Mutter weiß noch nichts von meinem Entschluss.«

Jonas schaut mich erschrocken an. »Aber wie kannst du dann sagen, dass du kommst? Ich dachte, es müsste immer alles von deiner schwierigen Mutter genehmigt werden.«

»In diesem Fall nicht. Lass mich nur machen.«

»Versprich, dass du mir Bescheid sagst, wenn sie sich querstellt.«

»Okay.«

»Dann fliege ich für ein Wochenende nach Dublin und helfe dir, sie zu überzeugen.«

»Das würdest du tun?«

»Ja, klar. Ich will doch, dass du kommst.«

»Danke.«

»I love you, Süße.«

»Ich dich auch.«

Nach dem Gespräch mit Jonas gehe ich in den Flur und lausche. Telefoniert Leah noch? Nein, in ihrem Zimmer ist es still.

»Leah?«

Keine Antwort. Sie läuft wieder.

Leah

Ich hätte den Pier meiden sollen. Bei dem strahlenden Wetter sind hier natürlich Scharen von Menschen unterwegs. Nach dem Telefonat mit Jeremy bin ich losgelaufen, ohne lange nachzudenken. Was für eine Unverschämtheit von ihm, mir zu sagen, ich solle Irma in der nächsten Zeit nicht mehr anrufen. Das hatte ich sowieso nicht geplant. Aber es hat etwas Erniedrigendes, dass er mir in dieser Weise Vorschriften macht. Warum muss Irma ihm überhaupt von jedem Gespräch mit mir berichten? Erzählt sie ihm auch, mit wem sie sonst telefoniert? Oder sucht sie nur nach Anlässen, um sich bei ihm über mich beschweren zu können? Es kommt mir vor wie Verrat.

Ich weiche Frauen mit Kinderwagen, Männern mit Hunden, Kindern mit Skateboards aus.

Mir reicht es. Ich kehre um. Auf der Küstenstraße fährt mich beinahe ein Moped an.

»Können Sie nicht aufpassen?«, schreit der Fahrer.

Ich wische mir über die Stirn. Wieso habe ich ihn nicht gesehen?

Meine Beine zittern, ich mache Dehnungsübungen, laufe weiter nach Hause.

Rebecca sitzt auf der Terrasse und liest Zeitung. Erschöpft sinke ich auf einen Stuhl.

»Willst du was trinken?«

»Ja.«

»Ich habe uns Eistee aus frischer Minze gemacht.«

»Wunderbar.«

Sie steht auf, geht in die Küche und kommt mit zwei Gläsern Eistee zurück.

»Danke.« Ich trinke ein paar Schlucke. »Schmeckt köstlich.«

Rebecca zieht ihren Stuhl näher zu mir heran. »Ich muss dir etwas sagen.«

Mein Herz schlägt schneller. Ihr Gesicht ist so ernst. »Was ist passiert?«

»Ich werde am 1. August für einige Monate nach Deutschland gehen.«

Das Glas rutscht mir aus den Händen, wie in Zeitlupe sehe ich es auf den Steinboden fallen und in unzählige Teile zerspringen.

»Nein ... das kannst du nicht tun ...«

»Doch.«

»Aber ich lasse dich nicht gehen. Glaubst du im Ernst, ich würde mein einziges Kind ausgerechnet in dieses Land ...«

»Genauso habe ich mir deine Reaktion vorgestellt«, unterbricht sie mich. »Du kannst reden, so viel du willst. Meine Entscheidung steht fest.«

Ich schaue ihr nach, wie sie ins Haus zurückgeht. Mir ist kalt.

13.

Rebecca

Ich laufe in meinem Zimmer auf und ab und warte auf die Erleichterung. Leah muss sich damit abfinden, dass ich etwas tue, was ihr nicht gefällt. Wahrscheinlich braucht sie dafür ein paar Wochen oder Monate, aber das ist nicht mein Problem. Warum werde ich trotzdem dieses hohle Gefühl nicht los?

Ich wähle Simons Handynummer. Miriam nimmt ab.

»Hallo. Ist mein Vater da?«

»Er bringt Michael ins Bett.«

»Bitte sag ihm, dass er mich zurückrufen soll.«

»Das wird eine Weile dauern. Wir hatten gerade eine größere Überschwemmung im Badezimmer.«

»Es ist dringend.«

»Ich werde es ihm ausrichten.« Sie legt auf.

Verflucht, wieso kann Miriam nicht zur Abwechslung mal die Pfützen aufwischen? Ich kapiere es immer noch nicht, warum Simon diese Frau geheiratet hat. Sie ist so kühl, so arrogant und nutzt ihn aus, wo sie nur kann. Und er merkt es nicht mal.

Ich klicke die Aer-Lingus-Webseite an. Am 1. August gibt es noch Flüge nach Hamburg, morgens um sechs Uhr fünfzig. Ein einfacher Flug kostet hundertelf Euro, plus fünfzehn Euro für ein Gepäckstück.

Mein Portemonnaie mit der Kreditkarte liegt in der Küche. Ich öffne die Tür, Leah ist nirgendwo zu sehen.

Im Flur höre ich ein Geräusch aus ihrem Arbeitszimmer. Sie weint. Ich bleibe stehen. Soll ich hineingehen, sie umarmen und ihr sagen, die Welt wird nicht untergehen, wenn ich nach Hamburg reise? Nein.

Ich hole mein Portemonnaie und gehe in mein Zimmer zurück. Simon hat mir die Kreditkarte zu meinem achtzehnten Geburtstag geschenkt, zusammen mit siebenhundertfünfzig Euro. Ob Miriam das weiß?

Bisher habe ich nichts davon ausgegeben. Soll ich den Flug buchen? Ich würde lieber vorher mit ihm sprechen. Warum meldet er sich nicht?

Um kurz nach zehn schaue ich nach, ob der Flugpreis noch gilt. Ja. Fünf Minuten später habe ich die Buchung abgeschlossen.

Um halb elf ruft Simon an. Er habe eben gesehen, dass ich heute Abend versucht hätte, ihn zu erreichen.

»Das war vor vier Stunden. Hat Miriam dir nicht Bescheid gesagt?«

»Nein.«

»Versteh ich nicht.«

Er seufzt.

»Es ging um den Flug nach Hamburg. Inzwischen habe ich ihn gebucht, mit der Kreditkarte, die du mir geschenkt hast.«

»Gut. Wann fliegst du?«

»Am 1. August.«

»Und wie hat deine Mutter reagiert?«

»Ihr ist vor Schreck das Teeglas aus der Hand gefallen.«

»Sie wird sich an den Gedanken gewöhnen.«

»Wenn nicht, ziehe ich für die nächsten drei Wochen zu Oma.«

Auch heute bietet er mir nicht an, dass ich zu ihm ziehen könne. Ich würde es sowieso nicht wollen.

Leah

Ich liege auf einer Trage in einem schmalen Zimmer. Fahles Licht fällt durch das Fenster herein. Mir ist kalt. Ich kann mich nicht bewegen. Was ist das für ein Gerät links neben mir? Es sieht aus wie ein Kran. Ein Arm wird ausgefahren. Mein Brustkorb öffnet sich. Ich schreie. Niemand hört mich. Eine eiserne Faust umschließt mein Herz.

Ich wache auf. Wieder so ein zermürbender Albtraum. Wie spät ist es? Halb vier. Ich habe höchstens drei Stunden geschlafen.

Ich wälze mich hin und her. Um halb fünf ziehe ich mich an und laufe. Über dem Meer geht die Sonne auf, ich ertrage den Anblick nicht.

Zu Hause öffne ich leise die Tür zu Rebeccas Zimmer. Sie schläft. Ihr Gesicht sieht so jung aus. Sie ahnt nicht, auf was sie sich da eingelassen hat. Ich muss einen Weg finden, sie zu warnen. Muss ihr sagen, dass es Grenzen gibt, die wir nicht überschreiten sollten, weil es nicht gut für uns ist.

Rebecca gibt einen Laut von sich und dreht sich auf die andere Seite. Ich schließe die Tür wieder.

Um halb neun rufe ich Simon an. Er nimmt sofort ab.

»Hier ist Leah. Hast du einen Moment Zeit?«

»Ich bin auf dem Weg zur Praxis.«

»Hast du schon von Rebeccas fixer Idee gehört, dass sie nach Deutschland gehen will?«

»Es ist keine fixe Idee. Sie hat gestern Abend ihren Flug nach Hamburg gebucht.«

»Das kann nicht wahr sein.«

»Doch. Ich habe mit ihr telefoniert.«

»Wie hat sie das Ticket bezahlt?«

»Mit der Kreditkarte und dem Geld, das ich ihr zum Geburtstag geschenkt habe.«

»Hast du sie womöglich in der ganzen Sache noch bestärkt?«

»Rebecca ist volljährig, und ihr Entschluss steht fest.«

»Glaubst du im Ernst, dass sie sich der Tragweite einer solchen Entscheidung bewusst ist? Mit ihren gerade mal achtzehn Jahren.«

»Du musst die Geschichte nicht so dramatisieren. Rebecca hat sich verliebt.«

»Was hat das damit zu tun?«

»Ihr Freund lebt in Hamburg.«

Der Satz trifft mich wie ein Schlag ins Gesicht. Rebeccas Freund ist Deutscher?

»Bist du noch da?«

»Ja.«

»Hat sie dir das nicht erzählt?«

»Nein.«

»Ich muss jetzt aufhören. Wir können gern heute Abend noch mal miteinander sprechen.«

»Simon, ich ...«

»Tut mir leid, Leah, meine Sprechstunde beginnt in fünf Minuten, und ich muss vorher noch zwei Anrufe erledigen.«

»Es geht um deine Tochter. Wieso kannst du nicht ...«

Aufgelegt. Simon hat immer gewusst, wie er sich schwierigen Situationen entzieht.

Ich höre, dass Rebecca aufgestanden ist. Sie geht ins Bad, kommt nach einer Viertelstunde wieder heraus, summt im Flur, lässt ihre Zimmertür ins Schloss fallen.

Später ertönt das Radio aus der Küche, es duftet nach Kaffee und Toast. Ich sitze an meinem Schreibtisch und rühre mich nicht. Wenn ich wenigstens wütend sein könnte. Darüber, dass Rebecca mir den Freund verheimlicht hat. Dass er Deutscher ist. Dass sie nach Hamburg gehen will. Aber ich spüre keine Wut, nur eine tiefe Enttäuschung.

Rebecca hat kein Vertrauen zu mir, hat es nie gehabt. Warum habe ich es nicht geschafft, ihr nahe zu sein? Jetzt ist es zu spät.

Irma

Martha bringt mir eine Tasse Tee und ein Schälchen Wasser für Henry. Sie sieht das geöffnete Tagebuch auf meinem Schoß liegen. Ich bin es leid, es immer im Sekretär einzuschließen.

»Das ist mein altes Tagebuch. Ich habe vor kurzem angefangen, wieder darin zu lesen.«

Martha nickt.

»Geschrieben habe ich es vor langer, langer Zeit. Ich war zwölf und hatte Deutschland gerade verlassen …«

»Ist es nicht sehr traurig für Sie, diese Aufzeichnungen wieder zu lesen?«

»Ja.«

»Ich bin etwas besorgt wegen Ihres Herzens.«

»Wieso?«

»Ihre Söhne haben mir gesagt, dass leichte Unterhaltungslektüre und Koch- und Gartensendungen am besten für Sie seien.«

»Sie meinen es gut, liebe Martha. Aber mich interessiert, was ich vor vierundsiebzig Jahren gedacht und gefühlt habe.«

»Manche Menschen sind der Auffassung, dass man die Vergangenheit ruhenlassen soll.«

»Ich habe sie lange genug ruhenlassen.«

Martha zuckt zusammen. Meine Stimme war zu scharf.

»Machen Sie sich keine Gedanken. Ich weiß, was ich tue.«

Sie nickt und verlässt das Zimmer.

26. Februar 1939
Mein erster Sonntag im Lager in Dovercourt. Es war ein schrecklicher Tag. Erst mal habe ich mich gewundert, wieso auf einmal so viele Autos vorfuhren. Die Betreuer riefen, daß wir uns alle im Essensraum versammeln sollten. Dort mußten wir uns aufstellen, und dann kamen lauter englische Ehepaare, gingen an uns vorbei und guckten uns genau an. Das sind Pflegeeltern, flüsterte der Junge neben mir. Wenn du Glück hast, nimmt dich jemand mit. Ich bekam feuchte Hände vor Aufregung. Würde mich jemand auswählen? Die Leute wollten bestimmt am liebsten hübsche Kinder. Und ich bin nicht hübsch. Ein junges Paar zeigte auf ein kleines Mädchen mit braunen Locken und sagte, das nehmen wir. Wir wollen gern einen kleinen Jungen mit blonden Haaren, sagte ein älteres Paar. Die Betreuer winkten drei blonde Jungen heran. Die sind uns alle zu groß, sagte das Paar. Haben Sie kein kleines Mädchen mit dunklen Haaren? fragte eine Frau in einem grünen Kostüm. Sie trug hochhackige Schuhe und einen Hut mit Schleier. Die Betreuer sahen sich um. Im Augenblick leider nicht, antworteten sie. Meine Haare sind dunkel. Was kann ich dafür, daß ich nicht mehr klein bin? Ich kam mir vor wie auf einem Viehmarkt.

Ich lasse das Tagebuch sinken und trinke einen Schluck Tee. »Henry, wie konnte man uns nur so ein Auswahlverfahren zumuten! Wir hatten uns gerade von unseren Familien verabschieden müssen ...« Er leckt mir die Hand.

Es klingelt. Henry bellt. Besuch an einem Mittwochvormittag? Jeremy und Thomas sind um diese Zeit in ihrer Kanzlei. Und Rebecca kommt sicherlich erst morgen wieder. Vielleicht ist es Esther oder Ruth. Ja, das könnte sein. Ruth wollte mir eine Zeitschrift vorbeibringen.

Jetzt spricht Martha mit jemandem. Das gibt's doch nicht. Was fällt Leah ein, hier aufzutauchen, ohne sich vorher anzumelden?

Ich stehe auf und stolpere fast auf dem Weg zum Sekretär.

Es klopft an der Tür.

»Moment«, rufe ich und lege das Tagebuch in die Schublade.

»Sie können nicht einfach zu ihr reingehen«, höre ich Martha sagen.

Leahs Manieren waren nie die besten.

Ich öffne die Tür. Henry knurrt. Da steht sie, in einem grauen T-Shirt und einer unförmigen Trainingshose, bleich, mit verheulten Augen und ungewaschenen Haaren. Ein Bild des Jammers. Sie hätte sich wenigstens etwas anderes anziehen können.

»Irma, ich muss dringend mit dir reden.«

»Bitte.« Ich zeige auf meinen Besuchersessel.

»Kannst du deinem Hund sagen, dass er aufhören soll zu knurren?«

»Henry, ab ins Körbchen.« Widerwillig verzieht er sich in seinen Korb neben dem Kamin. Er spürt, dass dies kein erwünschter Besuch ist.

»Soll ich frischen Tee kochen?«, fragt Martha.

Ich zögere, dann gebe ich mir einen Ruck. »Ja, das wäre nett von Ihnen.«

Leah lässt sich in den Sessel fallen, noch bevor ich Platz genommen habe. Jeremy und Thomas würden so etwas nie tun. Rebecca natürlich auch nicht.

Sie vergräbt ihr Gesicht in den Händen. Ihre Schultern beben.

»Nun reiß dich mal zusammen.« Das fehlt noch, dass sie mir hier eine Szene macht.

Sie putzt sich geräuschvoll die Nase. Gleich wird sie mir

von Rebecca erzählen. Wie entsetzt sie darüber ist, dass sie einen deutschen Freund hat und für eine Weile nach Deutschland gehen will. Ob es nicht Wege gibt, das zu verhindern. Ich möchte das alles nicht hören.

»Es geht um Rebecca. Wenn du wüsstest ... Ich bin so verzweifelt.«

Martha bringt den Tee. Sie schenkt uns ein und wirft mir einen bedeutungsvollen Blick zu. Was soll das heißen? Ah, vielleicht wird sie in der Nähe bleiben und zwischendurch horchen, ob Leahs Besuch mich nicht zu sehr anstrengt. Sie weiß, was für eine schwierige Tochter ich habe.

Leah wartet, bis Martha die Tür hinter sich geschlossen hat. »Also, Rebecca hat mir gestern Abend mitgeteilt, dass sie am 1. August für einige Monate ... nach Deutschland gehen wird.«

»Aha.«

Leah starrt mich an. »Mehr hast du dazu nicht zu sagen?«

»Ich weiß über alles Bescheid.«

»Was???«

»Rebecca will eine Zeitlang in Hamburg leben, weil dort ihr Freund wohnt.«

»Aber wieso hat sie dir ...«

»Er heißt Jonas, hat ein Jahr hier in Dublin an der Filmhochschule studiert und ist vor kurzem nach Hamburg zurückgegangen«, unterbreche ich sie.

»Wahrscheinlich hast du ihn sogar persönlich kennengelernt«, sagt Leah bitter.

»Nein, das habe ich nicht.«

»Wieso nimmst du das Ganze so gelassen?«

»Wie soll ich es denn nehmen? Rebecca ist in diesen Jungen verliebt.«

»Findest du es etwa normal, dass meine einzige Tochter sich ausgerechnet in einen Deutschen verliebt und jetzt auch noch nach Deutschland gehen will?«

Henry beginnt wieder zu knurren. »Ist ja gut, mein Kleiner. Komm her und leg dich neben meine Füße.«

»Muss das sein? Ich mag diesen Hund nicht.«

»Er mag dich auch nicht. Wo waren wir stehengeblieben? Ob ich es normal finde … Was heißt normal? Rebecca möchte mit ihrem Freund zusammen sein.«

»Du willst einfach nicht begreifen, was ich die ganze Zeit versuche, dir zu sagen: Deine Enkelin will in dem Land der Mörder deiner Eltern leben. Das ist ungeheuerlich. Ich kann und werde es nicht zulassen.«

»Du hast kein Recht, es ihr zu verbieten.«

»Dann verbiete du es ihr. Auf dich hört sie. Und wenn du ihr sagst …«

»Ich denke nicht daran. Im Gegenteil. Wir haben schon besprochen, dass sie verschiedene Orte aus meiner Kindheit aufsuchen wird. Und dann kann sie mir ein paar Fotos schicken.«

Leah schüttelt stumm den Kopf.

»Reg dich nicht so auf. Rebecca wird in Hamburg gut zurechtkommen.«

»Nein.«

»Sprachlich wird sie auch keine Probleme haben. Die Deutschen können ja alle Englisch. Außerdem hat sie vor ein paar Monaten angefangen, Deutsch zu lernen.«

Leah springt auf. »Wie bitte?«

»Ich finde das schön.«

»Bekomme ich in dieser Familie überhaupt nichts mehr mit?«

Henry fängt an zu bellen. Ich kann ihn nur mit Mühe beruhigen. Am liebsten würde er auf Leah losgehen. »Du hast dich nie für meine Muttersprache interessiert.«

»Warum wohl nicht?«

»Hör auf zu schreien.«

»Ich habe mein ganzes Leben lang alles, was mit Deutschland zusammenhängt, gemieden. Dieses Land hat dir und deiner Familie so Schreckliches angetan ...«

Henry macht einen Satz auf Leah zu.

»Ruf gefälligst deinen Hund zurück.«

»Henry, Platz.«

»Und jetzt wirfst du mir mangelndes Interesse an der deutschen Sprache vor? Das ist doch pervers.«

Die Tür fliegt auf, und Jeremy stürzt herein. »Es reicht!«

»Du hältst dich da raus!«, schreit Leah.

»Ich denke nicht daran.«

»Kinder«, murmele ich und versuche, Henry am Halsband festzuhalten.

Jeremy baut sich vor Leah auf. »Was fällt dir ein, unsere Mutter so anzubrüllen! Ich bin entsetzt. Ein solches Verhalten ist absolut inakzeptabel.«

»Du weißt überhaupt nicht, worum es geht.«

»Das ist im Moment sekundär. Zum Glück hat Martha mich benachrichtigt. Sie hatte gleich bei deiner Ankunft das Gefühl, dass dein Besuch Mutter zu sehr aufregen könnte, zumal du dich nicht einmal angemeldet hattest.«

»Warum muss man sich anmelden, wenn man seine eigene Mutter besuchen will? Das machst du auch nicht.«

»Bei mir ist das etwas anderes«, antwortet Jeremy.

»Ach so.«

»Bitte geh, Leah«, sage ich leise.

Ihre unruhigen Augen wandern zwischen Jeremy und mir hin und her. Sie sieht aus, als wolle sie ihm ins Gesicht schlagen.

Und dann ist sie plötzlich verschwunden. Mit einem Knall fällt die Haustür ins Schloss.

»Jetzt ist sie völlig durchgedreht«, stöhnt Jeremy.

Henry schnauft einmal kurz und legt sich in seinen Korb.

»Wir müssen dich vor ihren Attacken beschützen. Ich kann ein Betretungsverbot beantragen.«

»Nein.«

»Aber wie sollen wir sonst verhindern, dass sie demnächst wieder hier aufkreuzt und dich beschimpft? Thomas oder ich können vielleicht nicht immer rechtzeitig kommen.«

»Ich werde Martha bitten, sie nicht mehr ins Haus zu lassen.«

»So wie ich Leah kenne, wird sie die arme Martha einfach beiseiteschieben.«

»Nein, das lässt Martha nicht mit sich machen. Und Henry ist auch ein guter Beschützer.«

»Mir behagt das Ganze nicht.« Jeremy tritt ans Fenster.

Im Gegenlicht der Sonne sehe ich nur seine Silhouette. Sie erinnert mich an Samuel.

»Was wollte Leah von dir?«

»Das ist nicht so wichtig. Erzähl mir lieber von Esther und den Kindern.«

»Ich habe leider keine Zeit mehr. Aber ich komme heute Abend wieder vorbei.«

Er küsst mich zum Abschied und lässt sich versprechen, dass ich ihn sofort anrufe, wenn ich beunruhigt bin.

Was für ein Vormittag. Ich wünschte, ich müsste Leah nie wieder begegnen.

»Mrs. Goldberg?«

Martha steht vor mir.

»Hoffentlich war es richtig, dass ich Ihrem Sohn Bescheid gesagt habe.«

»Ja, Martha. Haben Sie vielen Dank.«

Leah

Wie in Trance fahre ich nach Hause. Rebecca ist nicht da.

Ich lege mich auf mein Bett. Was hat Irma gesagt, als es darum ging, dass Rebecca Deutsch lernt? *Ich finde das schön.* Der Satz erinnert mich an etwas. Ich schließe die Augen.

Der Koffer! Rebecca nimmt Irma den Koffer ab. Sie hören mich nicht, sie sehen mich nicht. Sie reden miteinander. Ich verstehe ihre Sprache nicht.

Ich habe es geträumt. Lange vor Irmas Herzinfarkt.

14.

Leah

Ich greife nach der Teekanne. Der Schmerz fährt mir in den Rücken. Einen Moment lang bekomme ich keine Luft. So schlimm war es noch nie.

Wann habe ich zum ersten Mal diese stechenden Schmerzen gespürt? An dem Tag, als ich die korrigierten Leaving-Cert-Klausuren abgegeben habe? Natürlich hätte ich nicht vier Wochen lang täglich so viele Stunden am Schreibtisch sitzen dürfen. Auch in anderen Jahren sind diese intensiven Korrekturphasen meiner Lendenwirbelsäule nicht gut bekommen. Aber das regelmäßige Laufen hat mir immer den nötigen Ausgleich verschafft. In diesem Sommer ist es anders. Bei jedem Schritt tut mir der Rücken weh. Und trotzdem bin ich bisher jeden Tag gelaufen.

Ich kann mich nicht rühren. Wo sind die Tabletten? Warum habe ich sie nicht bei mir? Soll ich Rebecca rufen? Nein. Wahrscheinlich ist sie sowieso nicht da. Dass sie immer noch nicht gemerkt hat, wie schlecht es mir geht. Wenn ich nicht diese starken Tabletten schlucken würde, hätte sie es längst merken müssen. Sie spricht nur das Nötigste mit mir. Als ich ihr neulich vorgeschlagen habe, dass ich mal wieder etwas für uns beide kochen könnte, schüttelte sie den Kopf. Sie wartet mit dem Essen, bis ich fertig bin, und wenn ich mich zu ihr setzen will, nimmt sie ihren Teller und verschwindet in ihr Zimmer. Manchmal stehe ich an ihrer Tür und höre, wie sie deutsche Vokabeln lernt oder irgendwelche Übungssätze aufsagt. Abends skypt sie oft und lacht dabei so laut, dass es mir so vorkommt, als wolle sie mir demonstrieren, wie komisch ihr deutscher Freund sei. Neulich kam sie mit einem großen Rucksack nach Hause, und auch sonst ist sie viel mit Reisevorbereitungen beschäftigt. In der Küche finde ich Zettel, auf denen steht: *Adapter, Badeanzug, Vorrat an Migränetabletten besorgen.*

Da liegt die Packung, neben dem Toaster. Ich beiße die Zähne zusammen, stehe stöhnend auf. Die paar Meter scheinen unendlich weit entfernt zu sein. Ich schenke mir ein Glas Wasser ein. Ist das heute die dritte oder vierte Tablette? Mehr als drei pro Tag sind wegen möglicher Nebenwirkungen nicht erlaubt. Magengeschwüre. Herzinfarkt. Schlaganfall. Es ist mir egal.

Meistens dauert es eine Weile, bis die Wirkung einsetzt. Mit letzter Kraft schaffe ich es in mein Arbeitszimmer. Mein Blick fällt auf das Telefon. Von Jeremy habe ich nichts gehört. Ich hatte fest damit gerechnet, dass er mir in Irmas Namen Hausverbot erteilen würde, in schriftlicher Form und mit dem Stempel seiner Kanzlei. Aber vielleicht war es ihr der Mühe nicht wert. Oder sie ahnt, dass ich sie und ihren schrecklichen Hund auch so nicht wieder aufsuchen werde.

Ich sinke auf meinen Schreibtischstuhl. Seit zehn Tagen zwinge ich mich dazu, die neuen Englischkurse vorzubereiten. *Stolz und Vorurteil* von Jane Austen steht auf dem Programm für das Leaving Cert im nächsten Jahr. Zum x-ten Mal schlage ich den Roman auf. Ich habe ihn im Studium gelesen und erinnere mich, dass ich ihn als Entwicklungsroman und Gesellschaftsstudie sehr gelungen fand. Austens Wortwitz, ihr heiterer, ironischer Ton und ihre geschliffenen Dialoge haben mich begeistert. Wieso quälen mich jetzt diese Figuren mit ihren Eitelkeiten, Launen und Intrigen? In ihrem Leben scheint es nichts Wichtigeres zu geben als die Frage, wer sich mit wem verheiratet. Ich kann mir im Augenblick nicht vorstellen, wie ich siebzehnjährigen Schülern diesen Text nahebringen soll.

Meine Gedanken schweifen wieder ab zu Rebecca. Sie will nicht mit mir essen, aber leiht sich ständig meinen Wagen, um zu ihrer Großmutter zu fahren. Fast jeden zweiten Tag. Da kennt sie nichts. Sie weiß, dass ich mir schäbig vorkäme, wenn ich ihr sagen würde, nein, dafür gebe ich dir mein Auto nicht. Also fährt sie los, und ich gräme mich bei dem Gedanken, dass sie bei Irma im Wohnzimmer sitzt und sich Geschichten von früher erzählen lässt. Vermutlich sprechen sie über all das, was ich Irma nie gefragt habe. Nie gewagt habe zu fragen. Ihre Kindheit in Deutschland, ihre Trennung von den Eltern, ihr Leben im Krieg, die Nachricht von der Ermordung ihrer Eltern. Wann hat sie begonnen, nur noch Englisch zu sprechen? Bedauert sie es, dass ihre eigene Tochter kein Deutsch kann? Offenbar. Sonst hätte sie neulich nicht gesagt: *Du hast dich nie für meine Muttersprache interessiert.* Kann ein Kind seiner Mutter jemals nahe sein in einer für sie fremden Sprache? Bei Jeremy und Thomas war das kein Problem. Aber zwischen Irma und mir gab es immer diese Lücke, die nicht zu füllen war.

Irma

Ich sitze in meinem Sessel und schaue aus dem Fenster. Heute ist wieder ein Tag, an dem Rebecca kommt. Ich freue mich immer schon morgens beim Aufwachen auf unsere gemeinsamen Stunden, wenn ich ihr von früher erzähle und sie aufmerksam zuhört. Sie hat so viele Fragen: Wie meine Eltern und ich gelebt haben, bevor die Nazis an die Macht kamen, ob ich mich an meine Großeltern erinnere, ob es Tanten und Onkel gab. Neulich habe ich ihr von dem widerlichen Werner und von Fräulein Ruben erzählt. Und vorgestern ging es darum, wie die Kinder und Lehrer an meiner alten Schule mich immer mehr gequält haben, bis Mutter und Vater beschlossen, mich auf die jüdische Schule in der Karolinenstraße zu schicken. Nichts gibt mir so viel Energie wie diese Gespräche über die Vergangenheit.

Meine Jungen und Esther und Ruth sind natürlich auch rührend um mich besorgt. Sie besuchen mich täglich, laden mich zum Tee, zum Abendessen, zum Lunch zu sich ein und wollen mit mir Ausfahrten ans Meer und in die Wicklow Mountains machen. Aber das ist mir alles zu anstrengend. Ich bin am liebsten zu Hause bei meiner treuen Martha und dem wackeren Henry.

Er hat mich so verteidigt, als Leah neulich hier ihren grässlichen Auftritt hatte. Ich zittere noch immer, wenn ich an ihr hasserfülltes Gesicht denke. Henry hätte ihr sicherlich ins Bein gebissen, wenn Jeremy nicht gekommen wäre.

Hoffentlich hat sie ihre Wut nicht an Rebecca ausgelassen. Es wäre ihr zuzutrauen. Und die arme Rebecca steht wie ein Puffer zwischen uns beiden. Aber sie ist stark. Sie wird sich nicht von ihrem Entschluss abbringen lassen, nach Hamburg zu gehen.

Es klingelt. Ich höre, wie Martha die Tür öffnet. Und da ist sie auch schon, meine Rebecca, mit einem Strauß bunter Dahlien in der Hand.

»Hallo, Oma.«

»Rebecca, Liebes. Was für schöne Blumen. Vielen Dank.«

Martha bringt uns den Tee und eine Vase. Dann zieht sie sich zurück.

»Was du mir vorgestern erzählt hast, geht mir gar nicht mehr aus dem Kopf«, sagt Rebecca und schenkt uns ein. »Wenn ich mir vorstelle, ich wäre in der Schule von anderen Kindern beschimpft und geschlagen worden und die Lehrer hätten nur zugesehen und gegrinst. Das ist so brutal …« Sie stockt.

Ich lege meine Hand auf ihre. »Du bist sehr tapfer, dass du das alles wissen willst.«

»Quatsch, du bist tapfer. Schließlich redest du über all die schrecklichen Dinge, die dir zugestoßen sind.«

»Es ist besser, als zu schweigen.«

»Gab es denn niemanden an der Schule, der versucht hat, dich zu beschützen?«

»Doch. Fräulein Dresen, unsere Kunstlehrerin. Das war eine ganz feine Frau, die bei der Hetze gegen uns jüdische Kinder nicht mitgemacht hat. Wenn sie sah, dass jemand unsere Sachen zerriss oder auf uns einschlug, ging sie dazwischen. Bei ihr im Unterricht gab es auch keinen Hitler-Gruß und keine Nazi-Parolen.«

»Das hat ihren Kollegen, die in der Partei waren, bestimmt nicht gefallen.«

»Nein. Irgendwann war Fräulein Dresen auf einmal nicht mehr da. Man hatte sie entlassen. Ich habe sie nie wiedergesehen.«

»Hoffentlich hat sie überlebt.«

»Ja, das hoffe ich auch.«

»Hast du oft an sie gedacht?«

»Nein, ich hatte sie völlig vergessen. Wenn du mich nicht gefragt hättest …«

»Wie sah sie aus?«

»Sie hatte ein schmal geschnittenes Gesicht, freundliche, hellblaue Augen und eine warme Stimme. Sag deinen Eltern, dass ihr dieses Land so schnell wie möglich verlassen müsst, flüsterte sie mir eines Tages auf dem Schulhof zu. Kurz darauf war sie verschwunden.«

Wir schweigen beide. Ich trinke meinen Tee aus und streichele Henry den Rücken.

»Wissen eigentlich Jeremy und die anderen, worüber wir reden?«, fragt Rebecca nach einer Weile.

»Nein.«

»Meinst du, sie würden sich dafür interessieren?«

»Vielleicht. Ich bin mir nicht sicher. Auf jeden Fall ist ihnen inzwischen klar, dass sie nicht stören dürfen, wenn du hier bist. Neulich hat sich Jeremy bei mir erkundigt, über was wir uns eigentlich die ganze Zeit unterhalten. Und dabei hat er mich besorgt angesehen. Ich hatte seit längerem mit dieser Frage gerechnet.«

»Und was hast du ihm geantwortet?«

»Dass wir über deine Zukunft sprechen. Ich wollte ihn nicht beunruhigen.«

Später, als sie wieder nach Hause gefahren ist, überlege ich, ob ich meine Jungen in Rebeccas Pläne einweihen sollte. Nein, sie werden es früh genug erfahren, dass sie nach Deutschland gehen will, und es wird ihnen nicht gefallen. Niemand aus ihren Familien ist jemals in Deutschland gewesen. Aber meine Antwort auf seine Frage war nicht ganz falsch. In unseren Gesprächen werden Fäden gesponnen zwischen ihrer Zukunft und meiner Vergangenheit.

Ich greife nach meinem Tagebuch.

3. März 1939

Heute nachmittag wurde ich zu den Betreuern gerufen. Ich war aufgeregt, weil ich dachte, daß sich vielleicht die Frau im grünen Kostüm gemeldet hätte, um zu sagen, ich habe es mir überlegt: Ich nehme das dunkelhaarige Mädchen, auch wenn es schon groß ist.

Leider kam alles ganz anders. Die Betreuer guckten mich so ernst an, daß ich sofort Angst hatte, ich hätte irgendetwas falsch gemacht. Das Lager hier in Dovercourt wird demnächst aufgelöst, sagte einer von ihnen, der Deutsch kann. Es wird wieder für britische Schulkinder als Ferienlager benötigt. Und was passiert mit uns? fragte ich. Ihr werdet auf verschiedene Orte im Land verteilt. Wir haben für dich einen Platz in einem Hostel in Belfast gefunden. Du wirst morgen nach London gebracht, und von dort geht es mit dem Zug und dem Schiff weiter nach Nordirland. Ich wollte so vieles fragen, aber die Betreuer hatten keine Zeit mehr. Was ist ein Hostel? Es klingt so ähnlich wie das Wort für Krankenhaus. Bin ich denn krank? Wir sind doch alle bei unserer Ankunft in England von einem Arzt untersucht worden. Und da war ich gesund. Sonst hätte ich wahrscheinlich gar nicht hierbleiben dürfen.

»Hostel und hospital. Ach, Henry …« Er hebt den Kopf und schaut mich an. Ich streichele ihm den Rücken.

Bei meiner Ankunft in Belfast habe ich sofort begriffen, dass dieses Hostel nichts von einem Krankenhaus hatte. Wenn ich vorher gewusst hätte, was mich dort erwartete, hätte ich darum gefleht, woanders hingeschickt zu werden.

Und wo ist Nordirland? Ich will nicht wieder mit einem Schiff fahren. Dann bin ich noch weiter von Mutter und Vater entfernt. Ob sie meine Briefe bekommen haben? Wie lange wird es dauern, bis sie mir antworten? Oh, nein! Sie werden mir natürlich nach Dovercourt schreiben, weil sie nicht wissen, daß ich schon wieder umziehen muß.
Sie haben mir fest versprochen, daß sie bald nachkommen werden. In ein oder zwei Monaten. Aber nach England und nicht nach Nordirland.
Wenn ich bloß jemanden hätte, der mir helfen könnte. Die Betreuer haben keine Zeit, weil sie sich um so viele Kinder kümmern müssen. Und sonst kenne ich niemanden.
Ich weiß nicht mehr weiter.

15.

Leah

Gleich habe ich den Leuchtturm erreicht. Ich könnte schreien, so schlimm sind die Schmerzen. Ein Jogger wirft mir einen mitleidigen Blick zu. Darauf kann ich gut verzichten. Ich versuche vergeblich, mich auf eine Bank zu legen. Wie soll ich wieder nach Hause kommen? Hätte ich nur mein Handy dabei. Dann könnte ich Rebecca bitten, mich am Ende des Piers abzuholen. Aber auch bis dahin werde ich es nicht schaffen. Soll ich einen der Spaziergänger fragen, ob er den Notarzt rufen kann? Nein, ich lasse mich nicht auf einer Trage den Pier entlangtransportieren. Ich muss nur die Zähne zusammenbeißen. Ein erster Schritt, ich schreie laut auf.

»Kann ich Ihnen helfen?«

Vor mir steht eine ältere Frau in einem dunkelblauen Trainingsanzug. Kurze Haare, braungebrannt. Eine sportliche Rentnerin.

»Danke. Ich ...«

»Haben Sie sich den Fuß verknackst?«

»Nein. Es ist der Rücken.«

»Ein Hexenschuss?«

»Vielleicht.«

Sie hält mir ihren Arm hin. »Stützen Sie sich auf mich.«

Ich beuge mich etwas vor, eine winzige Bewegung. Wie ein Messerstich durchfährt der Schmerz meinen Rücken. Gleich wird mir schlecht.

»Ich kann nicht ...«

»Soll ich einen Arzt rufen?«

»Nein.«

»Dann müssen Sie laufen. Los, kommen Sie.«

Ihre energische Stimme macht mir Mut.

Schritt für Schritt geleitet mich die Frau den Pier entlang. Ich erfahre, dass sie vier Kinder und zehn Enkel hat und seit fünf Jahren im Ruhestand ist. Von Beruf war sie Lehrerin, das hätte ich mir denken können.

Es dauert über eine Stunde, bis wir ihren Wagen erreichen.

»Jetzt fahre ich Sie nach Hause.«

»Ich werde nicht sitzen können.«

»Versuchen Sie's.«

Nach einigen Minuten gelingt es mir, einzusteigen, mit ihrer Hilfe. Sie fährt vorsichtig, vermeidet die Schlaglöcher.

»Ich weiß nicht, wie ich das wiedergutmachen soll.«

»Ach, nicht der Rede wert.«

Beim Abschied an meiner Haustür erkundigt sie sich, ob bei mir jemand da sei.

»Meine Tochter.«

»Versprechen Sie mir, dass Sie noch heute einen Arzt aufsuchen.«

Ich nicke und danke ihr.

Hoffentlich ist Rebecca zu Hause. Ich schließe auf. »Hallo?«

»Ja?«, dringt es unwillig aus ihrem Zimmer.

»Kommst du mal?«

»Ich skype gerade.«

Das kann dauern. Wo sind die Schmerztabletten? Auf meinem Nachttisch? Nein, vermutlich in der Küche.

Ohne die Unterstützung der Rentnerin fällt es mir viel schwerer, mich zu bewegen. Ich mache zwei, drei winzige Schritte. Seltsam, ich kann meinen linken Fuß nicht mehr richtig anheben.

Rebecca reißt ihre Zimmertür auf. »Lauschst du etwa?«

»Nein, ich …«

Sie runzelt die Stirn und schaut mich besorgt an. »Was hast du? Ist dir nicht gut?«

»Ich habe wahnsinnige Rückenschmerzen.«

»Oh ... seit wann?«

»Angefangen hat es vor anderthalb oder zwei Wochen, aber seit zwei Tagen ist es unerträglich.«

»Und trotzdem warst du joggen?«

»Ich dachte, das würde mich entspannen.«

Rebecca zieht die Augenbrauen hoch.

»Ja, ich weiß, es war ein Fehler. Kannst du mir bitte aus der Küche meine Schmerztabletten und ein Glas Wasser holen?«

»Okay.«

Ich schleppe mich ins Schlafzimmer und setze mich aufs Bett. Die Schmerzen strahlen auch ins linke Bein aus, in meinem Fuß kribbelt es. Soll ich mich hinlegen? Ich habe Angst, dass ich nicht wieder aufstehen kann.

»Und was willst du jetzt machen?«, fragt Rebecca und reicht mir ein Glas Wasser und die Tabletten.

»Ich muss zum Arzt.«

»Zu welchem denn? Du hast ja keinen Hausarzt. Soll ich Simon anrufen?«

»Eigentlich müsste ich zu einem Orthopäden.«

»Er kennt bestimmt einen.«

Ich nehme eine Tablette ein. Die wievielte ist es heute? Ich erinnere mich nicht.

»Was ist das für ein Mittel?«

»Gegen Rücken- und Gelenkschmerzen. Das stärkste, was ich kriegen konnte.«

»Nimmst du das schon länger?«

»Seit einer Woche.«

Rebecca greift zum Telefon. Ich lasse mich langsam auf mein Kissen gleiten. Soll sie Simon fragen. Mir ist alles egal.

Ich höre, wie sie mit der Sprechstundenhilfe spricht. Es sei dringend. Kurz darauf hat sie Simon am Apparat. Sie beschreibt ihm die Symptome und reicht den Hörer an mich weiter.

»Strahlen die Schmerzen ins Bein aus?« Simons Stimme klingt ruhig wie immer.

»Ja, so etwas hatte ich noch nie.«

»Wie ist es beim Gehen? Spürst du irgendwelche Ausfallerscheinungen?«

»Wie meinst du das?«

»Hast du ein Kribbeln oder ein taubes Gefühl im Bein oder im Fuß?«

»Ja.«

»Das klingt nach einem Bandscheibenvorfall.«

»Oh nein.«

»Ich schreibe dir eine Überweisung zum Orthopäden.«

»Wo muss ich da hin?«

»Am besten in die Blackrock Clinic. Wenn du willst, rufe ich dort an, damit du möglichst bald einen Termin bekommst.«

»Danke. Glaubst du, dass die mich gleich dabehalten werden?«

»Ich denke, eher nicht. Aber du kannst ja eine Tasche mit dem Nötigsten mitnehmen, wenn dir wohler dabei ist.«

»Also wenn sie mich in eine dieser Röhren schieben wollen, das schaffe ich nicht. Ich kriege schon bei der Vorstellung Platzangst.«

»Du wirst erst einmal neurologisch untersucht. Und dann wird entschieden, ob eine Kernspintomographie nötig ist. Manchmal lässt sich nur darüber eine genaue Diagnose stellen. Es ist nicht so schlimm, wie du denkst.«

»Das sagst du so einfach.«

»Leah, ich muss aufhören. In meinem Wartezimmer sitzen über dreißig Leute.«

»Ja, natürlich. Tut mir leid.«

»Rebecca kann heute Abend um sechs die Überweisung bei mir abholen. Bis dahin habe ich auch einen Termin für dich vereinbart.«

»Ich danke dir.«

»Gute Besserung.«

Ich lege auf, erkläre Rebecca, was Simon gesagt hat und schließe die Augen.

Seit unserem letzten Telefonat sind fast drei Wochen vergangen. Ich habe zwischendurch mit mir gerungen, ob ich ihn anrufen soll. Er weiß sicherlich Näheres über Rebeccas Reisepläne. Ich konnte es nicht. Vielleicht war ich zu stolz.

Rebecca

Auf dem Weg zur Praxis stoße ich fast mit einem anderen Radfahrer zusammen. Mir stockt das Herz. Es wäre meine Schuld gewesen. Was ist los mit mir? Ich muss mich konzentrieren. Bis heute hatte ich keine Ahnung, dass Leah Rückenschmerzen hat, aber ich habe sie auch kaum gesehen. Vorhin dachte ich zuerst, sie simuliert, weil sie verhindern will, dass ich übermorgen wegfahre. Was soll ich machen? Kann ich sie allein lassen, wenn es ihr so schlecht geht?

Simon ist fast fertig mit seiner Sprechstunde. Ich setze mich ins Wartezimmer.

Jonas schickt mir eine SMS. *In 40 Stunden landest du in Hamburg! Kuss, dein J.*

Vor ein paar Stunden hätte ich ihm geantwortet, wie sehr ich mich freue. Jetzt simse ich: *Drück mir die Daumen, dass alles gutgeht.*

Ein paar Sekunden später simst er zurück: *Na, klar.*
Wenn er wüsste.
»Hallo, Rebecca.« Simon nimmt mich in die Arme.
»Ist so ein Bandscheibenvorfall gefährlich?«
»Komm mal mit in mein Sprechzimmer.«
Er schließt die Tür. »Setz dich.«
Diesmal wähle ich seinen Stuhl und er nimmt auf dem Patientenstuhl Platz.
»Nun sag schon.«
»Noch ist nicht sicher, ob es ein Bandscheibenvorfall ist. Und wenn ja, kommt es ganz darauf an, um was für eine Art es sich handelt. Die seitlichen Bandscheibenvorfälle sind sehr schmerzhaft, aber sie können in der Regel konservativ behandelt werden. Kritischer sind die mittleren, bei denen das Rückenmark beschädigt werden kann.«
»Und was passiert dann?«
»In dem Fall muss man meistens operieren, weil sonst die Gefahr einer bleibenden Lähmung droht.«
»Was???«
»Bitte reg dich nicht auf. Warten wir erst einmal die Untersuchung ab. Der Termin ist morgen früh um neun. Kannst du deine Mutter hinfahren?«
»Ja.«
»Machst du dir Gedanken wegen deiner Reise?«
»Hm.«
»Geh mal davon aus, dass es klappt.«
»Das wird Leah mir nie verzeihen. Und ich hätte ein total schlechtes Gewissen.«
»Sie hat kein Recht, dein Hierbleiben zu erzwingen, auch nicht durch eine Krankheit.«
»Glaubst du, dass sie das tut?«
»Nicht bewusst. Aber es macht mich stutzig, dass sie sich ausgerechnet jetzt nicht mehr bewegen kann, zum ersten Mal in ihrem Leben.«

Simon hat recht. Leah erpresst mich, auch wenn sie es nicht merkt.

Ich radele wieder nach Hause, koche eine Möhrensuppe für uns beide und serviere sie Leah in ihrem Bett. Sie wirkt nicht mehr so verzweifelt. Vielleicht liegt es daran, dass sie morgen einen Termin beim Arzt hat. Oder sie ist entspannter, weil sie denkt, ich werde meine Reise absagen.

16.

Irma

Irma, was ist mit dir?, fragt Mutter auf dem Nachhauseweg von der Schule. Ich weiß nicht. Hat jemand etwas Hässliches zu dir gesagt? Nein. Macht dir das Lernen keinen Spaß mehr? Ich schlucke. Du hast immer so gern gelernt. Ich habe Angst, murmele ich. Und die anderen in meiner Klasse haben auch Angst. Mutter bleibt stehen und schaut mich erschrocken an. Ich dachte, in der jüdischen Schule brauchst du keine Angst mehr zu haben, weil die Lehrer euch beschützen. Ja, in der Schule tut uns niemand was, aber überall sonst sagen sie so schlimme Dinge über die Juden. Mutter greift nach meiner Hand. Können wir nicht aus Deutschland weggehen, so wie Fräulein Ruben? Mutter seufzt. Wo sollen wir denn hin? Hier ist unsere Heimat, hier hat Vater sein Geschäft. Wir müssen doch von irgendetwas leben. Aus meiner Klasse gehen auch jeden Tag Kinder weg, und dann kommen wieder neue, und manche bleiben nur ein paar Wochen. Es sind schwere Zeiten, sagt Mutter. Und was ist, wenn die Parteileute ihre Drohungen wahr machen?, rufe ich. Nicht so laut, sagt Mutter. Müssen wir dann raus aus unserer Wohnung?, flüstere ich. So schlimm wird es hoffentlich nicht werden. Aber ich darf schon jetzt nicht mehr zum Ballett, nicht mehr ins Schwimmbad, nicht mehr Eislaufen, nicht mehr ins Kino. Ach, Kind.

Ein paar Tage später bringt unser Lehrer wieder eine Neue mit in die Klasse. Sie hat dicke, dunkle Zöpfe und grüne, ernste Augen. Ist das nicht Lea, meine Lea, mit der ich in den Kindergarten gegangen bin? Mit niemandem habe ich so gern gespielt wie mit ihr. Kurz bevor wir in die Schule kamen, zog sie weg, irgendwo in den Norden von Hamburg. Wir waren beide so traurig. Das ist Lea Weizmann, sagt der Lehrer. Sie wird ab heute in eure Klasse gehen. Lea, setz dich bitte auf den freien Platz in der letzten Reihe.

In der Pause gehe ich zu ihr. Erinnerst du dich an mich? Ich bin Irma, wir waren im selben Kindergarten. Plötzlich leuchten ihre Augen und sie lächelt. So ein Glück. Am Anfang der nächsten Stunde fragen wir den Lehrer, ob wir zusammensitzen dürfen. Natürlich dürft ihr das, antwortet er. Wie schön, wenn sich hier mal zwei wiederfinden und es nicht immer nur Abschiede gibt. Von da an sind wir unzertrennlich ...

Henry bellt. Ich schrecke hoch.

Martha stürzt herein. »Mrs. Goldberg, was ist mit Ihnen? Sie sind ganz bleich.«

»Es geht schon wieder.«

Henry leckt mir die Hand. Bin ich für einen Moment ohnmächtig geworden?

»Wollen wir vor dem Abendessen einen kleinen Gang machen? Etwas frische Luft würde Ihnen guttun.«

»Ich möchte lieber hierbleiben.«

»Soll ich Ihnen den Fernseher anstellen? Gleich kommt die Kochsendung, die Sie so gern mögen.«

»Ja, danke.«

Henry schnauft und legt sich zu meinen Füßen. Er passt auf mich auf.

Leah

Ich schlafe kaum, kann vor Schmerzen nicht liegen und nicht sitzen. Immer wieder bewege ich meinen linken Fuß; das Kribbeln wird schlimmer, gegen Morgen spüre ich es auch im Bein. Vermutlich werde ich nicht einmal die paar Schritte zum Auto laufen können. Um kurz vor sieben bringt Rebecca mir mein Frühstück ans Bett. Milchkaffee, Toast mit Himbeermarmelade, Orangensaft.

»Danke. Wenn ich dich nicht hätte.«

»Wie war die Nacht?«

»Schlecht. Bist du so lieb und bringst mir noch ein Glas Wasser und meine Schmerztabletten?«

»Die würde ich vor der Untersuchung nicht nehmen.«

»Wieso nicht?«

»Weil der Arzt dann nicht genau feststellen kann, was dir weh tut und was nicht.«

Und wenn ich es ohne Tabletten nicht schaffe, aufzustehen?

»Soll ich dir gleich beim Waschen und Anziehen helfen?«

»Mal sehen. Vielleicht kannst du ein paar Sachen für mich zusammenpacken. Ich bin sicher, dass ich im Krankenhaus bleiben muss.«

»Wieso?«

»Weil sie mich operieren werden. Ich habe ein ganz taubes Gefühl in der linken Fußsohle.«

Rebecca erschrickt. »Wirklich?

Ich nicke und fange an zu frühstücken. Hat sie gedacht, es sei alles doch nicht so schlimm und sie könne morgen nach Hamburg fliegen?

Es dauert fast eine Dreiviertelstunde, bis ich angezogen bin. Ich schaffe es allein, nur bei den Strümpfen muss Rebecca mir helfen.

Beim Gehen merke ich, wie ich mein linkes Bein ein wenig nachziehe, und Rebecca merkt es auch.

Wir schweigen auf der Fahrt zur Klinik. Wie soll ich wochen- oder monatelang ohne meine Arbeit und ohne das Laufen auskommen? Je länger ich darüber nachdenke, desto unruhiger werde ich.

Um zehn vor neun betreten wir das Wartezimmer des Orthopäden. Alle Stühle sind besetzt. Drei Patienten mit schmerzverzerrten Gesichtern lehnen an den Wänden. Ich stelle mich dazu.

»Soll ich dir einen Stuhl besorgen?«, fragt Rebecca.

»Nein, sitzen ist schlimmer als stehen.«

Nach ein paar Minuten bin ich so weit, dass ich mich vor Schmerzen auf den Fußboden legen könnte. Ich erkundige mich, wie lange es in etwa dauern wird. Es gehe der Reihe nach, lautet die lapidare Antwort.

Um zehn nach zehn werde ich endlich hineingerufen. Der Arzt ist jung, höchstens Anfang dreißig. Ob so jemand genug Erfahrung hat? Mit unbeweglicher Miene hört er sich meine Beschreibung der Symptome an. Er untersucht meinen Rücken, beobachtet, wie ich stehe und gehe. Ich soll mich vorbeugen, was mir natürlich nicht gelingt. Als ich mich hinlegen muss, schreie ich laut auf. Er verzieht noch immer keine Miene. Mit einem kleinen Hammer prüft er die Reflexe in den Füßen und Knien, danach lässt er mich auf Zehenspitzen und auf den Fersen stehen. Es handele sich um einen seitlichen Bandscheibenvorfall im Lendenwirbelbereich, erklärt er mir. Eine Lähmung sei nicht zu befürchten, das Kribbeln käme daher, dass die vorgewölbte Bandscheibe auf einen Nerv drücke. Er empfehle eine konservative Behandlung: Liegen im Stufenbett, schmerz- und entzündungshemmende Mittel, Massage und Physiotherapie. Sitzen sei zu vermeiden. Später, wenn die Entzündung abgeklungen sei, käme auch Rückenschwimmen in Frage.

»Schicken Sie mich nicht zur Kernspintomographie?«

»Das ist bei Ihrem eindeutigen Befund nicht notwendig.«

»Muss ich im Krankenhaus bleiben?«

»Nein.«

Warum bin ich nicht erleichtert?

Er verschreibt mir zehnmal Massage plus Physiotherapie und gibt mir ein Rezept für die Medikamente. An der Rezeption könne man mir die Namen einiger Physiotherapeuten nennen, mit denen sich die Zusammenarbeit bewährt hätte. Ich bedanke mich. Beim Abschied wünscht er mir gute Besserung. Immerhin.

Als Rebecca mich sieht, springt sie auf. »Was hat er gesagt?«

»Gleich.«

Ich lasse mir die Namensliste geben. Die Vorstellung von krankengymnastischen Übungen behagt mir nicht. Laufen wäre mir lieber.

»Nun erzähl mal.«

Im Flur fasse ich kurz die Diagnose für sie zusammen.

»Ist doch toll. Keine OP, kein Krankenhaus. Freust du dich nicht?«

»Ich bin unsicher, ob ich dem Urteil des Arztes trauen kann.«

»Wieso?«

»Er ist noch sehr jung.«

»Dann hat er in seiner Ausbildung den neuesten Stand der Forschung kennengelernt.«

»Wer weiß.«

Ich hake mich bei Rebecca unter. Wir gehen langsam zum Aufzug. Ich ziehe eindeutig mein linkes Bein nach. Vielleicht sollte ich eine zweite Meinung einholen.

Rebecca

Typisch Leah. Sie rechnet immer mit dem Schlimmsten und ist enttäuscht, wenn es nicht ganz so schlimm kommt wie erwartet. Vor allem an einem Tag wie heute, wenn ihre

Tochter dabei ist, zu packen, um in das verhasste Deutschland aufzubrechen.

Zu Hause baue ich Leah ein Stufenbett aus Schlafsäcken und Kissen und helfe ihr, sich so hinzulegen, dass ihre Unterschenkel oben auf dem Stapel liegen.

»Das soll die Lendenwirbelsäule entlasten«, murmelt sie.
»Merkst du schon was?«
»Nein. Was hast du jetzt vor?«
»Ich könnte das Rezept einlösen und einkaufen.«
»Danke.«
»Anschließend will ich Oma besuchen.«
»Warst du nicht gerade bei ihr?«
»Vor zwei Tagen.«
»Wie geht es ihr?«
»Ganz gut.«
»Das freut mich.«
»Ich will auch noch kurz bei Aisling vorbeifahren. Sie ist gestern Abend aus Connemara zurückgekommen.«

»Ah, ja. Wie sieht's eigentlich mit eurer Südfrankreichreise aus?«

»Die findet statt, aber ohne mich.«
»Wieso?«
»Das weißt du genau: Weil ich morgen nach Hamburg fliege.«

»Nein!« Sie versucht sich aufzurichten. »Du kannst doch in dieser Situation nicht einfach abreisen.«

»Ich kaufe so viel ein, dass du in den nächsten zwei Wochen genug zu essen hast.«

»Rebecca, ich kann mich kaum bewegen.«
»Das wird bestimmt bald besser.« Ich zwinge mich, Leah nicht anzusehen. »Bis nachher.«

17.

Leah

Wie kann sie mir das antun? Ich liege hier wie ein Käfer auf dem Rücken, und sie hält es nicht für nötig, ihre Reisepläne zu ändern.

Soll ich Simon anrufen und ihn bitten, mit Rebecca zu reden? Nein. Sie ist entschlossen zu fahren, daran wird auch er nichts ändern können. Vielleicht hält er es sogar für richtig.

Ist Angela aus den Ferien zurück? Ich habe den Überblick verloren.

Als ich nach dem Telefon greife, rutscht es mir beinahe aus der Hand. Was ist das für ein Kribbeln in den Fingern? Dehnt sich die Lähmung jetzt auch auf meine Arme und Hände aus?

»Hallo?«

»Hier ist Leah.« Im Hintergrund weint ein Kind. »Störe ich?«

»Nein. Emily hat sich nur gerade mit Georgia gestritten. Moment mal.«

Ich höre, wie sie besänftigend auf ihre Töchter einredet. Von beiden ertönt lautstarker Protest.

Rebecca hat fast nie geweint. Ich habe ihr früh beigebracht, dass sie damit bei mir nichts erreicht.

»Entschuldige, Leah. Wie geht es dir?«

»Nicht gut. Ich war heute Morgen in der Blackrock Clinic. Sie haben einen Bandscheibenvorfall diagnostiziert, und jetzt liege ich zu Hause im Stufenbett.«

»Oh, du Arme!«

»Es ist sehr schmerzhaft.«

»Das kann ich mir vorstellen. Ist Rebecca da? Kann sie sich um dich kümmern?«

»Sie kauft heute noch für mich ein, aber morgen fährt sie nach Hamburg.«

»Ach. Ich wusste nicht, dass sie sich für Deutschland interessiert.«

»Das wusste ich bis vor kurzem auch nicht.«

»Wie lange will sie bleiben?«

»Keine Ahnung.«

»Wird sie einen Sprachkurs besuchen?«

»Ich kann dir all diese Fragen nicht beantworten. Das Einzige, was ich weiß, ist, dass ihr Freund Deutscher ist.«

»Na, das erklärt natürlich vieles. Hast du ihn inzwischen kennengelernt?«

»Nein. Und ich lege auch keinen Wert darauf.«

»Warum nicht?«

»Das würde jetzt zu weit führen. Auf jeden Fall bin ich sehr enttäuscht, dass es ihr nicht in den Sinn kommt, ihre Reise zu verschieben. Ich bin so hilflos.«

»Es tut mir sehr leid. Wenn du willst, besuche ich dich morgen Nachmittag.«

»Ja, gern.«

»Dann können wir in Ruhe weiterreden. Hier bricht schon wieder das Chaos aus.«

Ich verabschiede mich und lege auf. Es ist still in meinem Zimmer, meinem Haus.

Rebecca

Ich packe die Einkäufe aus und klopfe bei Leah an.

»Ja?«

Ich öffne die Tür, erwarte Leahs strengen Blick. Sie hat die Augen geschlossen.

»Kann ich etwas für dich tun?«

»Nein.«

»Ich habe das entzündungshemmende Schmerzmittel aus der Apotheke geholt. Du sollst es nach dem Essen einnehmen.«

»Leg es auf meinen Nachttisch, zusammen mit einem Stück Brot.«

»Ich könnte dir dazu einen Teller Möhrensuppe aufwärmen.«

»Keinen Appetit.«

Ich bringe Leah das Brot und die Tabletten. Ihre Augen bleiben geschlossen. Muss sie so mit mir umgehen? Eigentlich habe ich nichts anderes erwartet. Aber es tut mir trotzdem weh, sie da so liegen zu sehen.

Mein Rucksack ist gepackt, ich habe online eingecheckt, der Flughafenbus geht morgen früh um zehn nach vier.

Ich schaue auf mein Bankkonto und stutze. Hat Oma sich vertan, oder wollte sie mir wirklich dreitausend Euro überweisen?

Ich rufe sie an.

»Rebecca, Liebes, das hat alles seine Richtigkeit.«

»Tausend Dank, Oma.«

»Nun bist du in Hamburg erst einmal gut versorgt. Was werden Leah und dein Vater dir monatlich geben?«

»Von Simon bekomme ich fünfhundert Euro. Und Leah gibt mir vielleicht gar nichts. Sie liegt seit heute mit einem Bandscheibenvorfall im Bett und ist stocksauer, dass ich fahre.«

»So, so. Leah hat's mit dem Rücken. Das ist ja was ganz Neues.«

»Sie arbeitet zu viel.«

»Daran ist sie selbst schuld.«

»Meinst du, ich sollte Jeremy fragen, ob er zwischendurch mal nach ihr guckt?«

»Das würde ich nicht tun. Leah ist ihm neulich hier fast an die Gurgel gegangen.«

»Was???«

»Du kennst doch deine Mutter. Sie steckt voller Wut, und ihre Brüder hat sie noch nie ausstehen können.«

»Worum ging's denn?«

»Ach, daran will ich nicht mehr denken. Wann kommst du zum Tee?«

»Um vier?«

»Gut. Ich freue mich. Unsere gemeinsamen Nachmittage werden mir fehlen.«

»Mir auch. Aber wir werden regelmäßig telefonieren.«

»Natürlich. Bis nachher.«

Ich esse einen Teller Suppe und gehe noch einmal zu Leah hinein.

Sie schläft, auf ihrem Nachttisch liegt das Brot. Hat sie ihr Medikament eingenommen? Die Packung sieht unberührt aus. Ich kämpfe mit mir. Soll ich sie wecken? Nein, Leah ist selbst für sich verantwortlich.

Bis zu Aisling brauche ich mit dem Auto nur zehn Minuten. Ich kenne sonst niemanden, der so wohnt wie sie: In einer alten Villa mit zwölf Zimmern und einem Schwimmbad im Garten.

Sie ist braungebrannt, ihre kurzen blonden Haare leuchten in der Sonne.

»Ein Glück, dass wir uns noch mal sehen, bevor du fährst«, sagt sie und nimmt mich in die Arme.

Wir setzen uns unter einen schattigen Baum.

Aislings Mutter bringt uns Vanilleeis mit Himbeeren. Sie lächelt. »Wie ich höre, fliegst du morgen zu deinem Freund nach Hamburg.«

»Ja, und deshalb kann ich leider nicht mit nach Frankreich kommen.«

»Aisling wird dich vermissen.«

»Ich sie auch.«

»Wie lange wirst du bleiben?«

»Ich weiß es noch nicht. Vielleicht erst mal bis Ende des Jahres.«

»Kannst du schon etwas Deutsch?«

»Ja.«

»Das wird bestimmt eine wunderbare Zeit. Ich wünsche dir alles Gute.«

»Danke.«

Sie geht ins Haus zurück. Wie anders muss das Leben mit jemandem wie ihr sein.

»Bist du aufgeregt?«, fragt Aisling.

»Gestern dachte ich, ich müsste alles absagen.«

»Wieso?«

Ich erzähle ihr von Leah.

Sie runzelt die Stirn. »Und in der Situation willst du sie allein lassen? Das könnte ich nicht.«

»Mir fällt es auch schwer. Und vielleicht macht mich mein schlechtes Gewissen so fertig, dass ich wieder zurückkomme. Wenn meine Mutter operiert werden müsste, würde ich hierbleiben.«

»Wie lief es denn in der letzten Zeit zwischen euch?«

»Extrem schlecht, seitdem sie weiß, dass Jonas Deutscher ist.«

»Wieso?«

»Alles, was mit Deutschland zu hat, ist bei ihr tabu.«

»Das verstehe ich nicht.«

»Meine Großmutter hat als Einzige aus der Familie den Holocaust überlebt.«

Aisling hält inne. »Rebecca, ich hatte keine Ahnung ...«

»Woher auch?«, unterbreche ich sie. »Bei uns wird das Thema totgeschwiegen.«

»Jetzt begreife ich, warum sie all die Monate nichts von Jonas wissen durfte.«

»Meine Großmutter hat ganz anders reagiert, das ist das Verrückte. Sie ist neugierig, wie es mir in Hamburg gefallen wird. Und ich soll ihr Fotos schicken von ihrer alten Schule, wenn sie noch steht.«

»Seltsam, dass deine Mutter ausgerechnet jetzt krank wird. Es kommt mir vor, als wolle sie dich dadurch zwingen, hierzubleiben.«

»Das sagt mein Vater auch.«

»Vielleicht ist es gut für sie, dass du nach Hamburg gehst, weil sie dann anfangen muss, über das Thema nachzudenken.«

»Ich glaube, das kann sie nicht.«

»Ihr bleibt keine andere Wahl.«

»Sie wird den Kontakt zu mir eher völlig abbrechen.«

»Das kann ich mir echt nicht vorstellen.«

»Doch. Mit meiner Großmutter spricht sie seit Wochen nicht mehr.«

»Wirklich?«

Aislings erschrockener Blick sagt mir, dass sie so etwas nicht kennt. Wenn ich aus ihrer Familie käme, würde ich es auch nicht kennen.

Beim Abschied muss ich ihr versprechen, dass ich mich bald melde.

»Und falls du nach Dublin zurückkommen willst, aber nicht zu Hause wohnen möchtest, bei uns ist immer Platz für dich.«

»Danke.«

Sie bringt mich zum Wagen und winkt.

Halb vier. In zwölf Stunden werde ich aufstehen und das Haus verlassen.

Ich schicke Jonas eine SMS: *Jetzt dauert's nicht mehr lange. Kuss, deine R.*

Er antwortet mir beinahe sofort: *Ich freu mich so! Dein J.*

Irma

Martha bringt mir einen Strauß frischer, gelber Rosen aus dem Garten.

»Wie schön die sind.«

Sie sieht mein Tagebuch und seufzt.

»Ich weiß, Sie wollen nicht, dass ich darin lese. Aber ich möchte wissen, was ich damals geschrieben habe.«

»Ich mache mir Sorgen. Gestern Nachmittag war Ihnen nicht gut.«

»Heute geht es mir besser.«

Martha verlässt kopfschüttelnd das Wohnzimmer.

7. März 1939

Vor drei Tagen mußte ich mich in London von all den Kindern verabschieden, die ich in Dovercourt in den letzten Wochen kennengelernt habe. Im Zug und auf dem Schiff nach Nordirland kannte ich niemanden. Es hat gestürmt, und mir war die ganze Zeit schlecht. In Belfast hat mich ein Betreuer abgeholt und zum Hostel gebracht. Was für ein düsteres, scheußliches Gebäude. Mutter und Vater haben bestimmt nicht gewollt, daß ich in so ein Hostel komme. Die anderen hier sind alle älter als ich; das sind gar keine Kinder mehr. Wir schlafen in riesigen, eiskalten Sälen, überall riecht es nach Kohl.

Und was am schlimmsten ist: Die Leute kennen sich alle untereinander. Wahrscheinlich sind sie schon länger in Belfast, denn sie sprechen nur Englisch. Ich verstehe fast nichts. In Dovercourt war ich zu groß, und hier bin ich zu klein. Am liebsten würde ich weglaufen. Aber ich weiß nicht, wohin.

»Hallo, Oma.«

»Oh, Rebecca. Ich habe die Klingel gar nicht gehört.«

Sie umarmt mich und streichelt Henry. »Was liest du da?«

»Ach, nichts Besonderes. Martha?«

»Ja, Mrs. Goldberg?«

Sie steht im Türrahmen und lächelt. Normalerweise kündigt sie jeden Besucher an. Wollte sie, dass Rebecca mich mit meinem Tagebuch entdeckt? »Wären Sie so nett und würden uns den Tee bringen?«

»Ja, sofort.«

»Und ausnahmsweise etwas Gebäck.«

»Oma, meinetwegen nicht.«

»Doch, doch.«

»Mrs. Goldberg, ich habe strenge Anweisungen von Ihrem Sohn ...«

»Ein Keks wird mich nicht umbringen.«

Martha nickt und schließt die Tür. Es gefällt ihr nicht, dass ich mich über Jeremys Verbot hinwegsetze. Und mir gefällt es nicht, dass ich mein Tagebuch nicht rechtzeitig weglegen konnte.

»Hast du alles gepackt?«

»Ja.«

»Seit unserem Telefonat habe ich darüber nachgedacht, ob Leah versucht, deine Abreise zu verhindern.«

»Sie macht es mir schwer. Wir haben zwar in den letzten Wochen kaum miteinander geredet, aber es tut mir leid, dass sie so hilflos ist.«

»Ich könnte Martha bitten, ihr ab und zu etwas zu essen vorbeizubringen. Sie kocht sowieso immer zu viel.«

»Das wäre sehr nett von dir.«

»Natürlich weiß ich nicht, ob Leah ein solches Angebot annimmt, so störrisch, wie sie ist.«

»Du kannst sie auf jeden Fall fragen.«

»Mal sehen.«

Martha kommt mit dem Teetablett herein. Sie hat sich überwunden und ein Schälchen mit Madeleines dazugestellt. Die mag ich besonders gern. »Danke, Martha.«

Rebecca schenkt uns ein. Sie reicht mir meine Tasse und zeigt auf das Tagebuch.

»Das sieht sehr alt aus. Ich wusste nicht, dass du früher Tagebuch geschrieben hast.«

»Jahrzehntelang lag es in meiner Kommode im Schlafzimmer. Ich habe erst in den letzten Wochen begonnen, wieder darin zu lesen.«

»Von wann stammen die Einträge? Hast du da noch in Hamburg gelebt?«

»Nein. Ich war schon in England.«

»Wie kam es eigentlich, dass du in England gelandet bist? Und dann später in Irland ... Warum bist du nicht in England geblieben?«

Soll ich es ihr erzählen? Ich weiß nicht, ob ich das kann.

Sie legt mir ihre Hand auf den Arm. »Entschuldige, Oma. Du musst nicht darüber reden, wenn es zu schmerzhaft ist.«

Ich beiße in eine Madeleine. Nein, ich schaffe es nicht, werde es nie schaffen.

»Hast du auf Deutsch geschrieben?«

»Ja, natürlich. Ich konnte ja anfangs kaum Englisch.«

»Darf ich mir das Tagebuch mal ansehen?«

Ich zögere. Wenn Rebecca darin liest, wird sie weitere Fragen stellen, Fragen, auf die mir die Antworten genauso schwerfallen.

»Das meiste werde ich sowieso nicht verstehen. Ich kann ja noch nicht viel Deutsch.«

»Na gut.« Meine Hand zittert ein wenig, als ich ihr das Tagebuch gebe.

Sie schlägt die erste Seite auf. »*Irma Morgenstern*. War das dein Geburtsname?«

»Ja.«

Sie blättert weiter. Ich spüre mein Herz. Versteht sie vielleicht doch mehr, als sie glaubt? Sie streicht über die Seiten und versucht hier und da, einen Satz zu lesen.

Ich lege meine Hand auf Henrys Kopf und schaue aus dem Fenster. Die gelbe Kletterrose hat so viele Blüten wie nie zuvor. Langsam beruhigt sich mein Herzschlag.

»Seltsam«, höre ich Rebecca sagen. »Hier steht: *Dann hätte ich Zeit gehabt, Lea alles zu erklären.*«

Mein Herz beginnt wieder zu rasen. »Gib's mir zurück. Komm.« Ich beuge mich vor und entreiße ihr beinahe das Tagebuch.

Rebecca schaut mich erschrocken an.

»Tut mir leid, ich kann dich nicht darin lesen lassen.«

»Wer war diese Lea?«

»Ein Mädchen aus meiner Klasse.«

»So ein Zufall, dass sie genauso hieß wie meine Mutter.«

Ich schweige.

Rebecca schenkt uns Tee nach und hockt sich neben Henry, um ihn zu kraulen.

Nach einer Weile frage ich sie, ob Jonas sie morgen vom Flughafen abhole. Sie antwortet mir, dass alles bestens geregelt sei.

Bald darauf verabschiedet sie sich und verspricht, mich spätestens am Wochenende anzurufen.

Schade, dass es heute zu dieser leichten Missstimmung kommen musste.

18.

Rebecca

Die Flugpassagiere werden aufgefordert, ihr Handgepäck zügig zu verstauen und nicht den Gang zu blockieren. Ich schiebe meinen Rucksack mit dem Laptop ins Gepäckfach und will mich auf meinen Platz setzen, als ich einen stechenden Schmerz in der linken Schläfe spüre. Es ist, als ramme mir jemand ein Messer in den Kopf. Nein, bitte nicht jetzt, nicht hier. Ich presse die Hände gegen die Schläfen und versuche, mich zu erinnern, wo ich meine Migränetabletten habe. Wenn sie im großen Rucksack sind, bin ich verloren. Ein Ehepaar drängelt sich fluchend an mir vorbei.

»Bitte bleiben Sie nicht im Gang stehen«, ertönt es von irgendwoher.

Ich kann mich nicht rühren, sonst wird mir schlecht.

Neben mir taucht das Gesicht einer Stewardess auf. »Was ist mit Ihnen?«

»Ich habe plötzlich ganz starke Kopfschmerzen.«

»Ist Ihnen auch übel?«

»Ja.« Wenn nur das Licht nicht so grell wäre. Ich schließe die Augen.

Jemand greift nach meinem Arm und drückt mich sanft in einen Sitz.

»Mama, was ist mit der Frau?«, höre ich ein Kind fragen.

»Sie ist krank. Nicht hingucken«, antwortet die Mutter.

»Hallo? Hören Sie mich?« Da ist wieder die Stimme der Stewardess.

»Ja ...«

»Soll ich einen Arzt rufen?«

»Nein. Ich hab das manchmal. Es ist ein Migräneanfall. Ich muss nur eine Tablette einnehmen.«

»Steigen Sie gefälligst aus, wenn Sie Probleme haben«, schimpft ein Mann hinter mir. »Ich habe einen wichtigen Geschäftstermin in Hamburg.«

»Nun plustern Sie sich hier doch nicht so auf«, protestiert eine Frau.

Mir bricht der Schweiß aus. Was hat er gesagt? Ich soll aussteigen? Niemals.

Die Stewardess legt mir die Hand auf die Schulter. »Wo haben Sie denn Ihre Tablette?«

»Ich weiß es nicht …«

»Wir können das Risiko nicht eingehen, dass Sie unterwegs kollabieren.«

Ich reiße die Augen auf. Will sie mich etwa zwingen, das Flugzeug zu verlassen?

Auf einmal fällt es mir wieder ein. Die Tabletten sind im Seitenfach meiner Handtasche. Ich habe sie dort hineingelegt, nachdem ich Simons Rezept eingelöst hatte. Das war vor mehr als zwei Wochen.

»Können Sie mir bitte etwas zu trinken bringen?«

Die Stewardess nickt. Kurz darauf reicht sie mir ein Glas Wasser. Der Anblick ist mir zuwider, aber noch schlimmer ist der Gedanke, zu Leah nach Hause zurückzumüssen.

Im dritten Anlauf schaffe ich es, die Tablette hinunterzuschlucken. Und ein paar Minuten später gelingt es mir, aufzustehen und mich auf meinen Fensterplatz zu setzen. Vielleicht ist es diesmal mit der Migräne nicht so schlimm wie an Jonas' letztem Tag in Dublin. Simon hat mir eine neue Sorte von Tabletten verschrieben. Wichtig sei, sie bei den ersten Anzeichen eines Anfalls einzunehmen. Deshalb müsse ich sie immer bei mir haben.

Ich lehne mich zurück und konzentriere mich auf meine Atmung. Auch ein Tipp von Simon. Entspann dich, das hilft, meinte er, als er mir das Rezept gab. Mir fallen die Augen zu. Ich höre eine Lautsprecheransage, dass sich der Abflug aufgrund eines technischen Problems leider um vierzig Minuten verzögern werde. Der Mann hinter mir beginnt wieder zu schimpfen. Wenigstens bin ich jetzt nicht schuld, wenn er zu spät zu seinem Geschäftstermin kommt.

Ich muss eingeschlafen sein. Als ich aufwache, hebt die Maschine gerade ab. Der stechende Schmerz ist verschwunden. Ich habe nur noch einen dumpfen Druck im Kopf.

Unter mir verschwindet die Stadt. Ich erkenne Schaumkronen auf dem Meer und in der Ferne den West- und den Ostpier vom Hafen in Dun Laoghaire. Leahs Laufstrecke. Die kann sie erst einmal vergessen. Mach's gut, hat sie gestern Abend gemurmelt. Das war alles. Keine Umarmung, kein Blick, nichts. Ich habe ihr einen Zettel mit Jonas' Adresse auf den Küchentisch gelegt. Für alle Fälle. Sie soll wissen, wo sie mich erreichen kann, auch wenn sie kaum auf die Idee kommen wird, mir einen Brief nach Deutschland zu schicken. Wir werden eher telefonieren oder mailen. Und auch das nicht oft.

Leah

Das Klingeln des Telefons weckt mich. Wie spät ist es? Halb neun. Dann ist Rebecca längst weg. Ich habe nichts gehört.

»Hallo?«

»Hier ist deine Mutter.«

»Oh ...« Ich erinnere mich nicht, wann Irma mich zuletzt angerufen hat. Es muss Jahre her sein. »Ist irgendwas passiert?«

»Mir nicht. Aber dir offenbar.«

Das kann sie nur von Rebecca wissen.

»Du hast's mit dem Rücken, hörte ich.«

Warum musste sie Irma erzählen, dass ich krank bin? Weil sie ein schlechtes Gewissen hatte?

»Bist du noch da?«

»Ja.«

»Liegst du im Bett?«

»Hm.«

»Wenn du willst, schicke ich Martha nachher bei dir vorbei.«

»Wieso? Sie kann mir auch nicht helfen.«

»Ich dachte, du hättest vielleicht gern etwas zu essen.«

Ich bin so überrascht, dass ich nicht weiß, was ich antworten soll.

»Oder hast du alles, was du brauchst?«

»Rebecca hat eingekauft, aber ich würde mich freuen, wenn Martha ...«

»Heute gibt es Lauchsuppe«, unterbricht Irma mich. »Ich werde ihr sagen, dass sie dir genug für zwei Tage bringen soll.«

»Danke.«

»Gute Besserung.«

Das muss Rebeccas Vorschlag gewesen sein. Irma käme von allein nie auf den Gedanken, mich zu versorgen.

Ich richte mich auf, der Schmerz fährt mir ins Bein, ich könnte schreien, weil es so weh tut und weil ich so wütend bin. Auf meine Bandscheibe, meine Tochter, mein Leben.

Ich stehe langsam auf, das Kribbeln in der linken Fußsohle ist genauso stark wie gestern. Es wird Zeit, dass ich das Medikament wieder nehme. Schritt für Schritt schleppe ich mich ins Badezimmer und weiter in die Küche. Ich esse im Stehen ein Stück Brot, trinke ein Glas Saft und schlucke die Tablette. Dann gehe ich zurück ins Bett. Im Beipackzettel habe ich gelesen, dass Müdigkeit, Benommenheit und Schwindel zu den häufigen Nebenwirkungen gehören. Bei mir kommt noch eine leichte Übelkeit dazu. Ich werde schlafen. Am liebsten würde ich die nächsten Monate nur schlafen.

Ich laufe einen niedrigen Gang entlang. Es gibt keine Fenster und keine Türen. Riecht es nach Rauch? Wo ist der Ausgang? Wenn ich den Ausgang nicht finde, werde ich ersticken. Mir ist heiß, ich taumele, es wird immer dunkler. Ich biege um eine Kurve, da ist eine Treppe, sie führt steil nach oben. Schmale Stufen aus Stein. Ich stolpere, fange mich wieder, krieche auf allen vieren die Treppe hinauf. Plötzlich stehe ich vor einer Eisentür, sie ist verschlossen. Ich drücke auf die Klingel, höre einen schrillen Ton. Ich klingele Sturm.

Wo bin ich? Das Telefon. Ich greife nach dem Hörer. Diesmal ist es Simon, der sich erkundigen will, wie es mir geht. Ich beschreibe es ihm.

»Liegst du im Stufenbett?«

»Im Moment nicht.«

»Das solltest du aber.«

»Es ist so unbequem, ich kann auf dem Rücken nicht schlafen.«

»Nur im Stufenbett wird die Lendenwirbelsäule vollständig entlastet.«

»Ich versuch's.«

»Hat Rebecca sich schon gemeldet?«

»Nein. Ich weiß nicht mal, wann sie in Hamburg landen wird.«

»Sag mir Bescheid, wenn du was von ihr hörst.«

»Wahrscheinlich wirst du zuerst von ihr hören. Wir haben uns kaum voneinander verabschiedet.«

»Nimmst du es ihr so übel, dass sie nicht in Dublin geblieben ist?«

»Natürlich tue ich das. Mir ist es noch nie so schlecht gegangen.«

»Das Liegen und die Medikamente werden dir helfen. Und sobald du mit der Physiotherapie anfängst und deine Übungen machst, wirst du merken, dass du dich jeden Tag etwas besser bewegen kannst.«

»Verstehst du denn nicht? Ich war jahrelang für Rebecca da, habe alles für sie getan und ihretwegen auf vieles verzichtet. Aber sie hält es nicht für nötig, eine Reise zu ihrem Freund um ein paar Wochen zu verschieben und sich um mich zu kümmern.«

»Du wirfst ihr also vor, undankbar zu sein.«

»Genau. Sie hat alle Zeit der Welt, hat sich um keinen Studienplatz beworben, will kein Praktikum machen. Sie weiß überhaupt nicht, was sie will. Da könnte sie sich wenigstens ein Stück weit für mich verantwortlich fühlen. Schließlich ist sie kein Kind mehr.«

Simon seufzt. »Es tut mir leid, aber ich muss jetzt auflegen. In meinem Wartezimmer ...«

»Ja, ja, ich weiß.«

»Bis bald.«

Ich kämpfe gegen die aufsteigenden Tränen. Normalerweise würde ich jetzt laufen, um die trüben Gedanken aus meinem Kopf zu vertreiben. Stattdessen stapele ich Kissen und Schlafsäcke übereinander und lege mich ins Stufenbett.

Irma

Marthas grimmige Stirnfalten sind ein klares Anzeichen dafür, dass ihr der Gedanke ganz und gar nicht gefällt, Leah nachher einen Topf mit Suppe vorbeizubringen.

»Liebe Martha, meine Tochter ist krank, sie kann sich nichts kochen.«

»Aber sie bereitet Ihnen nur Kummer. Haben Sie vergessen, wie sie sich hier vor drei Wochen aufgeführt hat? Ich hatte solche Angst um Sie.«

»Das habe ich natürlich nicht vergessen. Dennoch möchte ich Sie bitten, in der nächsten Zeit immer doppelte Portionen zu kochen und alle zwei Tage zu Leah zu fahren.«

»Ihre Söhne werden das nicht gutheißen. Sie wollen nicht, dass ich Sie alleinlasse.«

»Meine Söhne brauchen davon nichts zu erfahren.«

»Und was ist mit Ihrer Enkelin?«

»Martha, Sie sind doch sonst nicht so hartnäckig.«

»Kann sie ihre Mutter nicht betreuen?«, fährt Martha fort, ohne auf meinen Einwand einzugehen.

»Rebecca ist heute Morgen nach Hamburg geflogen. Und sie wird länger dortbleiben.«

»Ach. Na, wenn das so ist ...«

»Ich danke Ihnen, Martha.«

Sie nickt, ohne dass die grimmigen Falten auf ihrer Stirn verschwinden. Ich kann es nicht ändern. Wortlos verlässt sie den Raum.

Henry stupst mich mit seiner Nase an. »Mein kleiner Henry. Das Leben ist nicht so leicht. Nun habe ich mich tatsächlich mit der guten Martha gestritten. Aber an diesem Punkt musste ich hart bleiben.«

Warum eigentlich?, überlege ich, während ich die *Irish Times* aufschlage. Leah zuliebe? Oder geht es mir in Wahrheit um Rebecca? Soll sie sich entlastet fühlen können? Was sagte sie gestern, als ich ihr von meiner Idee mit dem Essen für Leah erzählte? *Das wäre sehr nett von dir.*

Hoffentlich meldet sie sich bald. Es bedrückt mich, dass unser Abschied so getrübt war. Ich hätte ihr das Tagebuch nicht geben dürfen.

Meine Gedanken wandern wieder zurück in jene Zeit, als für uns das Leben in Deutschland immer gefährlicher wurde. Dazu kam die Sorge um Mutter. Wann musste sie ins

Krankenhaus? Im Frühjahr 1938. Ich war gerade elf geworden. Der Flieder stand in voller Blüte.

Deiner Mutter geht es nicht gut, sagt Vater. Was hat sie denn?, frage ich erschrocken. Magenschmerzen und Übelkeit, seit Wochen quält sie sich damit. Sie hat auch so abgenommen. Das habe ich gar nicht gemerkt, rufe ich beschämt. Solltest du auch nicht, sagt Vater. Deine Mutter dachte, es würde von allein wieder besser werden. Aber in der Nacht ging es ihr so schlecht, dass ich beschlossen habe, sie gleich zum Arzt zu bringen. Um seine Augen herum zuckt es. Du musst heute allein zur Schule gehen. Das schaffe ich schon, sage ich. Er streicht mir über die Haare. Meine große Tochter. Darf ich zu ihr? Natürlich darfst du das. Vorsichtig öffne ich die Schlafzimmertür. Mutter liegt im Bett, sie ist kreidebleich. Pass auf dich auf, sagt sie leise und streckt mir ihre Hände entgegen. Sie sind kalt. Hoffentlich wirst du schnell wieder gesund. Bestimmt, murmelt sie. Ich küsse sie auf die Stirn. Eins musst du mir versprechen, sagt sie und schaut mich ernst an. Beweg dich so, dass du nicht auffällst. Kein Rennen, kein Hüpfen, kein Springen. Ja, ich weiß, antworte ich. Und was machst du, wenn dich jemand beleidigt? Dann sage ich nichts, sondern wechsele die Straßenseite. Mutter seufzt. Am liebsten würde ich dich zu Hause behalten. Aber ich will in die Schule, rufe ich. Wenn dir auf dem Weg etwas passiert, werde ich mir das nie verzeihen. Ach, Mutter, sage ich und nehme sie in die Arme.

Ich gehe den Grindelberg und die Grindelallee entlang, dann biege ich in die Rentzelstraße ein. Niemand beleidigt mich, niemand spuckt mich an. In der Karolinenstraße begegne ich Lea. Sie muss immer allein mit dem Bus zur Schule fahren, weil ihre Eltern von morgens bis abends in ihrer Reinigung arbeiten und keine Zeit haben, sie zu bringen. Wo ist deine Mutter?, fragt sie. Krank, antworte ich. Ist es was Schlimmes? Ich schlucke und zucke mit den Achseln. Lea greift nach meiner Hand. Wir gehen gemeinsam in unser Klassenzimmer.

Nach der Schule bleiben wir noch ein paar Minuten am Tor stehen, dann macht Lea sich auf in Richtung Bushaltestelle. Ich wünschte, sie würde nicht so weit weg wohnen und wir könnten uns nachmittags häufiger treffen. Es hat angefangen zu regnen. Von irgendwoher duftet es nach Flieder. In der Rentzelstraße kommen mir zwei kichernde Mädchen in BDM-Uniform entgegen. Sie sind größer als ich. Vielleicht achten sie nicht auf mich. Ich blicke nach unten und will die Straße überqueren, als mich ein Tritt in die Kniekehle trifft. Ich stürze nach vorn, mitten in eine Pfütze. Du dreckiges Judenschwein!, kreischt die eine und tritt mich in den Rücken. Aua!, stöhne ich. Das geschieht dir ganz recht!, kreischt die andere. Lass dich hier nie mehr blicken! Ich versuche, meinen Kopf mit den Händen zu schützen. In dem Moment höre ich meinen Namen. Irma! Irma! Das ist doch Lea. Lasst gefälligst meine Freundin in Ruhe!, schreit sie und schlägt auf die Mädchen ein. Kinnhaken, Ohrfeigen, Tritte. Woher hat sie diese Kraft? Die beiden sind so überrascht, dass sie zurückweichen. Das wirst du uns büßen, rufen sie Lea aus sicherer Entfernung zu. Haut ab!, schreit sie und hilft mir beim Aufstehen. Danke, flüstere ich. Wie kommt es, dass du noch in der Nähe warst? Ich weiß nicht. An der Bushaltestelle hatte ich plötzlich das Gefühl, dass du in Gefahr bist. Sie zeigt auf meine blutenden Knie. Da muss Jod drauf. Tut dir sonst etwas weh? Ja, mein Rücken, aber es ist nicht so schlimm. Ich blicke an mir hinunter, mein Kleid ist nass und schmutzig. Lea begleitet mich bis zur Oberstraße, bis in unsere Wohnung. Dort warten wir auf Vater. Er erschrickt, als er mich sieht. Wo ist Mutter?, frage ich. Im Krankenhaus, sie hat ein Magengeschwür. Du darfst ihr nichts erzählen, sage ich. Sie wird es dir ansehen, antwortet er traurig. Dann fahren wir Lea nach Hause. Wir halten zusammen, sagt sie zum Abschied und zwinkert mir zu.

Mutter wird nach ein paar Wochen wieder gesund. Aber die Rache der BDM-Mädchen ist grausam. Zu viert lauern sie Lea eines mittags an der Bushaltestelle auf und schlagen sie zusammen. Dabei verliert sie ein Auge. Vielleicht hätte sie nicht überlebt, wenn nicht zufällig ein Lehrer von unserer Schule vorbeigekommen wäre und Hilfe geholt hätte. Ich besuche sie im Krankenhaus. Sie hat die Hände zu Fäusten geballt, ihr grünes Auge funkelt wütend. Ich lasse mich von diesen Menschen nicht kleinkriegen.

»Ach, Lea, wenn ich deinen Mut gehabt hätte ...«

Ich lege die Zeitung beiseite und stehe auf. Henry läuft schwanzwedelnd zur Tür.

»Nein, wir gehen jetzt nicht nach draußen. Ich will nur mein Tagebuch holen.«

Enttäuscht legt er sich in sein Körbchen.

20. März 1939

Heute war ein glücklicher Tag, weil ich zum ersten Mal Post von Mutter bekommen habe (auf wundersame Weise gelangte ihr Brief von Dovercourt nach Belfast). Sie schreibt, daß Vater und sie alles versuchen, um Deutschland so schnell wie möglich zu verlassen. Sie haben Visaanträge gestellt und fragen täglich bei der Auswanderungsbehörde nach, ob sie bewilligt worden sind. »Geliebte Irma, wir wünschen uns nichts mehr, als Dich wieder in unsere Arme schließen zu können.«

Dies ist ihr vierter Brief (sind die ersten drei etwa verlorengegangen?). Sie haben bisher fünf Briefe von mir erhalten (zwei müssen noch unterwegs sein, ich würde ihnen viel öfter schreiben, wenn ich genug Geld für die

Briefmarken hätte) und sind froh und dankbar, daß ich in Sicherheit bin und es mir gutgeht. (Ich habe ihnen natürlich nicht geschrieben, wie schrecklich ich es hier in dem Hostel finde und daß ich die Nordiren noch schlechter verstehe als die Engländer, weil sie einen so starken Akzent haben.)
»Wir sind sehr stolz auf Dich, daß Du so tapfer bist und jetzt schon mehrere Wochen allein im Ausland zurechtkommst. Unsere Gedanken sind ständig bei Dir. Mögen Dir in dieser Zeit, in der Du ohne den Schutz Deiner Eltern leben mußt, nur wohlmeinende, freundliche Menschen begegnen. Wir beten täglich dafür, daß die längste Zeit unserer Trennung hinter uns liegt.«
Sie schreibt nicht, ob Vater wieder besser laufen kann als nach seiner Entlassung aus dem KZ. Und auch nicht, ob er nachts immer noch schreiend aus seinen Alpträumen erwacht. Wahrscheinlich will sie mich nicht beunruhigen.
»Es umarmt Dich Deine Dich über alles in der Welt liebende Mutter.«
Und darunter steht in zittriger Schrift: »Meine geliebte Irma, mach Dir um uns bitte keine Sorgen. In großer Vorfreude auf unser Wiedersehen schicke ich Dir die herzlichsten Grüße und Küsse. Dein Vater«.
Mutters P. S. auf der Rückseite hätte ich fast übersehen. »Neulich wollten wir Lea Deine Grüße übermitteln; leider haben wir bei ihr zu Hause niemanden angetroffen. Am besten schreibst Du ihr und erklärst, warum Du Hals über Kopf aus Hamburg aufbrechen mußtest und Dich nicht von ihr verabschieden konntest.«
Ich habe ihr natürlich längst geschrieben, aber keine Antwort bekommen. Lea wird mir meine Abreise nie verzeihen.

Ich wische mir über die Augen. Es ist genug für heute.

19.

Rebecca

Noch zehn Minuten bis zur Landung. Die Sonne scheint, der Himmel ist strahlend blau. In Hamburg seien es dreiundzwanzig Grad, hat der Pilot eben verkündet. Und das schon so früh morgens. Unter mir sehe ich Wälder und Wiesen. Plötzlich taucht ein silbrig glänzendes Band auf. Die Elbe. Mein Herz klopft.

Die Stewardess beugt sich zu mir herüber. »Geht es Ihnen besser?«

»Ja, danke.«

Sie lächelt. »Dann alles Gute für Ihren Aufenthalt in Hamburg.«

Wieder bedanke ich mich. Aufenthalt klingt nach drei oder vier Tagen. Wenn sie wüsste. Ich will mindestens fünf Monate bleiben.

Ob ich das Zimmer in der WG in Eimsbüttel bekommen werde? Die Wohnung liegt in der Nähe einer Kirche, der Apostelkirche. Wochenlang war Jonas für mich auf Zimmersuche, einmal hätte es fast geklappt, aber die Leute wollten mit dem Besichtigungstermin nicht bis heute warten. Vor zwei Tagen hat er eine neue Anzeige im Internet entdeckt. Zwei Geschichtsstudentinnen, zwanzig und einundzwanzig, suchen eine Mitbewohnerin. Das Zimmer ist vierzehn Quadratmeter groß und kostet vierhundertzehn Euro im Monat. Ich fahre sofort hin, sagte Jonas. Abends beim Skypen meinte er, die beiden seien total nett. Er hätte mit ihnen vereinbart, dass wir heute Nachmittag vorbeikämen. Sie wollen dich natürlich erst mal kennenlernen. Na, klar, ich sie auch. Glaubst du, dass ich eine Chance habe? Ja, sie waren ganz begeistert, als sie hörten, dass du aus Irland kommst. Aha, wieso? Viele Deutsche mögen Irland und die Iren. Was meinst du, warum ich nach Dublin gegangen bin? Hast du ihnen gesagt, dass ich noch nicht viel Deutsch kann? Hab ich vergessen, ist auch unwichtig. Alle Deutschen in dem Alter können Englisch; die eine hat erzählt, dass sie nach dem Abitur ein Jahr in Australien war. Aber ich will ja Deutsch lernen. Wirst du auch, das geht ganz schnell. Und wie ist das Zimmer? Schön, sehr hell und sogar möbliert. Ich dachte, das sei immer so. Nein, in Deutschland nicht. Und wie weit ist es bis zu deiner Wohnung? Das ist der einzige Nachteil, knapp zwanzig Minuten mit dem Rad. Oh, ich dachte, es sei bei dir direkt um die Ecke. Nein, in Ottensen oder Altona ist im Moment absolut nichts zu kriegen. Und was mache ich, wenn die beiden mich nicht haben wollen? Dann wohnst du bei mir, bis wir was für dich gefunden haben; das haben wir doch verabredet.

Ich kann deutlich den Hafen und die hohen Kirchtürme erkennen. Und der langgestreckte See muss die Alster sein. Ich hoffe beinahe, dass es mit dem Zimmer nicht klappt. War ich enttäuscht, dass Jonas nicht gesagt hat, dann lassen wir das mit der Suche und du bleibst einfach bei mir? Ja. Ich fände es leichter, ein Zimmer mit ihm zu teilen, als so weit weg von ihm zu wohnen. In Dublin würde es mir niemals so gehen, aber in Hamburg ist alles anders. Außer Jonas kenne ich niemanden in dieser Stadt.

Die Maschine setzt auf. Ein paar Jugendliche fangen an zu klatschen. Meine Kehle ist plötzlich trocken. Panik befällt mich. War es ein Fehler, hierherzukommen? Hätte ich auf Leah hören sollen?

Ich schließe die Augen und atme ein paarmal tief durch. Unsinn. Ich werde aufstehen, mein Handgepäck nehmen und aussteigen wie alle anderen auch.

Eine ältere Frau hilft mir, meinen Rucksack aus dem Gepäckfach zu holen.

»Sie haben mir so leidgetan, vorhin in Dublin«, sagt sie leise. »Ich kenne solche Kopfschmerzen. Man ist völlig hilflos.«

»Ich bin froh, dass es vorbei ist.«

»Das kann ich mir vorstellen. Viel Vergnügen in Hamburg.«

»Danke.«

Ich folge ihr durch einen schlauchförmigen Gang bis ins Flughafengebäude. *Deine Mutter hasst Deutschland und alles, was mit diesem Land zusammenhängt.* Jetzt bin ich da, in dem Land, das Leah niemals betreten würde.

An der Passkontrolle gibt es eine Schlange. Bei den meisten geht es schnell. Als ich an der Reihe bin, schaut der Beamte auf meinen Pass, in mein Gesicht und dann in eine Liste. Wieso dauert es so lange? Ist ein Name wie *Rebecca Davidson* verdächtig? Weil er jüdisch ist? Ich fange an zu zittern. Wenn er mich nicht einreisen lässt ... Oder noch schlimmer, wenn er einen Kollegen ruft und ich in irgendein Büro mitkommen soll ... Der Beamte reicht mir meinen Pass zurück, ohne die Miene zu verziehen. Ich schlucke. Was soll diese absurde Angst?

Wie in Trance gehe ich weiter und übersehe beinahe die Rolltreppe zur Gepäckausgabe. Ich werde keinen Verfolgungswahn entwickeln, murmele ich vor mich hin. Den Triumph gönne ich Leah nicht.

Ich suche das Band für das Gepäck aus Dublin. Es ist die Nummer drei.

Fast jeder, der hier wartet, telefoniert. Erst in dem Augenblick fällt mir ein, dass ich mein Handy noch nicht eingeschaltet habe.

Eine Voicemail und zwei SMS von Jonas.

»Welcome to Hamburg. Hoffentlich hattest du einen guten Flug, trotz der Verspätung. Ich warte in der Ankunftshalle auf dich.«

Süße, ich habe gesehen, dass die Maschine längst gelandet ist. Alles okay bei dir? Dein J.

Warum meldest du dich nicht? Hast du etwa verschlafen und steckst noch in Dublin?

Ich rufe ihn an. »Hallo, Jonas. Tut mir leid, ich …«

»Wo bist du?«, unterbricht er mich.

»In Hamburg.«

»Oh, Mann, ich hab echt gedacht, du hast die Maschine verpasst.«

»Bei der Passkontrolle gab es eine Warteschlange, und bei mir war der Typ besonders gründlich.«

»Wahrscheinlich, weil du so schöne Augen hast.«

»Ich fand's nervig.«

»Mach dir nichts draus. Es gibt deutsche Beamte, die's einfach sehr genau nehmen.«

»Hoffentlich geht's am Gepäckband schneller und ich muss nicht ewig auf meinen Rucksack warten.«

»Wird schon klappen. Ich stehe direkt an der Tür, wo du rauskommst.«

»Okay. Bis gleich.«

»Ich freu mich.«

»Ich mich auch.«

Das Band beginnt zu rollen, die ersten Koffer und Taschen tauchen auf. In der nächsten Viertelstunde sehe ich unzählige Gepäckstücke an mir vorbeiziehen. Mein Rucksack ist nicht dabei.

Ich schaue mich um. Außer mir wartet nur noch ein Ehepaar auf sein Gepäck.

»Und was machen wir jetzt?«, fragt der Mann.

»Da ist unser Koffer!«, ruft die Frau und zeigt auf das Band.

Zwei Sekunden später entdecke ich meinen roten Rucksack.

Erleichtert gehe ich zum Ausgang mit dem Schild *Nichts*

zu verzollen. Ich lächele den Zöllnern zu, sie lächeln zurück. Niemand hält mich auf.

Die Schiebetür öffnet sich. Da steht Jonas und strahlt. Ich falle ihm um den Hals.

»Na«, murmelt er und küsst mich. »Toll, dass du da bist.«

Ich nicke, sagen kann ich nichts.

Wir sitzen in der S-Bahn. Anfangs fährt sie unterirdisch wie in London; dann taucht sie aus einem Tunnel auf, rechts und links stehen hohe Bäume.

Jonas hat seinen Arm um meine Schultern gelegt und drückt mich an sich. Der vertraute Geruch. Es ist kein Traum, ich bin in Hamburg, ich hab's geschafft. Plötzlich spüre ich, dass alles möglich ist, wenn ich nur will.

»Hey, du bist hier«, flüstert er mir ins Ohr. »Ich kann's kaum glauben.«

»Ich auch nicht«, flüstere ich zurück. »Und ich hab auf einmal so viel Energie wie schon lange nicht mehr.«

»Weil wir zusammen sind.«

»Ja, und weil ich Lust auf die Zukunft habe.«

Wie lange haben wir uns nicht gesehen? Den ganzen Juli und sieben Tage im Juni. Fünfeinhalb Wochen. Es kommt mir vor wie fünfeinhalb Monate.

An der nächsten Station steigen zwei Mädels in meinem Alter ein und setzen sich uns gegenüber. In ihren T-Shirts und kurzen Röcken sehen sie nicht anders aus als Mädels in Irland. Sie unterhalten sich aufgeregt über etwas, was ich nicht verstehe. Irgendwann fällt das Wort ›Chef‹. Wenn alle Deutschen so schnell sprechen, kann ich mich auf etwas gefasst machen.

Soll ich Jonas von meiner Angst bei der Passkontrolle erzählen? Nein. Es war nur der eine Moment. Jetzt geht es mir gut, sehr gut sogar. Aber mir ist warm, viel zu warm.

Ich ziehe meine Jacke aus und stopfe sie in den kleinen Rucksack. Dabei entdecke ich meine Tüte mit den Broten. Die hatte ich ganz vergessen. Auf einmal merke ich, wie hungrig ich bin.

»Willst du auch ein Brot? Es ist Camembert drauf.«

»Gern.«

»Ich habe heute noch nichts gegessen.«

»Was? Du bist doch schon irre früh aufgestanden.«

»Um halb vier.«

»War dir schlecht?«

»Hm.«

»Kopfschmerzen?«

Ich nicke.

»Oh nein. Hattest du wenigstens deine Tabletten dabei?«

»Ja, es ist alles wieder okay.«

Ich beiße in mein Käsebrot. Eines der beiden Mädels grinst mir zu.

Inzwischen fahren wir durch eine weniger grüne Gegend mit höheren Häusern, breiteren Straßen und einem Industriegebiet.

Berliner Tor lautet der Name der nächsten Station. Die Bahn wird voller, ein paar Leute müssen stehen. Neben uns sprechen drei südländisch aussehende Männer eine Sprache, die ich nicht kenne. Vielleicht ist es Türkisch.

Es geht wieder in einen Tunnel. Am *Hauptbahnhof* steigen viele aus, auch die zwei Mädels.

»Woran denkst du?«, fragt Jonas.

»Daran, dass ich fast nichts von dem Gespräch der beiden verstanden habe.«

»Die haben extrem schnell geredet. Außerdem hatte die eine einen starken süddeutschen Akzent.«

»Aber ich habe in den letzten Wochen so viel Deutsch geübt.«

»Du wirst dich reinhören. Mit der Zeit wird es leichter.«

»Wie wär's, wenn wir anfangen, Deutsch miteinander zu reden?«

»Ach, das fände ich irgendwie künstlich.«

Schade. Aber vielleicht hat er recht.

»Bis wohin fahren wir?«

»Bahnhof Altona.«

»Wie weit ist das noch?«

»Sechs Stationen.«

Jungfernstieg, Stadthausbrücke, Landungsbrücken.

»Wenn man hier aussteigt, kommt man zum Fischmarkt.«

»Warst du da mal wieder?«

»Ja, am Sonntagmorgen haben wir uns alle dort getroffen.«

Ob Svenja noch zu seinen Leuten gehört?

Reeperbahn, Königstraße, Altona.

»Da sind wir.«

Jonas setzt sich meinen großen Rucksack auf. Ich bin froh, dass ich ihn nicht schleppen muss.

»Jetzt gehen wir zu Fuß. Es sind nur knapp zehn Minuten.«

Wir nehmen die Rolltreppe und landen in einer Fußgängerzone mit Läden, die ich teilweise auch aus Dublin kenne. Nur Stände, an denen Gartenpflanzen verkauft werden, gäbe es bei uns in der Grafton Street nicht. Ein Obdachloser bettelt vor dem Eingang zu einem Schuhgeschäft, neben ihm schläft sein Schäferhund. Eine Frau verteilt Handzettel, auf denen für eine Pizzeria geworben wird. Zwei grinsende Jungen in Fußballtrikots stehen hinter einem Flohmarkttisch und preisen ihre alten Spielsachen und Kinderbücher an. Irgendwo spielt jemand Saxophon.

»Das ist die Bahrenfelder Straße«, erklärt Jonas, nachdem wir links abgebogen sind. »Hier hatte ich im ersten

Semester ein Zimmer in einer Dachwohnung mit tollem Ausblick. Aber leider hat es durchgeregnet.«

»Oh weh, das ist ja blöd.«

»Ja, da hatte ich wirklich Pech.«

»Wie hoch war denn die Miete?«

»Dreihundertfünfzig.«

»Puh, für 'ne feuchte Bude ist das echt viel. Ich hoffe mal, dass ich mehr Glück habe mit meinem Zimmer.«

»Wenn mit der WG in Eimsbüttel alles klargeht, brauchst du dir keine Gedanken zu machen. Das Zimmer ist super.«

»Wann genau sollen wir da sein?«

»Um fünf.«

»Ich bin ziemlich aufgeregt.«

Jonas bleibt stehen und nimmt mich in die Arme. »Musst du nicht sein. Das ist ja keine Prüfung.«

»Irgendwie doch.«

»Nein, sie wollen sich nur ein bisschen mit dir unterhalten.«

Wir kommen an einer Buchhandlung, einem griechischen Restaurant und einem türkischen Obst- und Gemüsegeschäft vorbei. Ich weiß nicht, wie viele Bäckereien und Cafés ich schon gesehen habe. Und mehrere Secondhand-Läden und kleine Schmuckgeschäfte und Galerien. Schön ist es hier.

20.

Irma

Martha ist eben aufgebrochen, um Leah die Suppe zu bringen. Selten habe ich sie so schlecht gelaunt erlebt. Wer weiß, ob ich das Haus überhaupt finde, murmelte sie beim Abschied. Dabei hat sie eines dieser Geräte im Auto, das ihr den Weg anzeigt. Sie wird sich daran gewöhnen müssen, alle zwei Tage zu Leah zu fahren.

Das Telefon klingelt. Es ist Esther, die eine neue Illustrierte für mich hat und fragt, ob es mir recht sei, wenn sie kurz vorbeikäme.

»Ja ...«

»Oder bist du gerade beschäftigt?«

»Nein.«

»Dann bin ich in fünf Minuten bei dir.«

Ich lege auf und streichele Henry. »Wie soll ich ihr erklären, dass Martha nicht da ist?« Er wedelt mit dem Schwanz. »Ich hätte sie bitten sollen, ihren Schlüssel mitzubringen.«

Ächzend stehe ich auf. Henry springt aufgeregt an mir hoch. »Nein, mein Kleiner, wir gehen jetzt nicht nach draußen.«

Meine Knie werden immer wackeliger. Ohne den Rollator würde ich es nicht mehr bis zur Haustür schaffen.

Als ich das Gartentor höre, öffne ich die Tür. Esther läuft mit erschrockenem Gesicht auf mich zu.

»Irma, was ist passiert?«

»Nichts. Wieso? Komm herein.«

»Warum kann Martha mir nicht aufmachen? Ich weiß doch, wie schwer dir das Aufstehen fällt.«

Ich winke ihr, mir zu folgen. Im Wohnzimmer sinke ich erschöpft in meinen Sessel. Henry legt sich zu meinen Füßen.

»Ist sie etwa krank?«

»Nein, nun nimm erst mal Platz.«

Kopfschüttelnd legt sie die Illustrierte auf den Tisch und setzt sich auf die Sofakante. »Wo ist Martha?«

»Du kannst beruhigt sein, es ist alles in Ordnung«, versichere ich ihr.

»Trotzdem würde ich gern wissen, wo ...«

»Martha ist vorhin mit einem Topf Suppe zu Leah gefahren.«

Esther starrt mich an. »Wie bitte?«

»Du hast richtig gehört. Leah liegt mit einem Bandscheibenvorfall im Bett und ist nicht in der Lage, sich zu versorgen.«

»Das tut mir leid für sie, aber deshalb kann sie noch lange nicht erwarten, dass Martha sie bekocht.«

»Das tut sie auch nicht. Es war meine Idee.«

Esther seufzt. »Irma, nach allem, was vorgefallen ist, musst du dich wahrlich nicht für Leah verantwortlich fühlen.«

»Sie ist immerhin meine Tochter.«

»Ich kenne niemanden, der sich seiner Mutter gegenüber so schäbig verhält.«

»Das mag sein.«

»Außerdem hat sie ja auch noch Rebecca.«

»Nein, die ist für längere Zeit ins Ausland gegangen.«

»Ach. Davon wussten wir gar nichts. Wann denn?«

»Heute Morgen.«

»Und wohin?«

»... Nach Hamburg.«

Esther schaut mich ungläubig an. »Was???«

»Ihr Freund ist Hamburger.«

Sie schüttelt wieder den Kopf. »Also ... ich bin sprachlos. Weißt du das schon länger?«

»Ja.«

»Warum hast du nicht mit uns darüber gesprochen?«

»Es hätte euch nicht gefallen.«

»Nein, natürlich nicht. Keiner aus unserer Familie ist jemals nach Deutschland gefahren.«

»Eben.«

»Aber wenn wir von Rebeccas Plänen gewusst hätten, hätte Jeremy mit ihr sprechen und positiv auf sie einwirken können. Leah hat auf dem Gebiet offenbar auch völlig versagt.«

»Das sehe ich nicht so.«

»Nein?«

Henry knurrt. Er hat den scharfen Ton in ihrer Stimme gehört.

»Liebe Esther, ich will nicht mit dir streiten.«

»Ich auch nicht mit dir.«

»Und nimm es mir bitte nicht übel, aber ich denke, ich muss mich jetzt etwas ausruhen.«

»Selbstverständlich. Soll ich mich nach nebenan setzen, bis Martha wieder da ist?«

»Nein. Es macht mir nichts aus, ein Stündchen allein zu sein.«

»Wenn du meinst ...« Esther steht auf und gibt mir einen Kuss auf die Wange. »Es tut mir so leid, dass du dich bei all der Aufregung nicht auf deine Erholung konzentrieren kannst.«

»So schlimm ist es nicht.«

»Um noch mal auf Martha zurückzukommen: Sie sollte sich wirklich nur um dich kümmern.«

»Ja, ja.« Ich schließe die Augen.

»Bis bald, Irma.«

Kurz darauf fällt die Haustür ins Schloss. Henry schnauft.

Oh, Esther wird sofort mit Jeremy telefonieren. Und spätestens heute Abend werden meine Jungen ein ernstes Wort mit mir reden wollen.

Leah

War das der Türklopfer? Ich muss eingeschlafen sein. Gleich zwölf. Keine Ahnung, wer um diese Zeit zu mir will. Angela wird mich nicht vor vier besuchen.

Ich richte mich auf. Die Schmerzen sind unerträglich. Wieder klopft es, einmal, zweimal, dreimal. Hat Rebecca es sich anders überlegt und ist zurückgekehrt? Aber sie hat einen Schlüssel.

Ich quäle mich aus dem Bett, suche nach meinem Bademantel, finde ihn nicht.

»Hallo? Ist da jemand?«, höre ich eine Frauenstimme rufen.

»Moment.« Ich beiße die Zähne zusammen.

Bis zur Haustür sind es höchstens sieben Meter. Ich setze einen Fuß vor den anderen. Bei jedem Schritt könnte ich schreien.

»Wo bleiben Sie denn?«

In dem Moment weiß ich, wer da klopft. Martha. Irma hat Martha mit der Lauchsuppe geschickt.

Ich öffne die Tür. Da steht sie, mit einer Tasche in der Hand und schaut mich böse an. »Tut mir leid, dass Sie warten mussten, aber ich habe große Schwierigkeiten mit dem Laufen.«

Martha lässt ihren Blick an mir herabgleiten. Ich weiß, ich sehe schrecklich aus in meinem verschwitzten, alten Schlafanzug.

»Kommen Sie doch bitte herein.«

Mit einer kaum merklichen Kopfbewegung deutet sie an, dass sie nicht vorhat, mein Haus zu betreten. Wortlos holt sie eine Tupperdose aus ihrer Tasche, drückt sie mir in die Hand und wendet sich zum Gehen.

»Danke, Martha, das ist sehr nett von Ihnen.«

Sie dreht sich nicht um, sondern läuft schnurstracks auf ihren Wagen zu. Langsam schließe ich die Tür.

Es passt ihr nicht, dass sie für mich mitkochen und hierherkommen musste. Wie hat Irma sie dazu gebracht? Indem sie an ihr Mitleid appelliert hat? Meine arme Tochter kann sich nicht bewegen. Nein, das wird sie nach der Szene, die ich vor drei Wochen in Irmas Haus veranstaltet habe, gar nicht erst versucht haben. Wahrscheinlich hat sie Martha nichts erklärt, sondern verfügt, dass es so und nicht anders gemacht wird. Irma kann einen Ton anschlagen, der keine Widerrede zulässt.

Ich spüre auf einmal, wie hungrig ich bin. Wenn ich etwas essen will, muss ich den Weg bis zur Küche schaffen. Wie ist es möglich, dass ich trotz der starken Medikamente immer noch solche Schmerzen habe? Soll ich Angela nachher fragen, ob sie einen guten Orthopäden kennt?

Ich öffne die Tupperdose, ein köstlicher Duft schlägt mir entgegen. Ich fülle mir einen Teller auf und schiebe ihn in die Mikrowelle.

Ich probiere und erinnere mich sofort an den Geschmack. Lauch mit Kartoffeln, Petersilie, Pfeffer und etwas Crème fraîche. Vater wünschte sich oft Lauchsuppe als Vorspeise, gefolgt von Lammbraten mit gerösteten Kartoffeln und Minzsauce, und zum Nachtisch Apple Crumble mit Vanilleeis. Ein typisches Sonntagsessen, bei dem sich Irma und Vater mit den Zwillingen unterhielten. Ich aß und schwieg, ich war zu klein für diese Gespräche. Und später, als ich nicht mehr zu klein war, schwieg ich noch immer, weil es sonst doch nur wieder Streit gegeben hätte.

Ich esse einen zweiten Teller. Irma muss Martha beigebracht haben, wie man ihre Lauchsuppe kocht.

Es ist noch genug da für morgen. Ich sollte sie anrufen und ihr danken.

Später vielleicht.

21.

Rebecca

Ich liege auf Jonas' Bett und blicke durch die offene Balkontür in den blauen Himmel. Schon nach den ersten Minuten am Flughafen fühlte es sich so an, als wären wir nie getrennt gewesen. Ich habe ihn so vermisst. Erst jetzt merke ich, wie sehr ich ihn vermisst habe.

Die Hitze steht, das kenne ich nur aus Spanien. Jonas sagt, dass es in Hamburg selten so heiß sei. Er mag es auch nicht.

Leah hat es gern warm. Wie geht es ihr wohl? Ich werde sie heute Abend anrufen. War ich wirklich gestern um diese Zeit noch in Dublin und habe für sie eingekauft?

Aus der Küche höre ich Stimmen. Sind Jonas' Mitbewohner nach Hause gekommen? Ich hatte gehofft, dass wir noch etwas für uns wären. Sein Zimmer ist winzig, hier könnten wir kaum zu zweit leben.

»Jetzt gibt's Obstsalat und was Kaltes zu trinken«, verkündet Jonas und stellt ein Tablett auf seinem Schreibtisch ab.

Ich richte mich auf. Er reicht mir ein Schälchen mit Himbeeren, Blaubeeren und Johannisbeeren und ein Glas Eistee mit Zitrone.

»Danke. Wo hast du das denn so schnell hergezaubert?«

Er gibt mir einen Kuss. »Habe ich alles heute Morgen vorbereitet.«

»Sieht lecker aus.«

»Es sind zweiunddreißig Grad im Schatten, kam eben in den Nachrichten.«

»Ach, das war das Radio. Ich dachte, es seien die Leute aus deiner WG.«

»Nein, die jobben beide und sind nicht vor halb sieben wieder da.«

Er setzt sich zu mir aufs Bett. »Ich weiß nicht, wie ich es die ganze Zeit ohne dich ausgehalten habe.«

»Noch schlechter als ich?«

Er küsst mich in den Nacken. Ich verschütte beinahe meinen Tee. Irgendwann muss ich ihm sagen, dass ich nicht hier wäre, wenn Oma mir keinen Mut gemacht hätte.

Wir radeln an der Elbe entlang. Es ist immer noch heiß, aber es weht auch ein leichter Wind. Vorhin habe ich Jonas gefragt, wo ich am besten ein gebrauchtes Fahrrad kaufen könnte. Er grinste nur und meinte, das hätte er alles längst geregelt. Meine Schwester hat sich gerade ein neues gekauft, und du bekommst ihr altes. Einfach so? Ja, klar, wir holen es gleich aus dem Keller. Es fährt besser als mein Dubliner Rad.

Am Elbstrand setzen wir uns unter eine Trauerweide und essen meine restlichen Brote. Dann machen wir uns auf den Weg nach Eimsbüttel. Ich kämpfe mit dem Rechtsverkehr, auch wenn wir nur auf Fahrradwegen fahren. Es wird eine Weile dauern, bis ich mich daran gewöhnt habe, dass der Verkehr links an mir vorbeibraust.

Gleich zehn vor fünf. Wir haben unsere Badesachen dabei. Nach der Besichtigung des Zimmers wollen wir in ein Freibad gehen, das in der Nähe der Apostelkirche liegt. Ich könnte jetzt schon eine Abkühlung gebrauchen, so verschwitzt wie ich bin.

Wir fahren auf eine rote Backsteinkirche mit einem hohen Turm zu. Sie ist umgeben von Bäumen und Büschen. Die Häuser in der Straße sind auch alle aus rotem Backstein. Sie gefallen mir.

»Hier ist es«, ruft Jonas und bremst.

Wir steigen ab und schließen unsere Räder an.

»In welchem Stock liegt die Wohnung?«

»Im dritten.«

So hoch habe ich noch nie gewohnt.

Wir klingeln.

»Hallo, wer ist da?«, fragt eine freundliche Stimme durch die Sprechanlage.

»Hier sind Jonas Fischer und Rebecca Davidson. Wir hatten verabredet, dass meine Freundin sich heute das Zimmer anguckt.«

»Ja, wunderbar.«

Der Türsummer ertönt.

Jonas greift nach meiner Hand, und wir laufen zusammen die Treppe hinauf. Ich habe auf einmal das Gefühl, dass es klappen könnte.

Eine der Türen im dritten Stock ist nur angelehnt. Ich höre, dass jemand telefoniert.

»Ja, beeil dich, sie sind schon da.«

Eine junge Frau mit kurzen, dunklen Haaren öffnet uns die Tür. Sie trägt Shorts wie ich und eine ärmellose weiße Bluse.

Lächelnd streckt sie mir die Hand entgegen. »Hallo, Rebecca. Ich bin Johanna.«

»Hallo.«

»Grüß dich, Jonas. Kommt rein.«

Ich gebe mir einen Ruck. »Leider ... spreche ich ... noch nicht gut Deutsch.«

»Macht nichts.«

Im Flur hängen Plakate von Sydney und vom Great Barrier Reef.

Wir folgen Johanna in die helle Küche. Auf dem rotgestrichenen Tisch steht ein Strauß wilder Rosen. In einem Hängekorb mit drei Schalen liegen Äpfel, Zitronen und Zwiebeln, und auf der Fensterbank sind lauter Töpfe mit frischen Kräutern aufgereiht.

»Setzt euch. Nadine wird jeden Moment hier sein.«

Ich verstehe sie ganz gut, vielleicht spricht sie meinetwegen extra langsam.

»Wollt ihr was trinken?«

»Gern«, antwortet Jonas.

Sie holt eine Karaffe Wasser mit Pfefferminzblättern aus dem Kühlschrank und schenkt uns ein.

In dem Moment wird die Wohnungstür aufgeschlossen und eine kleine, zierliche Person stürmt herein. Sie hat einen langen blonden Zopf.

»Hi, everybody. Sorry, I'm late. I'm Nadine. You must be Rebecca.«

»Hi.«

Ihre Hand ist kühl und trocken, trotz der Hitze.

In der nächsten Viertelstunde unterhalten wir uns in einer Mischung aus Deutsch und Englisch. Ich erzähle ihnen, dass ich Deutsch lernen und jobben und Hamburg kennenlernen wolle. Johanna kommt aus Köln und Nadine aus Hannover, sie leben seit zwei Jahren als WG zusammen. Bis gestern gab es eine Dritte im Bunde, eine Amerikanerin, die in die USA zurückgekehrt ist.

»Und jetzt zeigen wir dir das Zimmer«, sagt Johanna und steht auf.

Ich würde gern hier wohnen, egal, wie das Zimmer aussieht.

Johanna öffnet die Tür. Durchs Fenster sehe ich Bäume und Himmel. Es gibt ein helles Schlafsofa, einen Kiefernholzschrank, einen Schreibtisch mit einem Bürostuhl, eine Stehlampe und einen bunten Teppich. In eine Ecke des Raumes fallen ein paar Sonnenstrahlen auf den Dielenfußboden.

»Das ist total schön. Genau so was habe ich mir gewünscht.«

Johanna und Nadine schauen sich an, Nadine nickt.

»Wir würden uns freuen, wenn du einziehst. Willst du's haben?«

»Ja.«

»Ab heute?«

Ich nicke.

»Super.«

Ich werfe einen kurzen Blick in das weiß gefließte Duschbad und die hellen, etwas größeren Zimmer von Johanna und Nadine. Dann setzen wir einen Vertrag auf. Johanna ist die Hauptmieterin, an sie muss ich zwei Monatsmieten Kaution zahlen. Ich verspreche, ihr nachher per Onlinebanking die Kaution zusammen mit der Miete für August zu überweisen. Gut, dass ich dreitausend Euro von Oma bekommen habe.

Beim Abschied verabreden wir, dass ich morgen früh einziehen werde.

»Hätte nicht besser laufen können, oder?«, fragt Jonas, als die Wohnungstür ins Schloss gefallen ist.

»Nein.« Ich gebe ihm einen Kuss. »Tausend Dank, dass du dieses Zimmer für mich gefunden hast.«

»Glück gehabt.«

»Ja, aber du hast drei Wochen lang gesucht.«

»Das stimmt. Deshalb haben wir uns jetzt auch Erholung verdient. Lust auf Schwimmbad?«

»Ich würde mir gern die Gegend noch etwas angucken. Wie lange hat es geöffnet?«

»Bis um neun. Wir haben genug Zeit.«

»Können wir die Räder hier stehenlassen?«

»Ja, klar.«

Die Straßen sind etwas breiter und die Häuser größer als in Ottensen. Manche haben schöne Vorgärten, und wir entdecken sogar einen Park, den Unnapark. Es herrscht viel Verkehr, aber die Fahrradwege sind toll. Vor einigen Kneipen und Restaurants stehen Tische und Sonnenschirme. In den kleinen und großen Läden gibt's alles, was man braucht. Da muss ich bestimmt nie in die Innenstadt fahren, ganz anders als in Dublin. Und von mir bis zur nächsten U-Bahn-Station sind es zu Fuß höchstens sieben Minuten.

Ich versuche, mir die Namen der Straßen zu merken: *Bei der Apostelkirche, Hellkamp, Rombergstraße, Osterstraße, Schwenckestraße, Heußweg.*

Wir biegen in die *Sillemstraße* ein. Plötzlich sehe ich etwas Glänzendes vor mir auf dem Gehweg. Eine kleine, quadratische Messingplatte, auf der ein Name eingraviert ist. Ich beuge mich vor und lese:

HIER WOHNTE
WALTER GOLENZER
JG. 1925
DEPORTIERT 1943
THERESIENSTADT
1944 AUSCHWITZ
ERMORDET 5.3.1945
KZ FLOSSENBÜRG

»Das ist ein Stolperstein«, höre ich Jonas sagen. »A stumbling stone.«

Ich blicke hoch.

»Es gibt sehr viele davon, gerade hier in Eimsbüttel. Sie sollen an die ermordeten Juden erinnern und auch an andere, die in der Zeit des Nationalsozialismus verfolgt wurden.«

»*Hier wohnte* heißt: here lived, oder?«

»Ja. Es wird immer der letzte, frei gewählte Wohnort genannt, von wo aus jemand deportiert oder in den Selbstmord getrieben wurde.«

Ich schaue mich um. Neben der Haustür steht eine 3. *Sillemstraße 3*.

»Vor manchen Häusern findet man vier oder sechs oder noch mehr Stolpersteine.«

Ob vor dem Haus in der Oberstraße auch solche Steine eingelassen sind?

»Manchmal protestieren die Hausbewohner, aber die Entscheidung liegt bei der Stadt Hamburg, und die hat es erlaubt.«

»Woher weißt du das alles?«

»Ich habe in der Schule mal ein Projekt dazu gemacht und die Biographien der Menschen erforscht, für die in unserer Straße in Eppendorf Stolpersteine verlegt wurden.«

Zeile für Zeile lese ich noch einmal den Text auf der Messingplatte. »Bedeutet *JG. 1925*, dass Walter Golenzer in dem Jahr geboren wurde?«

»Ja.«

Er war nur zwei Jahre älter als Oma. »*Ermordet* ... murdered.«

Jonas nickt.

»*5.3.1945*. Zwei Monate vor Ende des Krieges.«

»Manche wurden noch in den letzten Kriegstagen umgebracht.«

»Wo war das *KZ Flossenbürg?*«

»Irgendwo in Bayern.«

Ich richte mich auf. Schweigend gehen wir zurück zu unseren Rädern.

Später im Freibad kraulen wir unsere tausend Meter. Ich mache lauter Fehler beim Atmen und bei der Wende.

»Du bist aus der Übung«, sagt Jonas und küsst mich. »Oder hast du wieder Kopfschmerzen?«

»Nein, ich ...«

»Was ist?«

»Nichts.«

Er sieht mich zweifelnd an. Wenn ich bloß wüsste, wie ich anfangen soll.

22.

Leah

Angela simst mir, dass sie es frühestens um halb sechs schaffen wird, zu mir zu kommen. Ich überlege, ob ich ihr absagen soll. Mein Anblick und meine Laune sind für jeden eine Zumutung.

Ich verschiebe die Entscheidung und verbringe die nächste Stunde damit, ausgiebig zu duschen, mir die Haare zu waschen und frische Sachen anzuziehen. Jede Bewegung ist schmerzhaft, aber nicht mehr ganz so schlimm wie heute Morgen. Vielleicht beginnt das Medikament allmählich zu wirken.

Noch immer keine Nachricht von Rebecca. Soll ich ihr eine SMS schicken oder Simon anrufen und ihn fragen, ob er etwas von ihr gehört hat? Nein. Ich könnte im Internet nachsehen, wann eine Maschine aus Dublin in Hamburg gelandet ist.

Vorsichtig setze ich mich auf meinen Schreibtischstuhl und fahre den PC hoch. Das Sitzen fällt mir schwerer als alles andere. Ich google *Hamburg Airport* und starre auf die Rubriken *Ankunft live* und *Abflug live*. Was heißt das? Ich sehe mir die Listen der aufgeführten Städte an. Die helfen mir auch nicht weiter. *Von* und *nach* steht jeweils obendrüber. Das verstehe ich genauso wenig. Plötzlich empfinde ich Ekel beim Lesen der deutschen Wörter. Reiß dich zusammen.

In dem Moment entdecke ich, dass es die Website auch auf Englisch gibt. Ich finde heraus, dass die Aer-Lingus-Maschine aus Dublin mit einer Verspätung von vierzig Minuten um zehn Uhr dreißig in Hamburg gelandet ist. Immerhin weiß ich, dass der Zeitunterschied eine Stunde beträgt. Also war es hier halb zehn. Wahrscheinlich haben Simon und ich da gerade miteinander telefoniert.

Gleich zwanzig vor fünf. Soll ich versuchen zu lesen? *Stolz und Vorurteil* will ich mir heute nicht zumuten. Ich wähle einen Krimi aus, der auf Sizilien spielt und mich wenigstens etwas ablenken wird.

Vor Rebeccas Zimmer bleibe ich stehen. Es ist so still. Ich wünschte, ich könnte hören, wie sie mit ihrem Freund skypt oder ihre deutschen Übungssätze vor sich hin murmelt. Alles wäre leichter zu ertragen als diese Stille. Ob sie mir einen Zettel hinterlassen hat? Nein, sonst hätte sie ihn in die Küche gelegt.

Dennoch öffne ich die Tür. Ich erschrecke, als ich sehe, wie gründlich sie aufgeräumt hat. Jahrelang habe ich sie ermahnt, nicht immer alles herumliegen zu lassen. Wie oft haben wir uns darüber gestritten. Dies ist mein Zimmer, ich kann darin machen, was ich will. Vermutlich hat sie ihre Sachen wieder nur zusammengeknüllt und in den Schrank geworfen. Ich zögere, dann schaue ich hinein und entdecke lauter ordentliche Stapel. Ich spüre einen Kloß im Hals. Was ist los mit mir? Rebecca hat gesagt, dass sie für einige Monate weggehen wird. Begreife ich erst jetzt, was es bedeutet? Ich schließe die Tür. Natürlich lag nirgendwo ein Zettel für mich.

Ich lüfte im Schlafzimmer und lege mich ins Stufenbett. Lesen kann ich nicht. Ich schalte das Radio ein. Klaviermusik. Könnte Chopin sein.

Ich habe mich getäuscht, es war Debussy.

Um kurz vor sechs klingelt es.

»Moment!«, rufe ich und richte mich auf.

Diesmal brauche ich nicht so lange bis zur Haustür wie heute Mittag.

»Tag, Angela.«

Sie nimmt mich in die Arme. »Es tut mir leid, dass es dich so erwischt hat.«

»Komm rein.«

»Ich habe dir was mitgebracht.«

Sie greift nach einem Korb und überreicht mir einen Strauß kleiner Sonnenblumen. »Aus unserem Garten.«

»Schön sind die. Vielen Dank.«

»Und hier ist noch eine Schüssel mit Obstsalat, Nektarinen und Blaubeeren.«

»Wie lieb von dir.«

»Soll ich sie in den Kühlschrank stellen?«

»Ja, und oben auf dem Regal findest du eine Vase für die Blumen.«

»Okay. Leg du dich am besten gleich wieder hin.«

»Ist gut.«

Angela sieht, wie langsam ich laufe. Sie stellt den Korb ab, folgt mir ins Schlafzimmer und richtet mein Stufenbett neu. Dann hilft sie mir, mich hinzulegen.

»Soll ich uns einen Tee kochen?«

»Gern. Wasserkocher, Kanne und Tee stehen auf der Arbeitsplatte neben der Spüle. Und da liegt auch eine Packung mit Keksen.«

Wenn sie Zeit hat, Tee zu trinken, wird sie nicht sofort wieder gehen müssen.

Es hat etwas Beruhigendes, sie in der Küche hantieren zu hören.

Nach ein paar Minuten setzt sie sich zu mir und schenkt uns ein. Es ist mein erster Tee heute.

»Hat der Orthopäde dir Massagen und Krankengymnastik verschrieben?«

»Ja, und in der Klinik haben sie mir auch eine Liste mit Namen von Physiotherapeuten gegeben, aber ich habe mich noch nicht darum kümmern können.«

»Soll ich das für dich übernehmen?«

»Danke, ich denke, das muss ich selbst ...«

»Warum denn?«, unterbricht Angela mich. »Dir fällt doch im Moment alles sehr schwer. Und so wie ich die Situation einschätze, solltest du so schnell wie möglich mit den Behandlungen anfangen.«

»Und wie komme ich dahin? Jeder Schritt tut mir weh. Und Autofahren kann ich auch nicht. Allein das Ein- und Aussteigen ist eine Qual.«

»Vielleicht gibt es eine Praxis irgendwo in der Nähe. Wo ist die Liste?«

»Auf meinem Nachttisch.«

Angela greift nach dem Blatt und beginnt, die Namen und Adressen zu studieren. Ich darf mich zu nichts überreden lassen, was ich nicht schaffe.

»Hier ist eine: *Physiotherapy Clinic, 55 Mulgrave Street.* Bis dahin läufst du höchstens ein paar Minuten.«

»Und selbst das ist schwierig.«

»Dann begleite ich dich die ersten Male.«

»Angela, du hast so viel um die Ohren. Das kann ich nicht annehmen.«

»Natürlich kannst du das. Ich werde morgen früh da anrufen und einen Termin für dich vereinbaren.«

An der Entschlossenheit in ihrer Stimme merke ich, dass ich sie nicht davon abbringen kann. Aber sie wird mir nicht vorschreiben können, den Termin einzuhalten.

»Wann ist Rebecca heute aufgebrochen?«

»Ganz früh.«

»Dann müsste sie also längst in Hamburg angekommen sein.«

»Ja.«

»Hat sie sich noch nicht gemeldet?«

»Nein.«

»Und du willst sie auch nicht anrufen oder ihr wenigstens eine SMS schicken?«

»Ich warte lieber ab.«

Angela seufzt. »Ich verstehe, dass du enttäuscht bist, weil sie ihre Reise nicht verschoben hat. Trotzdem halte ich es für wichtig, dass du ...«

»Das Ganze ist komplizierter, als du denkst.«

»Das kann ich mir vorstellen, nach dem, was du gestern am Telefon erwähnt hast.«

Ich will nicht darüber reden.

»Warum legst du keinen Wert darauf, Rebeccas Freund kennenzulernen? Das begreife ich nicht.«

Soll ich ihr sagen, dass ich erschöpft bin und meine Ruhe brauche?

»Hast du irgendwelche Anhaltspunkte dafür, dass er einen schlechten Einfluss auf sie haben könnte?«

Ich schließe die Augen.

»Du musst dich doch für ihr Leben interessieren, sonst wird sie sich von dir abwenden.«

Das hat sie längst getan.

»Neulich bei uns im Garten ging es darum, dass du deiner Mutter nicht sehr nahestehst. Was ist los mit dir? Warum ziehst du dich von allen zurück?«

Ich richte mich auf und will ihr antworten, dass sie kein Recht hat, mir solche Fragen zu stellen, aber ich bekomme keinen Ton heraus. Und auf einmal beginne ich zu weinen, so heftig, dass ich am ganzen Körper zittere.

»Leah, ich wollte dich nicht verletzen«, höre ich Angela wie aus weiter Ferne sagen.

Ihre Hand streicht über meinen Kopf.

Ich weiß nicht, wie lange wir so dasitzen. Irgendwann brechen Vaters Sätze aus mir heraus. Frag sie nicht. Frag sie nie. Und dann fange ich an, ihr von Irma zu erzählen.

Irma

Ich liege im Bett und kann nicht schlafen. Was ist das für ein Lärm draußen? Männer brüllen Befehle, Frauen schreien, Fensterscheiben werden eingeschlagen. Irgendwo weint ein Baby. Ich will mir die Decke über den Kopf ziehen, da wird die Tür aufgerissen und Mutter stürzt auf mich zu. Irma, komm! Schnell! Ihre Stimme ist voller Angst. Ich stehe auf und taumele durch den Flur. Warum schiebt Vater die schwere Kommode vor die Wohnungstür? Mutter lehnt am Küchenschrank. Sie ist so bleich, presst die Hände auf ihren Magen. Hat sie wieder Schmerzen? Sie nimmt mich in die Arme. Vater sinkt auf einen Stuhl. Aus dem Treppenhaus höre ich lautes Getrampel und Geschrei und immer wieder dumpfe Schläge. Da sind sie, flüstert Mutter. Sie haben Äxte dabei, sagt Vater. Aber sie können doch nicht … flüstert Mutter und drückt mich an sich, als wolle sie mich nie wieder loslassen. In dem Augenblick gibt es einen furchtbaren Knall, Holz bricht auseinander, Glas geht kaputt. Das war drüben bei Silbermanns, flüstert Mutter. Gleich werden sie bei uns eindringen. Vielleicht wird uns die Kommode schützen, murmelt Vater. Nein, die lassen sich von nichts abhalten, sagt Mutter. Vater bewegt die Lippen, er betet, ich fange auch an zu beten. Da ertönt ein schriller, langgezogener Schrei. Oh, mein Gott, stöhnt Mutter. Das Kind darf das nicht mit ansehen. Sie schiebt mich vor sich her ins Schlafzimmer und öffnet die Schranktür. Kriech hinein und halt dir die Ohren zu. Und was ist mit euch? Sie antwortet mir nicht, gibt mir nur einen Kuss auf die Stirn. Ich sehe, wie Tränen ihre Wangen hinunterlaufen. Du kommst erst wieder heraus, wenn ich dich rufe, versprochen? Ich nicke. Sie macht die Schranktür zu, es ist stockfinster hier drin. Über mir hängen Mutters Röcke und Kleider. Ich fühle Seide, Leinen, Wolle. Etwas Hartes berührt meine linke Wange. Es riecht nach Leder. Meine Finger wandern daran entlang und streichen über eine längliche Schnalle aus Metall. Ist es der schmale, weiße Gürtel, den Mutter zu ihrem schwarz-weiß gestreiften Sommerkleid trägt? Ob ich im Dunkeln das Kleid entdecken kann? Es ist aus feiner Baumwolle und duftet immer so gut. Ich greife nach einem der Kleidersäume und reibe den Stoff zwischen Daumen und Zeigefinger. Er ist aus Wolle, warmer, weicher Wolle. Das Kleid daneben raschelt ein wenig, es muss aus Seide sein. Mutter hat so ein schönes, dunkelrotes Seidenkleid, mit kleinen, grünen Punkten. Plötzlich ist der Lärm ganz nahe, der Boden bebt, ich halte mir die Ohren zu und denke an das schwarz-weiß gestreifte Sommerkleid. Wenn ich gründlich genug suche, werde ich es finden. Ich werde es finden, ich werde es finden. Die Schranktür wird aufgerissen. Hier sitzt ja noch jemand, grölt ein Mann und greift nach meinem Arm. Er reißt mich aus dem Schrank. Aua!, schreie ich. Er schlägt mir ins Gesicht. Ich erkenne Werners Vater, dann wird es dunkel um mich herum.

Als ich wieder zu mir komme, ist es ganz still. Ein kalter Luftzug weht über mich hin. Mutter kniet neben mir, ihre Bluse ist zerrissen, Haarsträhnen fallen ihr auf die Schultern, am Hals klafft eine Wunde, ihre Goldkette fehlt. Sie legt mir die Hand auf meine brennende Wange. Überall liegen Glassplitter, zerschlagene Möbel und zerstochene Bettdecken. Daunenfedern schweben durchs Zimmer. In einem Stapel aufgeschlitzter Kleidung sehe ich das schwarz-weiß gestreifte Sommerkleid. Wo ist Vater?, frage ich. Mutter wischt sich über die Stirn, ihre Lippen zittern. Die Gestapo hat ihn mitgenommen.

Ich wollte nie mehr an diesen Tag denken, hatte gehofft, ihn für immer aus meiner Erinnerung gelöscht zu haben. Warum fällt mir auf einmal alles wieder ein? Weil Rebecca heute nach Deutschland geflogen ist?

Henry schläft. Hier und da zucken seine Beine, er rennt im Traum.

Soll ich Martha rufen und sie bitten, sich zu mir zu setzen? Nein. Sie würde sofort wissen wollen, ob mir nicht gut sei.

Henry springt auf und bellt. Hat er das Gartentor gehört? Ja, das sind die Stimmen meiner Jungen. Gleich werden sie versuchen, mir in meine Absprache mit Martha reinzureden. Unter keinen Umständen dürfe sie mich alle zwei Tage anderthalb Stunden allein lassen, um nach Monkstown zu fahren und Leah mit Essen zu versorgen. Und im Übrigen, wo kämen wir denn da hin, ihre undankbare Schwester aufzupäppeln? Sie solle gefälligst eine eigene Haushälterin engagieren; nur dafür sei sie wahrscheinlich zu geizig. Jeremy wird das Wort führen und Thomas wird dazu ein ernstes Gesicht machen. Aber sie werden damit bei mir nichts erreichen.

Es kommt genauso, wie ich es vorhergesehen habe. Nach einer halben Stunde kreisen sie immer noch um dasselbe Thema. Henry schaut von einem zum anderen und legt sich schnaufend zu meinen Füßen.

»Schluss jetzt!«, rufe ich. »Ihr wollt vermeiden, dass ich mich aufrege. Und ich rege mich auf.«

»Mutter«, sagt Jeremy. »Es tut uns leid, wenn wir ...«

»Das kann es auch«, unterbreche ich ihn. »Und nun will ich von der Sache nichts mehr hören.«

In dem Moment klingelt das Telefon. Ich bin dankbar für die Unterbrechung. »Hallo?«

»Ich bin's.«

»Oh, Rebecca, Liebes. Bist du gut in Hamburg angekommen?«

»Ja. Und stell dir vor: Ich habe sogar schon ein Zimmer gefunden.«

»Na, wunderbar. Wo denn?«

»In Eimsbüttel. Es ist sehr schön, ganz hell und sonnig.«

»Das freut mich für dich.«

»Eben waren Jonas und ich im Freibad, und jetzt wollen wir kochen.«

»Dann wünsche ich euch guten Appetit.«

»Wie geht es dir?«

»Ich habe Besuch von Jeremy und Thomas.«

»Ah, grüß sie von mir.«

»Das mach ich. Und du kannst Jonas unbekannterweise von mir grüßen.«

»Das tue ich gern.«

»Bis bald. Pass auf dich auf.«

»Du auch auf dich. Tschüs, Oma.«

Ich lege auf. Jeremy steht am Fenster, er kehrt mir den Rücken zu. Thomas sitzt in sich zusammengesunken auf dem Sofa. »Rebecca lässt euch grüßen.«

Jeremy dreht sich um. »Damit wären wir bei dem anderen Thema, das uns auf dem Herzen liegt.«

Ich kraule Henry hinter den Ohren. Soll ich die beiden bitten, mich mit ihren Bemerkungen zu verschonen?

»Ich war fassungslos, als ich von Esther erfahren habe, dass Rebecca einen Freund in Hamburg hat und sie für längere Zeit dort bleiben wird.«

»Ja, das kann ich mir denken.«

»Warum hast du uns denn nichts davon erzählt?«, fragt Thomas und schaut mich traurig an. »Wir haben uns gewundert, wieso Rebecca jeden zweiten Nachmittag hier war und du in der Zeit nie gestört werden durftest.«

»Es hatte etwas von einer Verschwörung«, sagt Jeremy.

Henry knurrt.

»Was ist heute mit dem Hund los?«

»Er mag es nicht, wenn du so mit mir redest.«

»Entschuldige, Mutter, aber wir sind zutiefst besorgt um

dich. Wie kann Rebecca so unsensibel sein und mit dir über Deutschland sprechen?«

»Sie ist nicht unsensibel. Im Gegenteil.«

»Wir haben uns immer bemüht, alles, was mit diesem Land zu tun hat, von dir fernzuhalten«, murmelt Thomas. »Und so haben wir auch unsere Kinder erzogen.«

»Ihr sagt mir nichts Neues. Das habe ich mir schon von Leah anhören müssen.«

Jeremy stutzt. »Wann?«

»Vor ein paar Wochen, hier in meinem Wohnzimmer.«

»War das der Grund, warum ihr diese schlimme Auseinandersetzung hattet?«

»Ja. Zum ersten Mal in eurem Leben seid ihr mit eurer Schwester einer Meinung.«

Thomas wirft Jeremy einen hilflosen Blick zu. Der schüttelt nur den Kopf. Sie verstehen mich nicht.

»Ich glaube, ich brauche jetzt etwas Ruhe.«

Jeremy seufzt. »Natürlich, Mutter.«

Sie küssen mich zum Abschied und versprechen, mich am Wochenende wieder zu besuchen.

Wieso kommen sie nicht auf den Gedanken, mich zu fragen, warum mir die Gespräche mit Rebecca wichtig sind?

Rebecca

Jonas und ich sitzen draußen vor einer Kneipe in Ottensen. Gleich halb zehn. Es ist immer noch warm. Ich müsste Leah mal anrufen, oder warte ich bis morgen? Was soll's, ich bringe es hinter mich.

»Hallo, Leah.«

»'n Abend, Rebecca.«

»Wie geht es dir?«

»Schlecht.«

»Hattest du heute Besuch von jemandem?«

»Wieso?«

»Ich hatte gehofft, dass vielleicht eine deiner Kolleginnen vorbeigekommen wäre.«

Schweigen am anderen Ende.

»Hat Martha dir Suppe gebracht?«

»Ja. Ich dachte mir schon, dass du das veranlasst hast.«

»Nein, es war Omas Idee.«

Wieder schweigen wir. Auch wenn Leah noch so sauer auf mich ist, könnte sie mich wenigstens fragen, wie mein erster Tag war und ob alles gut gelaufen ist. Es nervt mich, wie stur sie ist. Warum kann sie nie über ihren Schatten springen?

»Mit der Reise hat übrigens alles bestens geklappt«, sage ich schließlich.

»Ah, ja.«

»Und ein Zimmer habe ich auch.«

»Na, dann ...«

»Ich melde mich in ein paar Tagen wieder.«

»Okay.«

»Gute Besserung.«

»Danke.«

Aufgelegt. Ich schlucke.

»Seit wann ist deine Mutter krank?«, fragt Jonas erschrocken.

»Mir hat sie es erst vor zwei Tagen gesagt, aber es hat sich wohl schon länger angebahnt.«

»Was hat sie denn?«

»Einen Bandscheibenvorfall.«

»Oje. Da kann sie sich kaum bewegen.«

»Ich hätte nicht fahren dürfen.«

Jonas nimmt mich in die Arme. »Warum hast du mir am Telefon nichts davon erzählt?«

»Ich war so fertig, fühlte mich unter Druck gesetzt. Und dachte irgendwie, nach allem, was passiert ist, muss ich es durchziehen. Außerdem wärst du total enttäuscht gewesen, wenn ich heute nicht gekommen wäre. Und ich auch.«

»Ja, natürlich, aber wenn es ein Notfall ist …«

»Ich wusste gar nicht mehr, was ich machen sollte.«

»Vielleicht fliegst du noch mal für ein paar Tage zurück und kümmerst dich um sie. Ich kann morgen Abend deine Sachen nach Eimsbüttel bringen.«

»Ich weiß nicht …«

»Ruf an und frag sie.«

Leah nimmt erst nach dem achten Klingeln ab. Auf meinen Vorschlag antwortet sie mir, dass das pure Geldverschwendung sei. Ich hätte mir das Ganze früher überlegen sollen.

»Dann nicht.« Ich lege auf.

»Was hat sie gesagt?«, fragt Jonas.

Ich erzähle es ihm.

»Mensch, deine Mutter ist wirklich schwierig.«

Ich stehe auf und gehe auf die Toilette. Im Spiegel blickt mir ein bedrücktes Gesicht entgegen. Leah schafft es auch aus der Ferne, meine Wut in ein schlechtes Gewissen zu verwandeln.

23.

Leah

Was ist los mit mir? Warum bin ich so hart zu Rebecca? Sie meint es gut, macht sich Sorgen um mich, will etwas für mich tun. Natürlich wäre es irrsinnig, wenn sie nach Dublin zurückkäme. Und trotzdem ist das kein Grund, ihr Angebot so grob zurückzuweisen.

Schon bei ihrem ersten Anruf hätte ich freundlicher sein können. Eine Mutter, deren Tochter ins Ausland gegangen ist, wird wissen wollen, wie es ihrem Kind geht, wie die Reise war, wie ihre Unterkunft aussieht. Meine Kälte ist nicht normal. Bei unserem Telefonat war mir, als ob ich neben mir stünde und einer anderen Person zuhörte. Ich wollte sie unterbrechen, wollte ihr zurufen, so kannst du doch nicht mit deiner Tochter reden. Aber ich bekam kein Wort heraus.

Hätte ich genauso reagiert, wenn Rebecca heute in Frankreich oder in den USA angekommen wäre? Nein. Obwohl es mich auch dann gekränkt hätte, dass sie mich in dieser Verfassung zurückgelassen hat. Vielleicht hat Angela recht, als sie vorhin meinte, dass ich möglicherweise gar nicht krank geworden wäre, wenn Rebecca nicht beschlossen hätte, nach Deutschland zu gehen.

Was waren ihre Worte, bevor sie ging? Du brauchst Zeit. Verlange nicht von dir, dass du dich von heute auf morgen anders verhalten kannst. Dabei dachte ich nach meinem Zusammenbruch, dass alles möglich sei. Ich habe mich so befreit gefühlt. Und ein paar Stunden später bestrafe ich Rebecca mit meiner Einsilbigkeit. Sie wird vorerst darauf verzichten, mich anzurufen. Ich kann es ihr nicht verdenken.

Mein Blick fällt auf den Wecker. Halb zehn. Das kann nicht sein. Habe ich über neun Stunden geschlafen, traumlos und ohne eine einzige Unterbrechung? So etwas hat es seit Jahren nicht gegeben.

Vorsichtig drehe ich mich auf die Seite, spüre wieder die stechenden Schmerzen. Wie hätte es auch anders sein können.

Kurz darauf meldet sich Angela, um mir zu sagen, dass sie in der Physiotherapie-Praxis bei mir in der Straße für fünfzehn Uhr einen Termin für mich vereinbart habe.

»Danke, aber ...«

»Ich werde dich dorthin begleiten«, unterbricht sie mich.

»Und wenn ich ...«

»Um Viertel vor drei bin ich bei dir.«

Ich widerspreche ihr nicht.

Rebecca

Aus der Küche höre ich die Stimmen von Johanna und Nadine. Ich glaube, es geht darum, was sie in den nächsten Tagen kochen wollen.

Jonas hat mir geholfen, meine Sachen hierherzubringen. Eben ist er gegangen, weil er um zwölf ein Jobinterview in einer Sprachenschule hat. Und danach muss er zum Zahnarzt. Wir treffen uns um fünf im Freibad. War ich enttäuscht, als er mir nach dem Aufwachen sagte, dass er heute zwei Termine habe? Nein, ich habe mich eher erschrocken, weil ich plötzlich wieder das Gefühl hatte, mir könnte ohne ihn etwas passieren.

Unsinn. Ich fange an, auszupacken. Johanna hat mich gefragt, ob ich heute Abend mit ihnen essen möchte. Und Nadine will mir zeigen, wo sie immer einkaufen. Sie hat auch schon ein paar Ideen, in welchen Kneipen ich fragen könnte, ob sie einen Job für mich haben.

Es passt alles in meinen Schrank, ich habe sogar noch Platz. Im Badezimmer ist es ordentlicher als bei uns zu Hause. Es gibt ein eigenes Regalfach für mich und einen Handtuchhalter.

Die Türen zu Johannas und Nadines Zimmern sind geschlossen. Sie haben mir vorhin erklärt, dass sie an ihren Seminararbeiten schreiben und einen festen Arbeitsrhythmus haben.

Ich gehe in mein Zimmer zurück und setze mich auf mein Sofa. Was soll ich jetzt machen? Durch die Gegend radeln? Mich in meinen Deutschkurs einloggen? Nein, ich muss mit jemandem reden.

Ich schicke Aisling eine SMS. *Bist du zu Hause? Wollen wir skypen? LG, R.*

Ja, gern, simst sie zurück.

Ich gehe online, sehe Aisling auf ihrem Bett sitzen. Neben ihr liegt ihr alter Teddybär. Einen Moment lang wünschte ich, ich wäre dort.

»Wie geht's dir?«, fragt Aisling.

»Gut.«

»Ich habe gestern sehr an dich gedacht.«

»Es ist alles super gelaufen. Nachmittags hatte ich das Gespräch mit der WG, und heute Morgen bin ich eingezogen.«

Aisling reißt die Augen auf. »Echt?«

»Ja, ich sitze in meinem neuen Zimmer.«

»Sieht toll aus. Schöne Möbel und so hell.«

»Jonas ist wirklich grandios. Er hat sich richtig reingehängt und drei Wochen lang für mich gesucht.«

»Und wie sind deine Mitbewohnerinnen?«

»Sehr nett. Sie heißen Johanna und Nadine, sind Anfang zwanzig und studieren Geschichte.«

»Sprechen sie Englisch?«

»Ja, aber ich versuche, Deutsch mit ihnen zu reden.«

Aisling lächelt. »Ich beneide dich.«

»Ich kann's selbst kaum fassen, dass ich so viel Glück gehabt habe.«

»Hast du schon mit deiner Mutter gesprochen?«

Ich hole tief Luft und erzähle Aisling von dem Gespräch gestern Abend.

»Soll ich sie mal anrufen?«

»Kann sein, dass sie auch zu dir total unfreundlich ist.«

»Das kann ich mir nicht vorstellen. Ich versuch's.«

»Danke. Und wie läuft's bei dir?«

Aisling seufzt. Sie hat wieder Krach mit Owen gehabt. »Er hängt immer noch an seiner alten Freundin. Diesmal ist endgültig Schluss für mich.«

»Das hast du schon öfter gesagt.«

»Ich weiß ...«

Ich denke an Svenja. Jonas hat vorhin erwähnt, dass sie ihm den Interviewtermin an der Sprachenschule besorgt hat.

»Was würdest du denn machen?«

»Keine Ahnung.«

»Ich mag ihn, aber wir passen einfach nicht zusammen.«

Aisling dreht sich um. Ihre Mutter hat das Zimmer betreten.

»Rebecca, ich muss jetzt Mittag essen. Lass uns bald wieder skypen.«

»Okay. Mach's gut.«

»Du auch.«

Aisling winkt und verschwindet vom Bildschirm.

Ich lehne mich zurück. In Irland ist es gleich eins. Vielleicht hat Simons Mittagspause schon angefangen. Ich hätte ihn gestern Abend anrufen müssen, aber nach dem blöden Gespräch mit Leah habe ich es vergessen.

Ich schicke ihm eine SMS. *Hast du Zeit, zu telefonieren? LG, R.*

Ein paar Sekunden später klingelt mein Handy. »Hallo, Rebecca.«

»Tut mir leid, dass ich mich gestern nicht mehr gemeldet habe.«

»Macht nichts. Ich habe mir gedacht, dass du vollauf beschäftigt bist.«

Ich berichte ihm kurz von der Fahrt und von meinem Zimmer. Höre, wie er sich freut.

»Und wie findest du die Stadt?«

»Super. Gestern Nachmittag haben Jonas und ich an der Elbe gepicknickt, und abends waren wir im Freibad. Mit dem Fahrrad kommt man überall schnell hin.«

»Du hast schon ein Rad?«

»Ja, das hat Jonas mir besorgt. Seine Schwester brauchte es nicht mehr.«

»Aber sei vorsichtig. Mit dem Rechtsverkehr ist das sicherlich nicht so einfach.«

»Keine Sorge. Ich pass auf.«

»Im Wetterbericht habe ich gelesen, dass es in Hamburg sehr heiß sein soll.«

»Stimmt. Gestern hatten wir zweiunddreißig Grad im Schatten.«

»Crem dich gut ein. Mit deiner hellen Haut …«

»Ja, Simon«, unterbreche ich ihn. »Ich bin doch kein Kind mehr.«

»Ich mach mir halt so meine Gedanken.«

»Brauchst du nicht.«

Er seufzt. »Du, ich muss auflegen. Bei mir stehen fünf Hausbesuche auf dem Programm, bevor die Sprechstunde wieder anfängt.«

»Hast du dir inzwischen Skype runtergeladen?«

»Nein, noch nicht, aber ich kümmere mich drum.«

»Okay. Tschüs, bis bald.«
»Viel Glück.«
»Danke.« Ich bin erleichtert, dass er mich nicht nach Leah gefragt hat.

Irma

Martha ist mit Henry spazieren gegangen. Sie meinte, ich solle einen Mittagsschlaf halten, aber ich bin hellwach. Es geht mir nicht mehr aus dem Sinn, dass Rebecca seit gestern in der Stadt ist, die ich damals verlassen musste.
Ich greife nach meinem Tagebuch.

31. März 1939
Heute erfuhr ich von der Betreuerin im Hostel, daß ich am Sonntag bei einem Ehepaar aus der jüdischen Gemeinde in Belfast zum Tee eingeladen bin. Ich war so verblüfft, daß ich nicht wußte, was ich sagen sollte. Wie kommen sie darauf, ausgerechnet mich einzuladen? fragte ich schließlich. Mr. und Mrs. Loewenthal haben eine Bürgschaft für dich übernommen und nun möchten sie dich kennenlernen, lautete die Antwort. Sie waren in den letzten Wochen verreist, sonst hätten sie sich schon eher gemeldet. Jetzt verstand ich gar nichts mehr. Soll ich dir erklären, was eine Bürgschaft ist? fragte die Betreuerin. Ich nickte. Für alle, die mit einem Kindertransport nach Großbritannien einreisen dürfen, müssen Bürgen gefunden werden. Fünfzig Pfund braucht man, um für ein Kind zu bürgen. So viel Geld? rief ich erschrocken. Ja, ihr dürft doch unserem Staat nicht zur Last fallen. Und wieso hat für mich jemand aus Belfast gebürgt? Das mußt du Mr. und Mrs. Loewenthal fragen,

vielleicht kennen sie deine Eltern. Kann ich mir nicht vorstellen. Das hätten sie mir bestimmt erzählt. Auf jeden Fall mußt du den Loewenthals sehr dankbar sein und bei deinem Besuch tadellose Manieren zeigen, sagte die Betreuerin. Als ob meine Manieren sonst schlecht wären. Wenn du Glück hast, nehmen sie dich bei sich auf.

Ich weiß nicht, was ich mir wünschen soll. Hier im Hostel friere ich ständig und ich hasse den Kohlgeruch und das Schnarchen der Frauen im Schlafsaal. Trotzdem finde ich es nicht mehr so schlimm wie am Anfang. Ich habe Dora und Zofia kennengelernt, sie schlafen in den Betten neben mir. Die beiden stammen aus Polen und wollen nach Palästina auswandern. Sie sind zwanzig und zweiundzwanzig. Wenn ich bloß so gut Englisch sprechen könnte wie sie. Sie helfen mir oft, wenn ich etwas nicht verstehe. Und im Speisesaal halten sie einen Platz für mich frei und passen auf, daß ich genug zu essen bekomme. Bei ihnen bin ich immer ›die kleine Irma‹. Ich würde Dora und Zofia sehr vermissen. Neulich, als vier Briefe von Mutter und Vater auf einmal ankamen (alle ziemlich zerknittert), sagte Dora, dies sei ein Freudentag, den wir feiern müßten. Die beiden kriegen nie Post, sie reden auch nie über Verwandte oder Freunde in Polen. Ich traue mich nicht, sie zu fragen, was dort passiert ist und wie sie geflohen sind.

Ich lasse das Tagebuch sinken und schaue aus dem Fenster. Seit Jahrzehnten habe ich nicht mehr an Dora und Zofia gedacht. Aber jetzt erinnere ich mich deutlich an sie: Dora war blond und zierlich, Zofia brünett und stark wie ein Mann. Zwei junge Frauen, die mich in ihr Herz geschlossen hatten. An dem Tag, als ich von der Einladung zu den Loewenthals hörte, fragte ich die beiden, was ich tun solle, wenn das Ehepaar mich bei sich aufnehmen wolle. Dann ziehst du zu ihnen, antwortete Dora, ohne zu zögern. Was Besseres kann dir nicht passieren. Zofia stimmte ihr zu. Du wirst wieder zur Schule gehen können, das ist das Allerwichtigste. Ich möchte lieber bei euch bleiben, sagte ich. Kleine Irma, murmelte Dora, niemand weiß, wie lange wir noch hier sind. Kann ich nicht mit euch zusammen auswandern? Sie nahmen mich in die Arme und drückten mich. Du bist noch zu jung, sagte Zofia, wir können dich nicht einfach mitnehmen. Stell dir vor, deine Eltern kommen hier an, um dich abzuholen, und du bist nicht mehr da. Ich erschrak. Einen Moment lang hatte ich tatsächlich meine Eltern vergessen.

2. April 1939
Heute nachmittag war ich bei Mr. und Mrs. Loewenthal. Sie sind schon alt, mindestens sechzig. Er hat eine Glatze und trägt ein Monokel. Seine Frau ist dünn und blaß, mit einem Knoten im Nacken. Zwischen ihren Haaren schimmert die rosafarbene Kopfhaut durch. Sie haben mich mit ihrem großen Auto abgeholt. Ihr Haus ist auch sehr groß und sehr dunkel. Ein Hausmädchen servierte Tee und Sandkuchen im Wohnzimmer. Mr. Loewenthal zündete sich eine Zigarre an. Ich ahnte, daß das nicht gutgehen würde, Zigarrenrauch habe ich noch nie vertragen können. Und prompt bekam ich einen Hustenanfall. Mrs. Loewenthal schaute mich streng an. Mir fiel ein, daß ich tadellose Manieren zeigen sollte. Aber was konnte ich dafür, wenn ich husten mußte? Mr. Loewenthal räusperte sich und begann, mir von einem Geschäftspartner zu erzählen, der ihn gefragt hätte, ob er nicht einem jüdischen Mädchen aus Hamburg helfen wolle. Es dauerte eine Weile, bis ich begriff, daß dieser Geschäftspartner früher einmal mit meinem Vater zu-

*sammengearbeitet hatte. So kam ich dazu, für dich zu bürgen, sagte Mr. Loewenthal und stieß den Rauch seiner Zigarre aus. Wieder fing ich an zu husten. Mrs. Loewenthal runzelte die Stirn und fragte mich, ob ich etwa eine Bronchitis hätte. Im Hostel würden ja allerlei Krankheiten grassieren. Nein, keuchte ich und zeigte auf die Zigarre; es liegt am Rauch. Daran kann man sich gewöhnen, brummte Mr. Loewenthal. Seine Frau preßte die Lippen zusammen, sie mag mich nicht. Dann wollte Mr. Loewenthal wissen, ob ich Geschwister hätte (nein) und ob ich religiös erzogen worden sei. Ich war auf einer jüdischen Mädchenschule, antwortete ich. Und meine Eltern und ich sind regelmäßig in die Synagoge gegangen. Das schien ihm zu genügen. Ich hätte sagen sollen, daß wir längst nicht so fromm sind wie andere Juden. Vielleicht wäre das Teetrinken sofort beendet gewesen. Du sprichst sehr gut Englisch, sagte Mr. Loewenthal. Hattest du in Hamburg Englischunterricht? Ja, zwei Jahre lang. Wann hast du Deutschland verlassen? Ich mußte überlegen. Vor sechs Wochen. Es kommt mir vor wie sechs Monate (das habe ich natürlich nicht gesagt). Er entschuldigte sich, daß sie mich nicht eher eingeladen hätten, aber sie würden den Februar und den März immer an der Côte d'Azur verbringen. Das nordirische Klima sei zu rauh für seine Frau. Haben Sie Kinder? fragte ich. Leider nicht, antwortete Mr. Loewenthal und warf ihr einen vorwurfsvollen Blick zu. Sie wischte sich über die Augen. Bald danach brachten sie mich zum Hostel zurück. Im Auto schwiegen wir alle drei. Vielen Dank, murmelte ich, obwohl mir nicht danach zumute war. Bis bald, rief Mr. Loewenthal mir nach. Sie sagte nichts.
Was für ein schrecklicher Nachmittag. Hoffentlich darf ich im Hostel bleiben.*

Die Haustür wird aufgeschlossen. Henry bellt einmal kurz und schliddert über die Dielen.

»Ist ja gut, ist ja gut«, ertönt Marthas Stimme. »Dein Frauchen schläft noch.«

»Nein«, rufe ich.

Sie öffnet die Tür. »Das sollten Sie aber.« Missbilligend betrachtet sie mein Tagebuch.

»Ich schlafe nachts genug«, sage ich und streichele Henry den Rücken.

»Möchten Sie jetzt Ihren Tee?«

»Eine Apfelschorle wäre mir lieber.«

Martha stutzt. »Seitdem ich Sie kenne, trinken Sie nachmittags immer Tee.«

»Heute nicht.« Ich verzichte darauf, ihr zu erklären, dass mir beim Lesen im Tagebuch der Appetit auf Tee vergangen ist.

Wortlos bringt sie mir eine Apfelschorle.

12. April 1939

Ich bin so unglücklich. Zehn Tage lang habe ich gehofft, daß ich die Loewenthals nie wiedersehen müßte. Und heute nachmittag hieß es auf einmal, ich solle meine Sachen packen, um sieben würden Mr. und Mrs. Loewenthal mich abholen. Ich habe geheult und geschrien, ich würde nicht gehen. Dora und Zofia haben versucht, mich zu trösten. Die Loewenthals würden es sicherlich gut mit mir meinen. Er vielleicht, sie nicht. Irgendwann stürmte die Betreuerin in den Schlafsaal. Nun ist aber Schluß!, brüllte sie mich an. Was ich mir eigentlich einbilden würde. Als Flüchtling hätte ich gefälligst dankbar zu sein, wenn ich eine solche Chance bekäme. Die Loewenthals sind wohlhabend, sie werden dich auf eine gute Schule schicken, wahrscheinlich kriegst du auch noch Klavierunterricht. Was willst du mehr? Hierbleiben,

schluchzte ich. Kommt nicht in Frage. Es ist schwer genug, euch alle mit durchzufüttern. Und jetzt wird gepackt!
Dora und Zofia halfen mir, meine wenigen Sachen zusammenzusuchen, und umarmten mich zum Abschied. Viel Glück, kleine Irma, murmelte Dora und küßte mich auf die Stirn. Seit meinem Abschied von Mutter und Vater habe ich keinen Kuß mehr bekommen. Wir werden dich nie vergessen, flüsterte Zofia und küßte mich auch. Ich wünschte, ich hätte ihnen alles Gute für ihre Auswanderung gewünscht, aber ich mußte so weinen, daß ich nichts sagen konnte.
Mrs. Loewenthal fragte mich zur Begrüßung, ob ich eine Erkältung hätte. Ich konnte nur den Kopf schütteln. Ist sie blind? Man sieht doch, wenn jemand geweint hat. Na, na, nicht so unfreundlich, junges Fräulein, sagte Mr. Loewenthal. Das kann ja heiter werden, fauchte seine Frau ihn an.
Zum Abendbrot gab es Bratfisch mit Kartoffelmus und Erbsen. Ich bekam kaum etwas hinunter. Bei uns wird alles aufgegessen, schimpfte Mrs. Loewenthal, und wenn du bis morgen früh hier sitzt. Eine Stunde habe ich gebraucht, bis der Teller leer war. Danach habe ich in der Toilette alles wieder ausgespuckt.

»Ach, Henry ...«

Er springt auf und wedelt mit dem Schwanz.

»Ich war damals so verzweifelt. Was ein Mensch alles überleben kann ...«

Mein Zimmer ist so groß wie unser Wohnzimmer zu Hause. Es gibt ein hellblaues Himmelbett, einen riesigen dunkelbraunen Schrank mit einem ovalen Spiegel und einen dunkelbraunen Schreibtisch, auf dem ein Globus steht. Ich habe Hamburg gleich darauf gefunden. Es sieht aus, als sei es nicht weit weg. Aber für mich ist es am anderen Ende der Welt.

Ich bin müde. Das Letzte, was ich spüre, ist Henrys Zunge an meiner Hand.

24.

Leah

Angela hakt mich unter. Langsam, sehr langsam laufen wir zur Praxis der Physiotherapeutin.

»Siehst du, es geht doch«, sagt sie und drückt meinen Arm.

»Allein würde ich es nicht schaffen. Beim Aufwachen hatte ich schlimme Schmerzen.«

»Du hältst dich nicht mehr so schief.«

»Vielleicht wirkt das Medikament allmählich.«

Wir erreichen die Praxis, erschöpft lehne ich mich an die Wand, an Sitzen ist nicht zu denken. Ich lasse Angela für mich reden.

Helen heißt die junge Physiotherapeutin, die mich in ihren Behandlungsraum bittet. Sie hört sich die Schilderung meiner Beschwerden an und liest den Bericht des Orthopäden. Ich bekomme eine Wärmepackung, bei der ich beinahe einschlafe. Danach massiert sie mich und zeigt mir ein paar Übungen zur Stärkung der Rückenmuskulatur, die ich dreimal am Tag im Liegen, auf einer Gymnastikmatte, machen soll. Ich überlege, wo es solche Matten zu kaufen gibt, als mir einfällt, dass oben auf meinem Schlafzimmerschrank eine aufgerollte rote Matte liegt, aus der Zeit, als ich einen Yogakurs besucht und nach dem dritten Mal wieder abgebrochen habe.

Beim Abschied drückt Helen mir einen Zettel in die Hand, auf dem die Übungen noch einmal beschrieben und aufgezeichnet sind. Ich danke ihr. Mein nächster Termin ist am Montag um zehn.

»Das wird schon«, sagt sie und lächelt.

»Wie lange dauert so etwas?«

»Das ist unterschiedlich. Bei manchen Menschen rutscht die vorgewölbte Bandscheibe relativ schnell wieder zurück an ihren Platz, bei anderen dauert es länger. Hauptsache, Sie machen Ihre Übungen und vermeiden das Sitzen. Trauen Sie sich ruhig etwas zu.«

»Wie meinen Sie das?«

»Sie brauchen keine Angst zu haben. Ihr Körper zerbricht nicht.«

»In den letzten Tagen hat es sich so angefühlt.«

»Die Muskulatur ist noch sehr verspannt. Aber auch das wird besser werden.«

Auf dem Rückweg gehe ich nicht mehr ganz so langsam. Angela kocht uns einen Tee und erzählt von ihren Kindern. Über Rebecca und Irma reden wir nicht.

Rebecca

Jonas wartet vor dem Eingang zum Freibad auf mich. Er strahlt mich an. In meinem Bauch kribbelt es, so froh bin ich. Wir fallen uns in die Arme, als hätten wir uns wochenlang nicht gesehen.

»Toll, dass du jetzt hier bist und wir uns einfach so verabreden können«, flüstert er mir ins Ohr.

»Finde ich auch«, flüstere ich zurück und küsse ihn.

»Na, da haben sich zwei gesucht und gefunden«, höre ich eine zittrige Stimme sagen.

Wir drehen uns um. Vor uns steht eine alte Frau mit einem Rollator und lächelt uns an. Wir nicken.

»Wie schön«, murmelt sie und geht weiter.

»Hätte meine Oma sein können. Sie lässt dich übrigens herzlich grüßen. Das habe ich gestern ganz vergessen, dir zu sagen.«

»Danke.«

»Wie ist es mit dem Interview gelaufen?«

»Der Leiter der Sprachenschule hat mich gerade angerufen. Ich hab den Job bekommen.«

»Super.«

»Am Montag kann ich anfangen. *Intensivkurs Englisch mit Jonas Fischer.*« Er grinst. »Das heißt, jeden Tag sechs Stunden Unterricht.«

»In einer einzigen Gruppe?«

»Ja. Fünfzehn oder sechzehn Leute.«

»Was sind das für Schüler?«

»Alles Erwachsene. Das nennt sich berufliche Weiterbildung. Viele Firmen finanzieren so was für ihre Mitarbeiter.«

»Braucht man dafür nicht eine Ausbildung als Lehrer?«

»Dem Leiter reicht es, dass ich ein Jahr in Dublin war und gut Englisch kann. Er meinte, ich müsse mich nur an seine Lehr- und Übungsbücher halten. Da sei alles genau beschrieben.«

»Wenn das meine Mutter hören würde … Die sagt immer, ohne Didaktik geht gar nichts.«

»Hast du noch mal mit ihr gesprochen?«

»Nein, keine Lust.«

Wir zahlen Eintritt und suchen uns einen Platz auf der Wiese. Um diese Zeit ist es hier viel voller als gestern Abend.

Wir schwimmen unsere tausend Meter und legen uns zum Trocknen in die Sonne.

»Arbeitet Svenja auch in der Sprachenschule?«

»Ja. Wieso?«

»Nur so.«

»Du brauchst nicht eifersüchtig zu sein. Sie ist eine gute Freundin, mehr nicht.«

»Ich bin nicht eifersüchtig.«

»Svenja war ein Jahr in den USA.«

»Aha.«

»Aber sie konnte vorher schon perfekt Englisch. Ihr Vater ist Amerikaner. Sie ist zweisprachig aufgewachsen.«

Warum erzählt er mir das? Mich interessiert Svenjas Leben nicht.

»Svenja hat mir nach meiner Rückkehr sehr geholfen.«

Ich richte mich auf, spüre das schnelle Pochen in meinem Hals. »Wieso?«

»Weil ich mit ihr reden konnte. Ich wusste ja nicht, was mit dir los war.«

»Das ist doch kein Grund, ausgerechnet mit deiner Ex-Freundin ...«

»Kaum jemand kennt mich so gut wie Svenja«, unterbricht Jonas mich.

Ich schlucke. »Was soll das? Willst du mir weh tun?«

»Nein.« Er versucht, mich zu umarmen.

Ich stoße ihn zurück.

»Hey!«, ruft er erschrocken. »Du hast mich total falsch verstanden.«

»Was gibt's da falsch zu verstehen?« Ich fange an, meine Sachen zusammenzupacken.

»Rebecca ...« Er greift nach meiner Hand.

»Lass mich.«

Ich springe auf. Sehe, dass die Leute uns beobachten.

Ich laufe los. In meinem Kopf rast es. Wie konnte er nur.

Am Fahrradstand holt Jonas mich ein. »Weißt du noch, was du gesagt hast, nachdem klar war, dass du nach Hamburg kommen würdest?«

»Nein, interessiert mich auch nicht.«

»Du meintest, dass du ein paar entscheidende Fragen für dich geklärt hättest.«

»Ja, und?«

»Ich hab das nicht kapiert, und du wolltest es mir am Telefon auch nicht erklären.«

»Und dann hast du Svenja gefragt, ob sie es dir erklären könnte?«

»Ja.«

»So was Schwachsinniges. Die kennt mich doch gar nicht.«

»Sie glaubt, dass das Ganze mit einem anderen Typen zu tun hat.«

»Was???«

»Vielleicht mit einem früheren Freund von dir, der zu der Clique gehört, die jetzt im Sommer nach Frankreich fährt.«

»Und du? Glaubst du das auch?«

»Ja ...«

»Jonas, wir sind seit sechs Monaten zusammen.«

»Was hat das damit zu tun?«

»Wie kannst du mir unterstellen, dass ich dir die ganze Zeit nichts von einem früheren Freund erzählt hätte? Das finde ich fies.«

»Ich unterstell dir gar nichts.«

»Für mich wäre das ein Vertrauensbruch.«

Jonas rollt die Augen. »Nun übertreib mal nicht so. Vielleicht war dir der Typ inzwischen total egal. Und nachdem ich weg war, bist du dir unsicher geworden. So was kann ja passieren.«

»Dir vielleicht.«

»Das ist nicht fair. Ich habe dir gesagt ...«

»Dass Svenja eine gute Freundin ist. Mehr nicht. Ich weiß.«

Jonas seufzt. »Komm, lass uns die letzte Viertelstunde löschen und noch mal neu starten.«

»Löschen hilft nichts«, sage ich und steige aufs Rad. »Bestell deiner guten Freundin, dass es ganz andere Gründe geben kann, warum jemand zögert, nach Deutschland zu kommen.«

Jonas starrt mich an. »Was soll das denn heißen?«

»Meine Oma hat als Einzige in der Familie den Holocaust überlebt. Sie stammt aus Hamburg.«

Ich fahre los. Höre, wie Jonas hinter mir herruft. Ich drehe mich nicht um.

25.

Irma

Überall liegen Glasscherben, zerbrochenes Geschirr, zerschlagene Möbel. Es riecht verkohlt. Mutter zieht mich an der Hand hinter sich her, immer wieder stolpern wir. Ich kann nur an Vater denken. Wo hat die Gestapo ihn hingebracht? Beeil dich, sonst kommst du zu spät zur Schule, sagt Mutter. Ich will nicht zur Schule, ich will Vater suchen, murmele ich. Gleich gehe ich zu den Behörden und verlange, dass sie ihn freilassen, antwortet Mutter. Ich will mit. Nein, du musst zur Schule. Ich sehe weinende Menschen vor ihren verwüsteten Geschäften stehen, andere starren reglos auf die Trümmer. Unsere Buchhändlerin fegt die Scherben der Fensterscheiben zusammen, in ihrem Laden türmen sich zerfetzte Bücher, die Regale sind zersplittert. Wissen Sie schon, dass es in den Synagogen gebrannt hat?, ruft sie uns zu. Diese Verbrecher haben alles zerstört, die Menora, die Thorarollen, die Gebetsriemen. Wir hasten weiter. Vor der Schule gibt Mutter mir einen Kuss auf die Stirn. Pass gut auf dich auf, sagt sie leise und drückt mich an sich. Du auch auf dich. Hoffentlich findest du Vater. Sie nickt. Ich schaue ihr nach, sie läuft schnell, jetzt fängt sie an zu rennen. Da spüre ich eine Hand auf meiner Schulter. Ich drehe mich um. Lea steht vor mir, sie ist bleich. Die Gestapo hat meinen Vater verhaftet, flüstert sie. Meinen auch, flüstere ich. Meine Mutter hat gehört, dass sie in ein Konzentrationslager gebracht werden, fährt Lea fort. Ich erschrecke. Sie legt mir den Arm um die Schulter. Bei uns zu Hause haben sie alles kaputt gemacht. Bei uns auch, sage ich. Einen der Männer habe ich sogar erkannt, er wohnt in unserem Haus, sein Sohn war früher bei mir auf dem Geburtstag. Lea ballt die Hände zu Fäusten. Wie können sie so etwas tun? Das begreife ich nicht. Und alle gucken zu, niemand hält sie auf. Ich habe solche Angst um meinen Vater, flüstere ich. Lea sieht mich an, ihr grünes Auge leuchtet. Wir halten zusammen. Ja, sage ich. Und wir lassen den anderen niemals im Stich. Nein. Schwörst du's? Ich schwöre es. Und dann umarmen wir uns ganz fest.

»Mrs. Goldberg?«

Ich zucke zusammen. Martha steht in der Tür und sieht mich besorgt an.

»Sie weinen ja.«
»Ach, Martha ... Wo ist Henry?«
»Der tobt im Garten herum. Haben Sie Schmerzen?«
»Nein.«
»Soll ich Ihren Söhnen Bescheid sagen?«
»Wieso?«
»Es ist nicht gut, dass Sie hier allein sitzen und weinen.«
»Machen Sie sich keine Sorgen um mich.«
»Doch. Sie vermissen Ihre Enkelin, stimmt's?«
Ich nicke.

Rebecca

Ich liege auf meinem Bett und starre an die Decke. Hoffentlich waren Johanna und Nadine nicht gekränkt. Sie haben ein Willkommensessen für mich gekocht. Naturreis und Gemüse im Wok. Ich hatte kaum Hunger. Dir geht's nicht gut, oder?, fragte Nadine. Hast du Heimweh? Nein. Stress mit deinem Freund? Ja. Sie wollten mich aufmuntern, aber ich fühlte mich immer schlechter.

Ich schalte mein Handy ein. Drei Voicemails und vier SMS von Jonas.

»Rebecca, ich wollte dir nicht weh tun. Bitte ruf mich an.«

»Wo bist du? Warum meldest du dich nicht?«

»Ich versteh das nicht. Du kannst doch jetzt nicht einfach auf Tauchstation gehen.«

Seine Stimme klingt rauh. Hat er geweint?

Ich kann dir nur noch einmal sagen, dass zwischen Svenja und mir nichts mehr ist. Bitte glaub mir. Kuss, dein J.

Kaum jemand kennt mich so gut wie Svenja, hat er vorhin gesagt. Wie passt das zusammen?

Wir müssen miteinander reden. Es kann nicht sein, dass dein zweiter Tag in Hamburg so zu Ende geht.

Was soll ich ihm antworten? Dass ich eine Weile für mich sein will, um über alles nachzudenken?

Wieso hast du mir nie von deiner Familiengeschichte erzählt? Dann wäre es nicht zu diesen Missverständnissen gekommen.

Ich hätte ihm den Satz mit Oma nicht an den Kopf werfen dürfen. Er ist mir herausgerutscht, weil ich so enttäuscht von ihm war.

Warum habe ich es nicht geschafft, ihm früher zu sagen, was mit unserer Familie passiert ist? Ich hätte es wenigstens versuchen müssen. Aber ich wollte ganz normal verliebt sein, wollte nicht, dass auf unserer Beziehung etwas so Schweres liegt. Und irgendwann war der Zeitpunkt verpasst.

Ich fahr zu dir. Bis gleich.

Mein Herz schlägt höher. Diese Hartnäckigkeit habe ich ihm nicht zugetraut. Wann hat er die SMS geschickt? Um zehn nach zehn. Vor zwanzig Minuten.

Im nächsten Moment klingelt es. Ich höre Schritte im Flur. Johanna fragt in die Sprechanlage, wer da sei. Dann klopft es bei mir.

»Ja?«

Sie öffnet die Tür. »Unten steht Jonas. Willst du ihn sehen?«

Ich nicke. Versuche, meine Gedanken zu ordnen. Was soll ich ihm sagen?

Er ist blass. Zwischen den Augenbrauen hat er eine Falte, die ich bei ihm noch nie gesehen habe.

Wir umarmen uns. Jonas streicht mir über die Haare. Wie absurd, dass ich so eifersüchtig war.

Auf einmal kann ich reden, kann Jonas erzählen, was ich von Omas Leben weiß.

Leah

Ich sitze in einem halbdunklen, weiß gekachelten Raum. Es riecht nach einem scharfen Putzmittel. Der Arzt kehrt mir den Rücken zu. Er steht vor einem Leuchtkasten und betrachtet die Röntgenbilder meiner Wirbelsäule. Warum dauert es so lange? Warum sagt er nichts? Mir ist plötzlich heiß. Gibt es hier kein Fenster? Jetzt dreht der Arzt sich um. Das ist ja Simon. Was machst du hier?, frage ich. Du bist doch kein Orthopäde. Nun sei mal nicht so vorlaut, antwortet er. Was erlaubst du dir für einen Ton?, rufe ich. Simon hebt die Hand, als wolle er sagen, bis hierhin und nicht weiter. So eine Unverschämtheit lasse ich mir nicht bieten. Ich will aufstehen und gehen, aber ich habe kein Gefühl in meinen Füßen, meine Beine knicken ein, ich falle hin. Das hast du nun davon, schimpft Simon. Warum kannst du die Diagnose nicht abwarten? Panik steigt in mir hoch. Was für eine Diagnose?, frage ich erschrocken. Du bist gelähmt, verkündet Simon triumphierend, da ist nichts mehr zu retten. Ich bin stumm vor Entsetzen. Simon nimmt die Röntgenbilder ab, knipst den Leuchtkasten aus und verlässt mit schnellen Schritten den Raum.

Wer hat da geschrien? War ich das? Es ist dunkel. Tastend suche ich nach dem Lichtschalter. Wo ist meine Nachttischlampe? Wieso liege ich so hart? Bin ich aus dem Bett gefallen?

Wenn ich nicht solche Rückenschmerzen hätte, würde ich über mich lachen. So weit ist es schon mit mir gekommen, dass ich nicht einmal in meinem Bett gut aufgehoben bin.

Stöhnend stehe ich auf und gehe in die Küche. Gleich halb drei. Ich brauche etwas zur Beruhigung, vielleicht einen Kamillentee. Ich setze Wasser auf.

Die Stille im Haus ist unerträglich. Wie oft habe ich geflucht, wenn Rebecca frühmorgens aus der Disco nach Hause kam. Jetzt wünschte ich, sie wäre hier.

Ob sie bei ihrem Freund wohnt? Oder allein? Oder in einer WG mit wildfremden Leuten? Morgen rufe ich Simon an und frage ihn, ob er Näheres weiß.

Als ich am Tisch sitze und meinen Tee trinke, fällt mir ein, dass Simon im Traum noch jung war, höchstens dreißig. So alt wie damals, als wir uns kennengelernt haben. Ich habe ihn in all den Jahren nie so unerbittlich erlebt wie im Traum. Dieser Triumph in seiner Stimme, als er mir sagte, ich sei gelähmt. Nein, Simon hatte andere, leisere Mittel, um mich zu verletzen. An jenem Abend vor acht Jahren, als meine Welt einstürzte, gab es keinen Streit. Simon teilte mir ganz ruhig mit, dass er sich in eine andere Frau verliebt hätte und mich verlassen würde.

Ich bewege meine Zehen, meine Füße, meine Beine. Morgen werde ich versuchen, mit den gymnastischen Übungen anzufangen.

26.

Rebecca

Ich radele die Oberstraße entlang und halte vor dem Haus mit der Nummer neun, in dem Oma als Kind gelebt hat. Seit meiner Ankunft in Hamburg vor über vier Wochen bin ich schon oft hier gewesen und habe Fotos gemacht für das Album, das ich Oma schenken will.

Ich bin jedes Mal aufgeregt, wenn ich in die Straße einbiege und den weiß gestrichenen, renovierten Altbau sehe, mit der hohen Eingangstür und dem schönen Stuck an der Fassade. Die Beletage im ersten Stock hat die größten Balkone.

Heute steht dort ein Kind und schaut über das Geländer, als warte es auf jemanden. Ich stelle mir vor, wie Oma dort gestanden und auf eine Freundin gewartet haben könnte. Vielleicht auf Lea, das Mädchen aus ihrer Klasse, über das sie nicht sprechen wollte. Lea ohne h. Seltsam, dass Oma mir das Tagebuch fast aus der Hand gerissen hat. So kenne ich sie gar nicht. Es war, als ob sie sich vor etwas schützen wollte. Konnte Lea nicht mehr fliehen und ist ermordet worden? Aber warum hat Oma ihrer Tochter denselben Namen gegeben, wenn die Erinnerung an die Freundin so schmerzlich für sie ist?

Das Kind ist vom Balkon verschwunden. Ich werfe einen letzten Blick auf die Beletage und fahre nach Hause.

Dort sehe ich mir wieder meine Fotos an. Ich wundere mich immer noch, dass an so vielen Orten an das jüdische Leben in Hamburg erinnert wird. Es gibt über 4700 Stolpersteine, leider keinen vor dem Haus in der Oberstraße 9. Ich habe mindestens fünfzig fotografiert, auch den mit dem

Namen von Walter Golenzer. Und neulich habe ich die Stelle gefunden, an der Omas Synagoge, die Bornplatzsynagoge, stand. Dort ist jetzt ein Gedenkplatz mit einem Bodenmosaik. Zwölf Nahaufnahmen habe ich davon, die ich für Oma auf eine Pappe aufkleben will, zusammen mit dem Foto von der Tafel, die an einem ehemaligen Bunker an einer Seite des Platzes angebracht ist:

> HIER STAND DIE HAUPTSYNAGOGE
> DER DEUTSCH-ISRAELITISCHEN
> GEMEINDE ZU HAMBURG
> DIE IN DER ZEIT DER NATIONAL-
> SOZIALISTISCHEN GEWALTHERRSCHAFT
> DURCH EINEN WILLKÜRAKT
> AM 9. NOVEMBER 1938 ZERSTÖRT WURDE

Die Schule in der Karolinenstraße, die Oma besucht hat, ist heute eine Gedenk- und Bildungsstätte und heißt Alberto-Jonas-Haus, nach dem letzten Direktor der Schule. *ISRAELITISCHE TÖCHTERSCHULE* steht über dem Eingang. Ich habe mehrere Bilder von dem Naturkunderaum mit den Möbeln von damals. Hat Oma hier Chemieunterricht gehabt? An der Tafel steht ein hebräischer Text und darunter die deutsche Übersetzung:

> *Ich kam, um den Ort nach 60 Jahren*
> *zu sehen. Ich habe hier zehn Jahre*
> *gelernt. Dr. Bamberger lehrte mich Natur-*
> *wissenschaften in diesem Raum. Es blieben*
> *dieselben Gegenstände, dieselbe Ausrüstung,*
> *und ich sehe meinen Lehrer, als ob die*
> *Zeit stillgestanden wäre.*
> *Lea Oppenheim, Jerusalem*
> *aus dem Hause Plessen*

Könnte es die Lea sein, die Oma gekannt hat? Bisher habe ich mich nicht getraut, sie zu fragen, wie ihre Freundin mit Nachnamen hieß.

Im Internet habe ich ein Foto von dem lächelnden Dr. Alberto Jonas entdeckt. Er hat mehrere Kindertransporte nach England begleitet. Das Wort hatte ich noch nie gehört. Ich habe herausgefunden, dass zwischen dem 1. Dezember 1938 und dem 1. September 1939 etwa zehntausend Kinder aus jüdischen Familien, die zwischen drei Monaten und siebzehn Jahren alt waren und aus Deutschland, Österreich, Polen und der Tschechoslowakei stammten, nach Großbritannien ausreisen durften. Nur Kinder bekamen ein Visum, nicht ihre Eltern. Für jedes Kind musste vorher ein britischer Bürge gefunden werden, der mit fünfzig Pfund dafür garantierte, dass das jüdische Kind nicht zur Belastung für den Staat würde. Ob Oma Deutschland auch mit einem Kindertransport verlassen hat? Das würde erklären, warum sie zuerst nach England kam.

Alberto Jonas ist stets zu seiner Familie nach Hamburg zurückgekehrt. Seine Tochter Esther ließ er nicht mit nach England fahren. Warum nicht? Befürchtete er, es könnte so aussehen, als ob sie bevorzugt würde?

Einen Ausschnitt der Texttafeln im Alberto-Jonas-Haus habe ich fotografiert: *Nach der Schließung aller jüdischen Schulen im Reich am 30.6.1942 wurden auch die meisten der letzten Schulkinder und Dr. Jonas mit seinem Kollegium in den Tod geschickt.* Aus dem Internet habe ich erfahren, dass Esther als Einzige der Familie das KZ überlebt hat.

Am nächsten Tag fahre ich wieder zur Oberstraße 9, weil ich den Balkon noch einmal fotografieren will. Heute steht dort kein Kind.

Hoffentlich werden die Hausbewohner nicht misstrauisch, wenn sie mich ständig mit meiner Kamera sehen. Ich habe längst genug Fotos. Statt alle paar Tage hierherzukommen, sollte ich Oma lieber meine Fragen stellen. Ich könnte mir einen ruhigen Platz im Innocentiapark suchen und sie anrufen. Wenn sie Besuch hat, habe ich Pech gehabt. Aber ich darf es nicht immer wieder aufschieben.

Halb vier. Meine Schicht im *Fasan* beginnt erst in anderthalb Stunden. Oma hat sich so gefreut, als ich ihr von der Kneipe in der Eichenstraße erzählt habe, in der ich seit zwei Wochen arbeite. Nadines Tipps haben mir geholfen; schon beim zweiten Versuch hat es geklappt. Jetzt verdiene ich genug Geld zum Leben, lerne viel schneller Deutsch als mit meinem Onlinekurs und habe nette Kollegen. Es war ein Glückstag, dieser 16. August. Nachmittags kriegte ich den Job und abends kam die Mail von meiner Schule, dass die Ergebnisse des Leaving Certificate auf der Homepage abgerufen werden könnten. Ich bin Klassenbeste geworden, das hätte ich niemals für möglich gehalten. Natürlich habe ich Leah gleich angerufen. Wie schön, sagte sie, herzlichen Glückwunsch. Mehr nicht.

Fast hätte ich den Mopedfahrer übersehen. Ich muss aufpassen. An den Rechtsverkehr habe ich mich immer noch nicht gewöhnt.

Ich finde eine schattige Bank im Innocentiapark. In der Ferne sehe ich Kinder auf dem Spielplatz herumtoben.

Oma meldet sich nach dem zweiten Klingeln.

»Hallo, ich bin's.«

»Rebecca, Liebes. Wie schön, von dir zu hören.«

»Wie geht's dir?«

»Gut, solange ich in meinem Sessel sitzen kann. Das Laufen ist zu beschwerlich.«

»Auch mit Martha zusammen?«

»Ja. Sie versucht jeden Tag, mich zu einem Spaziergang zu überreden, aber es hat keinen Zweck.«

»Frische Luft ist wichtig.«

»Ich weiß, ich weiß. Erzähl mir lieber von dir. Wo bist du?«

»Nicht weit von der Oberstraße entfernt. Ich sitze im Innocentiapark. Erinnerst du dich an den?«

»Und ob ich mich erinnere. Ein wunderbarer, hügeliger Park. Dort habe ich als kleines Kind viel gespielt. Und später bin ich auf dem Rundweg Roller gefahren.«

»Durftest du allein hierherkommen?«

»Nein, meine Mutter oder unser Hausmädchen hat mich begleitet. Ich habe mir oft einen Spaß daraus gemacht, mich irgendwo im Gebüsch zu verstecken oder auf einen Baum zu klettern. Das mochten sie gar nicht.«

»Ich werde auch hier ein paar Fotos machen, damit du siehst, wie der Park heute aussieht.«

»Danke.«

»Und dann ... wollte ich dich etwas fragen.«

»Nur zu.«

»Vor ein paar Tagen war ich doch in deiner ehemaligen Schule ...«

»Ja. Ich bin so froh, dass das Gebäude noch steht und heute eine Gedenkstätte ist.«

»Ich habe vergessen, zu erwähnen, dass sie nach dem letzten Direktor der Schule benannt wurde. Sie heißt Alberto-Jonas-Haus.«

»Ach?«

»Hast du Dr. Jonas gekannt?«

»Natürlich.«

»Ich habe gelesen, dass er 1939 mehrere Kindertransporte nach England begleitet hat.«

»Ja ... Aber meinen nicht.«

»Ich wusste nicht, dass du ...«

»Woher solltest du das wissen?«, unterbricht sie mich. »Ich habe nie darüber gesprochen. Und ... ich möchte darüber auch nicht reden.«

»Das verstehe ich.«

Wir schweigen. Soll ich es wagen, Oma nach ihrer Freundin zu fragen?

Eine junge Frau mit einem Kinderwagen kommt auf mich zu. Will sie sich etwa hier hinsetzen? Dann muss ich mir einen anderen Platz suchen.

Nein, sie geht weiter. Ich warte, bis sie außer Hörweite ist.

»Da ist noch etwas ...«

»Ja?«

»Auf der Tafel im Naturkunderaum stand ein Text von einer Frau, die dort zur Schule gegangen ist und sechzig Jahre später wieder da war. Lea Oppenheim, aus dem Hause Plessen.«

»Die kannte ich nicht.«

Mein Herz sinkt. »Wie hieß denn deine Freundin Lea mit Nachnamen?«

»... Weizmann. Aber lass uns bitte nicht ...« Oma bricht ab.

»Tut mir leid. Ich wollte dir nicht weh tun.«

Sie räuspert sich. »Ich bin etwas müde. Vielleicht telefonieren wir in den nächsten Tagen wieder.«

»Natürlich, Oma.«

»Auf Wiederhören, meine kleine Rebecca.«

»Tschüs.«

Ich hole tief Luft, spüre plötzlich einen stechenden Schmerz in der linken Schläfe. Habe ich meine Tabletten dabei?

Ich wühle in meinem Rucksack, finde sie in der Seitentasche, einen letzten Schluck Wasser habe ich auch. Ich nehme eine Tablette ein und schließe die Augen. Das Geschrei der Kinder auf dem Spielplatz dröhnt in meinen Ohren. Vorhin waren die Stimmen nicht so laut. Ich versuche, ganz ruhig zu atmen.

Nach einer Weile geht es mir besser.

Um kurz vor fünf erreiche ich die Eichenstraße. Der Schmerz in der Schläfe ist fast verschwunden.

Ich schließe mein Rad vor der Kneipe an. Jonas hat mir eine SMS geschickt.

Ist es okay, wenn ich dich heute Nacht nicht abhole? Ich will mich mit den Jungs treffen. Wir könnten morgen Nachmittag ins Kino gehen. Im Abaton läuft ein alter Film von Woody Allen. Kuss, dein J.

Ja, klar, simse ich zurück. *Bis morgen, deine R.*

Fast jeden zweiten Tag holt er mich nachts um eins vom *Fasan* ab, obwohl er morgens ganz früh aufstehen muss, um zu seiner Sprachenschule zu fahren. Er sagt, dass es ihm nichts ausmache, wenig zu schlafen. Hauptsache, wir würden uns sehen.

Manchmal wünschte ich, wir würden in derselben WG wohnen. Aber vielleicht ist es so besser für uns.

Svenja erwähnt er nicht mehr.

Leah

Ich liege auf meiner Matte und versuche, mich auf die Rückenübungen zu konzentrieren. Meine Schmerzen sind nicht mehr so schlimm wie vor einem Monat. Und trotzdem hat der Orthopäde mich noch einmal für zwei Wochen krankgeschrieben. Zuerst habe ich protestiert, weil ich den Schulanfang am Montag nicht verpassen wollte. Er schüttelte nur den Kopf und meinte, ich solle nicht das Risiko eines Rückfalls eingehen.

Angela besucht mich alle paar Tage und lobt meine Fortschritte. Sie findet es richtig, was der Arzt gesagt hat. Die Schule sei nicht so wichtig wie meine Gesundheit, lautet ihre Devise. Ich muss mich an den Gedanken noch gewöhnen.

Die Essenslieferung durch Martha habe ich nach zwei Wochen beendet, weil ich mich wieder selbst versorgen kann. Irma hat es zur Kenntnis genommen.

Neulich bekam ich einen Anruf von Aisling, die wissen wollte, wie es mir geht. Wir haben uns fast eine halbe Stunde lang unterhalten. Sie hat eine so herzliche, offene Art.

Rebecca meldet sich nur selten; es sind kurze, knappe Gespräche. Ich kann mich nach wie vor nicht überwinden, sie anzurufen. Und je mehr Zeit vergeht, desto schwieriger wird es. Einmal in der Woche telefoniere ich mit Simon, der mir erzählt, wie Rebecca zurechtkommt. Sie hat jetzt einen Job in einer Kneipe und spricht schon sehr gut Deutsch. Ich höre Simons Stimme an, wie stolz er auf seine Tochter ist.

Irma

Ich bin erschöpft. Rebeccas Anruf hat so vieles in mir aufgewühlt. Und kurz danach kamen Jeremy und Thomas. Natürlich wollten sie wissen, wie es Rebecca geht. Sie machen sich solche Sorgen um sie. Ich kann es bald nicht mehr hören. Immer wieder versuche ich, ihnen zu erklären, wie sehr sie es genießt, diese für sie neue Welt zu entdecken. Aber warum, um Himmels willen, muss es eine deutsche Welt sein?, fragte Jeremy vorhin. Die Antwort liegt doch auf der Hand, sagte ich. Weil ihre Vorfahren aus Deutschland stammen. Daraufhin seufzte er nur, und Thomas strich sich über die Stirn, als sei das alles zu viel für ihn.

Henry schläft in seinem Körbchen. Er wird auch nicht wach, als ich aufstehe und mein Tagebuch hole.

10. Mai 1939

Seit Wochen habe ich nichts aufgeschrieben. Das Leben bei den Loewenthals ist die Hölle (und nicht nur, weil ich den Zigarrenrauch nicht vertrage und vor lauter Husten oft keine Luft bekomme). Mrs. Loewenthal haßt mich, und Mr. Loewenthal will seine Ruhe haben. An manchen Tagen heule ich stundenlang oder starre aus dem Fenster.

Wenn ich wenigstens zur Schule gehen könnte! Aber Mr. und Mrs. Loewenthal haben beschlossen, daß es sich für dieses Schuljahr nicht mehr lohnt. Ab September wollen sie mich aufs Gymnasium schicken. Bis dahin sind es noch fast vier Monate!

Heute war es schlimmer als jemals zuvor. Es fing damit an, daß Mrs. Loewenthal das Hausmädchen anschrie, warum es ihre beige Seidenbluse nicht gebügelt hätte. Und für das Damenkränzchen, zu dem Mrs. Loewenthal nachmittags gehen wollte, hatte es die falschen Blumen besorgt, rote statt gelber Rosen. Und dann konnte Mrs. Loewenthal ihre goldene Brosche nicht finden. Ihr liebstes Stück, das ihr Mann ihr zur Silberhochzeit geschenkt hat. Vielleicht haben Sie sie verloren, meinte das Hausmädchen. Unsinn! schrie Mrs. Loewenthal. Sie kam in mein Zimmer gestürmt, riß die Schranktür und die Schubladen auf und fing an, in meinen Sachen zu wühlen. Ich habe Ihre Brosche nicht, sagte ich so ruhig wie möglich, obwohl ich vor Wut kochte. Was fällt ihr ein, mich zu verdächtigen? Ich bin mir sicher, daß du sie genommen hast, fauchte Mrs. Loewenthal. Später fand das Hausmädchen die Brosche hinter der Frisierkommode im Schlafzimmer der Loewenthals.

Es klopft. Henry wacht auf und läuft schwanzwedelnd zur Tür. Er riecht mein Mittagessen.

Martha bringt mir Hühnerfrikassee mit Reis und grünem Salat.

»Danke. Das sieht sehr lecker aus.«

»Guten Appetit.«

»Wussten Sie, dass Hühnerfrikassee Leahs Lieblingsessen ist?«

Martha schaut mich alarmiert an. »Ich dachte, Ihre Tochter hätte Ihnen vor zwei Wochen gesagt, dass sie von nun an wieder selber für sich kocht.«

»Ja, ja. Keine Sorge, ich werde Sie nicht mehr zu ihr schicken.«

»Dann bin ich beruhigt. Komm, Henry.«

Er folgt ihr in die Küche. Ich habe es aufgegeben, Martha zu bitten, mit mir zusammen zu essen.

Drei, vier Gabeln schaffe ich, danach schiebe ich den Teller beiseite.

20. Mai 1939

Seit der Geschichte mit der Brosche ist mir alles egal. Warum soll ich mir Mühe geben, höflich zu Mrs. Loewenthal zu sein? Vorhin beim Abendessen keifte sie mich an, daß sie mich ins Hostel zurückschicken würden, wenn ich weiterhin so frech wäre. Nichts lieber als das, habe ich ihr geantwortet. Na, na, sagte Mr. Loewenthal, wir meinen es doch gut mit dir. Warum bist du so unfreundlich zu meiner Frau? Da habe ich ihm erzählt, daß sie mich beschuldigt hätte, sie bestohlen zu haben. Mrs. Loewenthal stritt natürlich alles ab, und er glaubte ihr.

3. Juni 1939

Ich konnte nicht schlafen und bin in den Flur geschlichen. Mr. und Mrs. Loewenthal saßen im Wohnzimmer und redeten über mich – so laut, daß ich jedes Wort verstanden habe. Ich will das Mädchen nicht mehr hier ha-

ben! schrie Mrs. Loewenthal. Aber ins Hostel zurück geht sie nicht, erwiderte er. Wieso denn nicht? Da will sie doch hin. Ein Hostel ist nur etwas für den Übergang, sagte Mr. Loewenthal, Irma braucht ein Zuhause. Es kann dir doch egal sein, was mit ihr passiert. Nein, ich fühle mich für sie verantwortlich. Vielleicht schicken wir sie nach Millisle. Dort nehmen sie auch Kinder auf. Danach wurden die Stimmen leiser.
Wo ist Millisle?

Ich blicke hoch. In meiner Erinnerung sehe ich mich in jenem dunklen Flur stehen, voller Angst, an einen noch schlimmeren Ort zu kommen.

27.

Rebecca

Der Wecker klingelt. Im ersten Augenblick weiß ich nicht, wo ich bin.

»Jonas?«

Keine Antwort. Natürlich nicht. Er war heute Nacht mit seinen Jungs unterwegs. Wir treffen uns nachher und gehen ins Kino.

Es ist kurz nach zehn, und ich bin immer noch müde. Die Spätschicht hat es in sich, das habe ich unterschätzt. Ich lag erst um vier im Bett.

Aus der Küche duftet es nach Kaffee. Jetzt fällt mir wieder ein, warum ich den Wecker gestellt habe: Ich bin mit Johanna und Nadine zum Frühstück verabredet.

Ich stehe auf und beeile mich mit dem Duschen und Anziehen.

Als ich in die Küche komme, sehe ich, dass die beiden auf mich gewartet haben. »Hallo. Tut mir leid …«

Nadine lächelt. »Wie hast du deine erste Spätschicht überstanden?«

»Es war ziemlich hart.«

»Kann ich mir vorstellen. Ich habe das ein Jahr lang jeden Freitag und Samstag gemacht.«

»Wirklich? Ich glaube, das wär auf die Dauer nichts für mich.«

»Du gewöhnst dich dran. Und das Trinkgeld ist gut, sehr gut sogar.«

»Das stimmt.«

Johanna schenkt mir Kaffee und frisch gepressten Orangensaft ein. Es gibt Rührei und Schwarzbrot mit Sonnenblumenkernen, das ich so gern mag. Erst jetzt merke ich, wie hungrig ich bin. Wenn ich in der Kneipe arbeite, kann ich nichts essen.

»Wie läuft's mit deinen Recherchen?«, fragt Nadine.

»Ich war gestern wieder in der Oberstraße.«

»Hast du mal jemanden aus dem Haus angesprochen?«

»Nein. Wozu?«

»Vielleicht kannst du dir die Wohnung ansehen, in der deine Großmutter gelebt hat.«

»Auf die Idee bin ich bisher nicht gekommen.«

Gleich in der ersten Woche habe ich Johanna und Nadine von Oma erzählt. Es ergab sich fast von selbst, als Nadine erwähnte, dass sie im Sommersemester ein Seminar zur Entstehung des Nationalsozialismus in Deutschland besucht hätten und jetzt dabei seien, zu verschiedenen Aspekten dieses Themas ihre Seminararbeiten zu schreiben.

»Meine Oma hat gestern erwähnt, dass sie Hamburg damals mit einem Kindertransport verlassen hat.«

Johanna schaut mich mit großen Augen an. »Hat sie gesagt, wann genau?«

»Nein. Sie wollte nicht weiter darüber sprechen.«

»Du könntest dich an die Forschungsstelle für Zeitgeschichte wenden. Die ist am Schlump, das ist gar nicht weit.«

»Aber ich studiere hier doch nicht.«

»Die Materialien sind öffentlich zugänglich. Und wenn du den Archivaren sagst, warum du kommst, werden sie dir sicherlich helfen.«

Nadine nickt. »Die haben dort die *Werkstatt der Erinnerung*. Da gibt es aufgezeichnete Interviews mit Kindertransport-Überlebenden, die aus Hamburg stammen.«

»Aha ...«

»Ich glaube, seit den achtziger Jahren lädt der Hamburger Senat Überlebende ein, für ein paar Tage in ihre Geburtsstadt zu kommen. Und viele waren tatsächlich bereit, mit Historikern über ihre Erfahrungen damals zu sprechen.«

»Aber meine Großmutter ist nie wieder in Hamburg gewesen.«

»Es könnte trotzdem für dich interessant sein.«

»Ja ...«

Ob Oma auch eine solche Einladung bekommen hat?

Irma

Ich habe unruhig geschlafen. Kein Wunder, nach dem anstrengenden Gespräch mit Rebecca. Ich war nicht darauf vorbereitet, dass sie in Hamburg Hinweise auf die Kindertransporte finden würde. Wie einfältig von mir. Ich weiß doch, dass die Deutschen sich intensiv mit der Vergangenheit ihres Landes auseinandersetzen. Früher oder später musste Rebecca auf dieses Thema stoßen. Und meine Lea hat sie auch nicht vergessen. Natürlich nicht.

Nach dem Frühstück warte ich, bis Martha mit Henry zu ihrem morgendlichen Spaziergang aufbricht. Dann schlage ich mein Tagebuch wieder auf.

30. Juni 1939

Vor fünf Tagen hat mich Mr. Loewenthal nach Millisle gebracht. Das ist ein kleines Dorf am Meer, nicht weit von Belfast entfernt. Ich wohne jetzt auf einem verfallenen Bauernhof, mit vielen Flüchtlingen, Kindern und Erwachsenen. Wir schlafen in großen Zelten; es gibt eins für Jungen und eins für Mädchen. Neben mir schläft Eva, sie ist auch zwölf und stammt aus Berlin. Die anderen Kinder sind aus Breslau und Wien. Wir haben sofort

Deutsch miteinander gesprochen, und niemand hat es uns verboten. Alle sind mit einem Kindertransport gekommen und vermissen ihre Eltern genauso wie ich.
Heute nacht gab es einen schlimmen Sturm und es hat so gegossen, daß es durchgeregnet hat und unsere Betten klitschnaß wurden. Trotzdem bin ich tausendmal lieber hier als bei den Loewenthals.
Eva hat mir erzählt, daß die Erwachsenen jetzt anfangen würden, den Bauernhof wieder aufzubauen. Und dann wollen sie lernen, wie man Felder bestellt und Tiere züchtet. Sie haben vor, später nach Palästina auszuwandern (wie Dora und Zofia), und dafür ist es wichtig, daß sie so etwas können. Wir müssen auch alle helfen. Ich habe heute für vierzig Leute Kartoffeln geschält (was Mutter wohl dazu sagen würde?) und nachmittags habe ich mit zwei kleinen Kindern gespielt. Sie fragten mich, ob ich auch Heimweh hätte. Ich habe versucht, sie zu trösten.

15. August 1939
Gestern habe ich endlich wieder einen Brief von Mutter bekommen (drei oder vier müssen verlorengegangen sein, oder die Loewenthals haben sie mir nicht nachgeschickt, was ich ihnen zutrauen würde). »Wir sind erschüttert und erbost, daß Du eine so unglückliche Zeit bei den Loewenthals durchmachen mußtest. Was für eine Unverschämtheit, Dir einen Diebstahl zu unterstellen! Mrs. Loewenthal scheint nicht recht bei Verstand zu sein. Wie gut, daß Du nicht mehr unter ihr zu leiden hast.
Vater und ich freuen uns für Dich, daß Du jetzt mit anderen Kindern zusammen bist, die Ähnliches erlebt haben wie Du und mit denen Du Deutsch sprechen kannst. Aber es fällt uns, ehrlich gesagt, nicht leicht, uns vorzu-

stellen, daß Du auf einem Bauernhof untergebracht bist, im Zelt schläfst und in der Küche hart arbeiten mußt. Wirst Du denn irgendwann wieder eine Schule besuchen können?«

Ich habe vergessen, ihnen zu schreiben, daß für uns alle im September die Schule anfängt (auf dem Bauernhof werden wir trotzdem weiterarbeiten). Man hat uns in der Dorfschule in Millisle angemeldet. Mutter und Vater müssen nicht unbedingt erfahren, daß es eine Dorfschule ist. Ihnen wäre natürlich ein Gymnasium lieber.

»Wir gehen nach wie vor jeden Tag zur Auswanderungsbehörde. Leider wurden unsere Visaanträge bisher nicht bewilligt, aber wir geben die Hoffnung nicht auf.«

Warum dürfen sie nicht auswandern? Wir sind schon seit fast sechs Monaten getrennt. Und sie haben doch genug Geld, um das Visum zu bezahlen. Evas Eltern haben vor ein paar Wochen beide ein Visum für Kuba bekommen. Eigentlich wollten sie nach Amerika und Eva sollte ihnen folgen. Nun fahren sie nach Havanna, und Eva muß erst einmal hierbleiben. Ich verstehe, daß sie traurig ist, aber ich bin erleichtert, daß sie nicht weggeht.

1. September 1939
Es herrscht Krieg! Sie haben es uns vorhin beim Essen gesagt. Ich habe solche Angst um Mutter und Vater. Wenn ich ihnen doch bloß helfen könnte. Wird jetzt noch jemand Deutschland verlassen können?

Es war heute vor vierundsiebzig Jahren.

Ich werde diesen Abend nie vergessen. Wir saßen alle dicht beieinander. Eine Weile sagte niemand ein Wort. Dann begann das erste Kind zu weinen.

28.

Rebecca

Nach dem Kino erzähle ich Jonas, dass ich mich an die Forschungsstelle für Zeitgeschichte wenden will. Er hat davon gehört, war jedoch nie dort.

Auf der Homepage der *Werkstatt der Erinnerung* finden wir den Hinweis, dass man sich per E-Mail anmelden soll, wenn man einen Besuch plant.

Mein schriftliches Deutsch ist noch nicht sehr gut; ich brauche über eine Stunde, um zu beschreiben, wer ich bin und warum ich mich für Interviews mit Kindertransport-Überlebenden interessiere.

Ich bitte Jonas, den Text zu korrigieren. Er lobt mich, aber an der Anzahl der Fehler sehe ich, dass er das nur tut, um mich nicht zu entmutigen.

Am nächsten Tag bekomme ich eine Antwort auf meine Mail. Die Archivarin freut sich über mein Interesse. *Wir archivieren hier 48 Interviews mit Kindertransport-Teilnehmern, die wir Ihnen gern vorlegen. Morgen früh ab neun Uhr liegen sie im Lesesaal der Forschungsstelle für Sie bereit.*

Ich stolpere über das Wort *Teilnehmer*. Es klingt so neutral.

»Weißt du, ob die Interviews auf Deutsch geführt wurden?«, frage ich Nadine.

»Je nachdem, wie es den Befragten am liebsten war. Es gibt auch Interviews auf Englisch oder in einer Mischung aus beiden Sprachen.«

»Und kann man sie nachlesen, oder hört man sie sich nur an?«

»Alle Interviews liegen als Transkripte vor, und von vielen existieren auch Audio- und Videoaufnahmen. Die haben mich besonders beeindruckt, weil du bei den Videos die Mimik und Gestik der Befragten siehst. Du kannst dir gar nicht vorstellen, wie viel sie sagen, wenn sie nicht sprechen. Im Transkript steht einfach nur *Pause*, aber die Gesichter verraten dir mehr.«

So wie Omas leerer Blick, als ich sie an meinem letzten Tag in Dublin gefragt habe, wie sie nach England gekommen sei.

Es ist ein altes Gebäude, vielleicht eine ehemalige Schule. Steile Stufen führen hinauf in einen Flur. Ich folge den Pfeilen zum Lesesaal.

Auf einem Tisch türmen sich Stapel mit Mappen. Ein Techniker ist damit beschäftigt, einen Laptop und Kopfhörer für mich zu installieren. Die Archivarin kommt, um mich zu begrüßen. Sie erklärt mir, dass die interviewten Personen meistens unter einem Aliasnamen, also einem Pseudonym, aufgeführt würden und auch nur dieser zitiert werde dürfe. Der tatsächliche Name, der als Klarname bezeichnet werde, sei in den Transkripten einsehbar. Einige wenige Interviews seien auf Wunsch der Interviewten anonymisiert worden.

Außer mir arbeitet niemand im Lesesaal. Ich setze mich an den Tisch, schlage die erste Mappe auf, lese Alias- und Klarnamen eines Mannes, der 1924 geboren wurde. Datum und Ort des Interviews, Name des Interviewers, Signatur, Sprache. Ich überfliege ein paar Zeilen, entdecke die Wörter *Pogromnacht, KZ, Mai 1939*. Soll ich weiterlesen oder nachschauen, ob es eine Audio- oder Videoaufnahme zu dem Transkript gibt?

Ich finde eine Audioaufnahme. Am Anfang fällt es mir schwer, den Mann zu verstehen, aber dann gewöhne ich mich an seinen norddeutschen Akzent. Es hilft, dass ich den Text mitlesen kann, nur manchmal muss ich mir eine Passage ein zweites oder drittes Mal anhören. Ganz ruhig erzählt der Mann, dass seine Mutter ihn nach der Verhaftung des Vaters am 9. November 1938 für einen Kindertransport anmeldete, weil sie ihr einziges Kind in Sicherheit bringen wollte. Er wünschte sich, nicht fortgehen zu müssen, aber er wagte nicht, seiner Mutter zu widersprechen, um ihr nicht noch mehr Sorgen zu machen. Im März wurde sein Vater aus dem KZ entlassen; er war mager und bleich, mit glattrasiertem Kopf. Und er zog ein Bein nach. Vorher hatte er im Hafen gearbeitet. Damit war es jetzt vorbei.

Am 1. Juni 1939 bekamen sie die Nachricht, dass er einen Platz in einem Kindertransport nach England bekommen hatte. Seine Mutter packte einen kleinen Koffer für ihn, mehr Gepäck war nicht erlaubt. Zwei Tage später brachten seine Eltern ihn zum Altonaer Bahnhof. Sie durften ihn nicht bis zum Bahnsteig begleiten, sondern mussten sich im Wartesaal von ihm verabschieden. Er hat sie nie wiedergesehen.

In England erging es ihm gut, er kam zu freundlichen Menschen, die ihn zur Schule schickten und später sogar studieren ließen. Im Vergleich zu vielen anderen Kindertransport-Überlebenden hat er großes Glück gehabt. Vor allem, als er seine Frau kennenlernte, eine Emigrantin wie er. Sie sprechen Deutsch miteinander, so ist ihm seine Muttersprache nie abhandengekommen. 1950 wanderten sie nach Kanada aus und gründeten eine Familie. Vor wenigen Wochen wurde sein fünftes Enkelkind geboren.

Der Mann war siebzig, als er interviewt wurde. Seine Stimme klingt viel älter.

Irma

Die Schule ist aus. Ein eisiger Wind fegt durch die Straßen, und es hat angefangen zu schneien. Lea ist stiller als sonst. Soll ich mit dir zur Bushaltestelle gehen?, frage ich. Sie nickt. Habt ihr Nachrichten von deinem Vater? Nein. Wir auch nicht. Seit ein paar Wochen wissen wir, dass unsere Väter im KZ Sachsenhausen festgehalten werden. Ein Nachbar hat es Leas Mutter erzählt. Er war in demselben KZ, aber ihn haben sie entlassen. Warum können sie unsere Väter nicht auch endlich freilassen? Sie haben doch nichts verbrochen. Meine Mutter ist krank, sagt Lea plötzlich. Was hat sie denn? Vielleicht irgendwas mit den Nerven. Manchmal liegt sie den ganzen Tag im Bett und sagt kein Wort. Kocht sie nichts für euch? Lea schüttelt den Kopf. Willst du bei uns essen? Nein, ich muss mich um sie kümmern. Der Bus kommt, Lea steigt ein, sie winkt mir kurz zu. Ich glaube, sie weint.

Es hat angefangen zu frieren. Der Weg ist spiegelglatt. Ich brauche lange für den Nachhauseweg. Als ich in unsere Straße einbiege, sehe ich einen glatzköpfigen, gebeugten Mann in abgerissener Kleidung vor unserem Haus stehen. Was will der hier? Ich gehe an ihm vorbei auf die Tür zu. Irma, höre ich eine heisere Stimme sagen. Woher kennt er meinen Namen? Ich drehe mich um. Das Gesicht des Mannes ist grau, seine Augen liegen in tiefen, schwarzen Höhlen. Ich bin's, dein Vater, sagt der Mann und will mir seine knochige Hand auf die Schulter legen. Ich zucke zurück. Das soll Vater sein? In dem Moment wird die Haustür aufgerissen und Mutter stürzt heraus. Paul! Sie läuft auf ihn zu und nimmt ihn in die Arme. Mein armer Paul! Irma hat mich nicht erkannt, sagt er. Ich schäme mich.

Vater ist jetzt immer zu Hause; er kann nicht mehr arbeiten, weil sein Rücken kaputt ist. Einer der Wachmänner hat ihm einen Schlag mit dem Gewehr verpasst. Aber das darfst du niemandem erzählen, sagt er leise. Warum nicht? Weil wir nicht über das sprechen dürfen, was sie mit uns im KZ gemacht haben.

Mutter ist manchmal den ganzen Tag unterwegs. Wenn ich sie frage, wo sie war, murmelt sie etwas von Behördengängen. Vater und sie flüstern oft miteinander, und wenn sie mich sehen, sind sie auf einmal still. Wer flüstert, der lügt, rufe ich, das habt ihr mir früher beigebracht. Was ist los mit euch? Ich bekomme keine Antwort.

Leas Vater ist noch im KZ. Je länger seine Haft dauert, desto größer wird unsere Angst um ihn. Lea hat sich so erschrocken, als sie neulich bei uns war und Vater ins Zimmer kam, um sie zu begrüßen. Sie konnte ihn nicht angucken. Ist deine Mutter wieder gesund?, fragte er. Nein. Was können wir für sie tun? Ich weiß nicht, antwortete Lea, sie will keine Hilfe.

Ich finde die Schule immer sinnloser. Wir können doch nicht aufpassen. Den anderen Kindern geht es genauso. In der Pause verziehen Lea und ich uns oft in eine dunkle Ecke unter der Treppe und träumen davon, dass Leas Vater entlassen wird und wir alle zusammen auswandern, vielleicht nach Uruguay. Für Uruguay hat neulich die Familie eines Jungen aus unserer Klasse ein Visum bekommen.

Ein paar Tage später fehlt Lea. Es ist ein Freitag. Der Lehrer will von mir wissen, ob sie krank ist. Ich zucke mit den Achseln. Gestern war sie noch gesund. Nachmittags fahre ich zu ihr. Ich muss dreimal klingeln, bis sie mir die Tür öffnet. Ihre Augen sind verquollen. Ich folge ihr in die Küche. Leas Mutter ist nirgendwo zu sehen. Warum hast du geweint?, frage ich. Mein Vater ist tot, stößt sie hervor. Was??? Woher weißt du das? Sie haben uns die Urne mit seiner Asche geschickt. Er wurde im KZ ermordet. Oh Lea ... Ich will nach ihrer Hand greifen, aber sie dreht sich um und tritt ans Fenster. Wo ist deine Mutter? Keine Ahnung. Willst du mit zu uns kommen? Das kann ich nicht, ich muss hier auf sie warten. Dann warte ich mit dir zusammen. Nein, ich bin lieber allein.

Am nächsten Tag fahre ich wieder zu ihr. Wir haben uns geschworen, den anderen niemals im Stich zu lassen, sage ich. Sie nickt. Wir sitzen schweigend in der Küche. Ist deine Mutter zu Hause?, frage ich nach einer Weile. Ja, sie schläft.

Montags in der Schule erzähle ich dem Lehrer, was passiert ist. Er wird blass und sinkt auf seinen Stuhl. Diese Verbrecher! Arme Lea. Kümmere dich um sie. Natürlich, antworte ich.

Nachmittags rufen Vater und Mutter mich ins Wohnzimmer. Ihre Gesichter sind ernst. Du wirst morgen früh nach England reisen, sagt Vater mit zitternder Stimme. Wie bitte? Vor meinen Augen verschwimmt alles. Mutter hat dich schon vor Wochen für einen Kindertransport angemeldet, weil das Leben hier zu gefährlich geworden ist. Und wieso weiß ich nichts davon?, schreie ich. Jetzt begreife ich, warum in den letzten Wochen hier so viel geflüstert wurde. Wir wollten dich nicht beunruhigen, erklärt Mutter. Niemand wusste, ob es klappen würde. Heute kam endlich die Bestätigung, dass du einen Platz hast. Wir sind so erleichtert, dass du in Sicherheit sein wirst, sagt Vater, auch wenn uns die Trennung sehr schwerfällt. Aber wir kommen sobald wie möglich nach. Ich fahre nicht, da könnt ihr reden, was ihr wollt. Wieso nicht?, fragt Mutter erschrocken. Weil ich Lea nicht allein lassen kann, das haben wir uns gegenseitig versprochen. Habt ihr vergessen, dass ihr Vater ermordet wurde? Irma, wie könnten wir das vergessen?, versucht Vater mich zu beruhigen. Im Gegenteil, dieser Mord zeigt, wie schlimm es um dieses Land steht. Ich verrate meine Freundin nicht!, schreie ich. Das könnt ihr von mir nicht verlangen. Ich laufe aus dem Wohnzimmer und schlage die Tür hinter mir zu.

Es ist schon dunkel, als ich bei Lea ankomme. In der Wohnung brennt kein Licht. Ich klingele Sturm, immer wieder und wieder, bis eine Nachbarin das Fenster aufreißt. Scher dich zum Teufel!, kreischt sie, oder ich werde dir Beine machen. Wo sind Lea und ihre Mutter?, frage ich. Interessiert mich nicht, und jetzt fort mit dir.

Ich laufe stundenlang durch die Stadt. Es fängt an zu regnen. Mir ist alles egal. Ich fahre wieder nach Hause. Mutter hat einen kleinen Koffer für mich gepackt. Bitte lasst mich hierbleiben, sage ich. Vater nimmt mich in die Arme. Es ist unsere einzige Chance, dich in ein sicheres Land zu bringen. Ich fange an zu weinen. Aber ich konnte mich von Lea nicht verabschieden. Ich muss ihr doch sagen, dass ihr diese Reise ohne mich beschlossen habt. Vater drückt mich an sich. Wir versprechen dir, dass wir in den nächsten Tagen zu ihr fahren und ihr alles erzählen werden. Glaub mir, sie wird unsere Entscheidung verstehen. Ich kann nicht fahren, versuche ich es ein letztes Mal. Wir haben keine Wahl, sagt Mutter.

Hatten wir wirklich keine Wahl? Wie oft habe ich über diese Frage nachgedacht.

Henry sieht mich mit schräg gestelltem Kopf an, als wolle er sagen, mach dir nicht solche Gedanken.

Ich streichele ihm den Rücken. »Mein kleiner Henry. Wenn du wüsstest, wie ich gelitten habe.«

Er rollt sich zu meinen Füßen zusammen. Kurz darauf höre ich ein leises Schnarchen.

Mir hätte es wie jener Frau ergehen können, über die ich vor vielen Jahren einen Artikel gelesen habe, den ich nie vergessen werde. Sie war 1942 mit ihren Eltern nach Auschwitz deportiert worden, wo ihre Mutter ermordet wurde. Ihr Vater starb kurz darauf an Typhus. Wie durch ein Wunder überlebte sie. Drei Jahre zuvor hatte sie sich geweigert, den Kindertransportzug zu besteigen, der sie nach England in Sicherheit gebracht hätte. Ich wollte bei meinen Eltern bleiben, sagte die Frau. Ich wäre lieber zusammen mit ihnen gestorben, als von ihnen getrennt zu werden.

Rebecca

Nach dem dritten Interview merke ich, dass ich dringend eine Pause brauche. Ich hole mir einen Kaffee aus dem Automaten und gehe nach draußen.

Die Sonne scheint, es weht ein leichter Wind, ein Mann radelt mit seinem kleinen Sohn an mir vorbei. Ich lehne mich an die Hauswand. In meinem Kopf dröhnt es, so erschlagen bin ich von dem, was ich drei Stunden lang gehört und gelesen habe. Ständig denke ich daran, wie es Oma ergangen sein muss. 1939 war sie zwölf. Als ich zwölf war, haben wir unsere erste Klassenreise gemacht. Zum Ring of Kerry. Ich hatte die ganze Woche Heimweh.

Zurück im Lesesaal überlege ich, wie ich weiter vorgehen will. Es wird anderthalb bis zwei Wochen dauern, alle Interviews zu lesen. Vielleicht sollte ich mir erst einmal die Namen der anderen fünfundvierzig Personen ansehen und heraussuchen, welche Interviews auf Englisch geführt wurden.

Bei der Durchsicht der Mappen entdecke ich ein englischsprachiges Interview mit einer Frau, die den Aliasnamen Luise Goldstein trägt. Ihr Klarname lautet Lea Ginzburg, geborene Weizmann. Ich traue meinen Augen nicht. Ein Interview mit Omas Kindheitsfreundin Lea Weizmann. Sie hat überlebt. Meine Hände werden feucht, so aufgeregt bin ich. Ich will den Text schnell überfliegen, dann zwinge ich mich zur Ruhe. 1995 kehrte Lea Weizmann auf Einladung des Hamburger Senats für eine Woche aus den USA nach Hamburg zurück und ließ sich interviewen. Sie berichtet vom zunehmenden Antisemitismus in den dreißiger Jahren, von ihrer Umschulung auf die Israelitische Töchterschule in der Karolinenstraße und davon, wie vier BDM-Mädchen sie so zusammenschlugen, dass sie ein Auge verlor. In der Nacht vom 9. auf den 10. November 1938 wurde ihr Vater von der Gestapo verhaftet und ins KZ Sachsenhausen gebracht. Drei Monate später schickte man ihnen eine Urne mit seiner Asche. Ihre Mutter kam mit einem Nervenzusammenbruch ins Krankenhaus, sie musste zu Verwandten umziehen. Da jetzt kein Elternteil mehr für sie sorgen konnte, wurde ihr Fall zu einem Notfall erklärt, und so kam sie im Juni 1939 mit einem Kindertransport nach England. Ihre Mutter hatte gehofft, dass sie dort für sie eine Arbeit als Hausangestellte finden könnte, was vor Kriegsbeginn eine der wenigen Möglichkeiten war, eine Einreisegenehmigung zu bekommen. Doch damit war Lea völlig überfordert.

Wie verzweifelt muss sie gewesen sein! Ich kann es nicht fassen, was ich da lese. Mit ihren zwölf Jahren ist sie in England von Haus zu Haus gegangen, hat bei wildfremden Leuten geklingelt und gefragt, ob sie ihre Mutter bei sich anstellen könnten.

Als der Krieg ausbrach, wurde die letzte Hoffnung der Mutter zerstört, Lea folgen zu können. Ende September 1939 nahm sie sich das Leben. »Bis heute leide ich darunter, nicht genug für die Rettung meiner Mutter getan zu haben«, sagt Lea.

Hier ist im Text eine Pause vermerkt. Ich starre auf den letzten Satz, das Blut pocht in meinen Schläfen. Wie hat sie das ertragen? Ihre Mutter zu verlieren und sich auch noch schuldig zu fühlen.

Ich brauche einen Moment, bis ich weiterlesen kann. Lea schildert ihr Leben in Hostels und in verschiedenen englischen Familien. Sie wurde sehr ausgenutzt und litt unter extremem Heimweh. 1946 heiratete sie: aus Lea Weizmann wurde Lea Ginzburg. 1947 emigrierte sie mit ihrem Mann in die USA. Er ist schon lange tot. Ihre Kinder und Enkel sind ihr größtes Glück.

Ich lese das Interview ein zweites und drittes Mal, kann es noch immer kaum glauben, was ich gefunden habe. Existiert eine Audio- oder Videoaufnahme zu dem Transkript? Nein, leider nicht. Mir fällt auf, wie klar Lea formuliert. Im Text gibt es keine abgebrochenen Sätze und keine Wiederholungen. Ich versuche, mir die Person dazu vorzustellen. Resolut, pragmatisch, jemand, der sich nicht unterkriegen lässt.

Ich muss Oma anrufen.

Irma

Henry leckt mir die Hand. Das Telefon klingelt. Vielleicht bin ich einen Moment lang eingenickt.

»Hallo?«

»Hier ist Rebecca. Oma, bist du's?«

»Ja. Was ist passiert? Deine Stimme klingt so aufgeregt.«

»Ich bin seit heute Morgen in der Forschungsstelle für Zeitgeschichte, hier gibt es eine *Werkstatt der Erinnerung*, das ist ein Archiv mit vielen Interviews, und darunter sind auch welche mit Kindertransport-Überlebenden, die aus Hamburg stammen, und da habe ich eben …«

»Ach, Rebecca, Liebes«, unterbreche ich sie. »Du meinst es gut, trotzdem muss ich dir sagen, dass dieses Thema zu schwer für mich ist.«

»Ich habe etwas Wunderbares entdeckt, du wirst dich so freuen.«

Ich seufze. »Nach unserem letzten Gespräch habe ich ganz schlecht geschlafen.«

»Das tut mir sehr leid, Oma. Heute wirst du bestimmt besser schlafen. Ich habe ein Interview mit Lea Weizmann gelesen.«

»Wie bitte?« Meine Hand zittert, ich lasse beinahe das Telefon fallen.

»Deine Freundin hat den Krieg überlebt.«

»Aber wie kannst du ... woher willst du wissen, ob ...« Mein Herz flattert. Jahrzehntelang habe ich gedacht, dass Lea deportiert und ermordet wurde.

Ich lausche Rebeccas Worten, wappne mich gegen die Enttäuschung, dass es eine andere Lea Weizmann ist, die dort interviewt wurde. Doch dann höre ich von ihrer Umschulung auf die Israelitische Töchterschule in der Karolinenstraße, vom Verlust ihres Auges, von der Verhaftung ihres Vaters, und da weiß ich, das ist Lea, meine Lea. Sie hat all das Schreckliche überlebt. Tränen laufen mir über die Wangen. Gleich wird sicherlich auch mein Name fallen. Wenn ich gewusst hätte, dass sie ebenfalls mit einem Kindertransport nach England entkommen konnte, hätte ich sie gesucht, spätestens nach Kriegsende. Stattdessen habe ich in London beim Roten Kreuz nur gefragt, ob ihr Name auf den Listen der Toten stehe. Nein, lautete die Antwort. Aber das heißt nicht, dass sie noch lebt. Unzählige Menschen sind verschollen.

Plötzlich spüre ich einen Stich in meinem Innern. Warum hat Lea mich nicht gesucht? Hat sie meine Briefe nicht bekommen, weil sie bereits zu Verwandten umgezogen war? Das kann nicht sein. Ich habe ihr sofort geschrieben, noch auf dem Schiff. Ist es so, wie ich es immer befürchtet habe? Dass sie nichts mehr mit mir zu tun haben wollte, weil ich sie alleingelassen habe, als sie mich am meisten gebraucht hätte?

»Oma, bist du noch da?«

»Hm ...«

»Deine Freundin hat so viel durchmachen müssen.«

»Ja ...«

»Aber sie ist nicht umgebracht worden. Sie klingt so stark.«

»Wo ist sie jetzt?«

»Das muss ich noch herausfinden.«

»Wann ist das Interview entstanden?«

»1995.«

»Achtzehn Jahre sind eine lange Zeit.«

»Ja. Ich werde die Archivarin fragen, ob sie Leas Adresse hat. Und wenn nicht, werde ich im Internet danach forschen.«

»Hat Lea ... meinen Namen an irgendeiner Stelle erwähnt?«

»Nein.«

Die Tränen überwältigen mich. Ich kann nicht weitersprechen. Der Hörer fällt zu Boden. Henry bellt.

Martha kommt herbeigelaufen. Ich sehe ihr erschrockenes Gesicht. Und aus dem Telefon dringt Rebeccas panische Stimme.

29.

Rebecca

Was ist passiert? Es gab einen dumpfen Schlag, Henry bellte, und dann war die Leitung tot. Ich versuche, Oma wieder anzurufen, aber es nimmt niemand ab.

Ist sie ohnmächtig geworden? War die Nachricht zu viel für sie? Vielleicht hätte ich ihr nicht am Telefon von dem Interview mit Lea erzählen dürfen. Warum habe ich ihr keinen Brief geschrieben? Ich bin gar nicht auf die Idee gekommen, weil ich ihr so schnell wie möglich berichten wollte, was ich entdeckt habe. Ich dachte, sie freut sich. Hoffentlich hat sie keinen Herzanfall gehabt.

Was soll ich jetzt machen? Jeremy oder Thomas Bescheid sagen? In Irland ist es halb drei, sie arbeiten mindestens bis sechs in ihrer Kanzlei. Und Leah? Hat Simon nicht gesagt, dass sie noch krankgeschrieben sei? Vielleicht ist sie zu Hause.

Nach dem sechsten Klingeln will ich gerade aufgeben, als Leah abnimmt.

»Hallo?«

»Hier ist Rebecca. Kannst du schnell zu Oma fahren? Ihr geht es nicht gut.«

»Woher weißt du das?«

»Wir haben eben lange telefoniert, und dann war das Gespräch auf einmal unterbrochen.«

»Wahrscheinlich ein Problem mit der Leitung.«

»Nein, ich habe Angst, dass sie einen Zusammenbruch hatte.«

»Warum soll sie zusammenbrechen, wenn sie mit dir spricht?«

»Weil es um ein schwieriges Thema ging.«

»Kannst du dich nicht etwas deutlicher ausdrücken?«

Wo soll ich anfangen? Mit Omas Tagebuch? Dem Kindertransport? Ihrer Freundin Lea ohne h?

»Ich ...«

»Oder soll ich erst bei Irma anrufen, wenn es so dringend ist?«

»Nein, es nimmt niemand ab. Fahr bitte gleich hin.«

»Dann sag mir wenigstens kurz, worum es geht. Es ist eine unangenehme Situation für mich. Wir haben nach wie vor kaum Kontakt. Martha lässt mich bestimmt gar nicht ins Haus.«

»Ich dachte, sie würde dir regelmäßig etwas zu essen bringen.«

»Schon seit längerer Zeit nicht mehr. Aber das habe ich so entschieden. Ich komme allein zurecht.«

Es hat keinen Zweck. Leah ist vermutlich die letzte Person, die Oma jetzt sehen möchte.

»Hast du ... etwas über Irmas Vergangenheit erfahren?«, höre ich sie in dem Moment fragen.

»Ja.«

»Was denn?«

Da sprudelt die Geschichte aus mir heraus.

Leah unterbricht mich kein einziges Mal.

»Ich fahre zu ihr.«

»Lass dich nicht abweisen«, sage ich.

Doch da hat sie schon aufgelegt.

Leah

Beim Einsteigen in meinen Wagen überlege ich, wann ich zuletzt Auto gefahren bin. Vor etwa fünf Wochen. Hoffentlich macht mein Rücken das mit.

In Monkstown gerate ich in einen Stau. Normalerweise vermeide ich es, in der Hauptverkehrszeit unterwegs zu sein. Aber dies ist kein normaler Tag. Mir kommt es so vor, als handele es sich bei dem, was ich vorhin über Irma erfahren habe, um die Lebensgeschichte eines anderen Menschen. Wie kann es sein, dass meiner eigenen Mutter all das widerfahren ist? Gleichzeitig weiß ich, dass es so gewesen sein muss. Ein Kind, das allein in einen Zug gesetzt wird und in eine fremde Welt fährt. Ein Kind, das lernt, sich durchzuschlagen und immer noch hofft, es würde seine Eltern eines Tages wiedersehen. Ein Kind, das sich Gefühle nicht leisten kann. Ich habe plötzlich Antworten auf Fragen, die ich Irma nie gestellt habe.

Als ich vor meinem Elternhaus stehe, hole ich tief Luft. Seit jenem Eklat, der damit endete, dass Irma mich hinauswarf, habe ich sie nicht mehr gesehen.

Ich klingele, höre Henrys Bellen. Martha öffnet die Tür.

»Guten Abend, Martha.«

Ein kurzes Nicken, ein Stirnrunzeln, Henry knurrt.

»Entschuldigen Sie, dass ich nicht vorher angerufen habe, aber ich muss dringend meine Mutter sprechen.«

»Ihr geht es nicht gut. Sie kann keine zusätzliche Aufregung vertragen.«

»Bitte.«

»Wer ist da?«, höre ich Irma rufen.

»Ihre Tochter.«

»Sie soll hereinkommen.«

Martha tritt seufzend beiseite, um mich eintreten zu lassen. Henry schnüffelt an meinen Schuhen.

»Na du?«, murmele ich. Heute bin ich entschlossen, Henry nicht gegen mich aufzubringen.

Irma sitzt im Sessel, ihre Augen sind gerötet, in den Händen hält sie ein zerknülltes Taschentuch.

»Leah …«

»Es tut mir so leid …«

Ich spüre den Impuls, auf Irma zuzugehen und sie zu umarmen. Doch nach dem ersten Schritt stocke ich. Was ist mit mir? Ich kann mich nicht mehr rühren. Habe ich Irma jemals umarmt?

»Setz dich.«

Meine Beine sind schwer wie Blei. Ich sinke auf den Besuchersessel.

»Möchtest du einen Tee?«

»Nein danke.«

»Hat Rebecca dich angerufen?«

»Ja, sie hat mir alles erzählt.«

»Das dachte ich mir.«

»Sie war in heller Panik, weil das Telefonat plötzlich abgebrochen ist. Deshalb hat sie mich gebeten, zu dir zu fahren. Wir hatten Angst, dass es dir wieder schlechtgehen könnte.«

Irma schüttelt den Kopf und krault Henry. Er rollt sich zu ihren Füßen zusammen.

»Ich hatte keine Ahnung von all dem, was du …«

»Wie solltest du auch«, unterbricht Irma mich.

»Hat Vater davon gewusst?«

»Nein, niemand hat es gewusst. Ich wollte euch damit nicht belasten. Und ich wollte selbst nicht mehr daran denken. Aber wie kann ein Mensch so etwas vergessen?«

Wir verfallen in Schweigen. Ich wünschte, ich könnte Irma fragen, ob sie mich nach ihrer Freundin benannt hat.

»Wie geht es dir?«, fragt sie mich schließlich.

»Die Physiotherapie ist sehr effektiv. Ich habe nur selten Schmerzen und kann mich viel besser bewegen.«

»Das ist doch ein Fortschritt. Bist du noch krankgeschrieben?«

»Ja, bis zum zehnten September. Eben bin ich zum ersten Mal seit fünf Wochen wieder Auto gefahren.«

»Und was sagst du zu Rebecca?«

»Ich habe den Eindruck, dass sie in Hamburg gut zurechtkommt.«

»Sehr gut sogar. Sie meint, dass sie inzwischen kaum noch Verständnisschwierigkeiten hat. Dieser Job in der Kneipe zwingt sie, Deutsch zu sprechen. Etwas Besseres hätte ihr nicht passieren können. Und was sie alles herausgefunden hat. Unglaublich.«

»Wie hältst du es aus, an all diese Dinge erinnert zu werden?«

»Schwer. Und doch hilft es mir.«

Wieder stockt das Gespräch. Henry wedelt mit dem Schwanz, als wolle er uns auffordern, weiterzureden. Irma scheint es nicht zu bemerken. Ihre Hände kneten das Taschentuch.

»Was ... für Erinnerungen hast du an deine Freundin?«

Sie wischt sich über die Stirn. »Lea hatte ein großes Herz ... Sie war stark und mutig ... der mutigste Mensch, dem ich je begegnet bin.«

»Ganz anders als ich.«

Irma schaut mich erschrocken an. »Wie meinst du das?«

»Ich dachte nur ... weil ich den gleichen Namen habe. Hast du mich nach ihr benannt?«

»Ja ...«

»Warum? Hast du gehofft, ich würde wie sie?«

Um Irmas Lider herum zuckt es. Ihre Hände zittern. Ich hätte sie nicht fragen dürfen.

»Ich glaube, ich muss mich jetzt ausruhen«, murmelt sie. »Es war alles etwas viel für mich.«

»Natürlich.« Ich stehe auf. »Ist es dir recht … wenn ich bald wiederkomme?«

»Ja.«

»Hoffentlich kannst du heute Nacht schlafen.«

»In meinem Alter ist das Schlafen nicht mehr so wichtig.«

»Auf Wiedersehen, Irma.« Ich hebe die Hand, als ob ich ihr zuwinken wolle. Doch die Bewegung misslingt. Merkt Irma, wie linkisch ich bin? Ihr Gesicht ist regungslos.

»Auf Wiedersehen.«

Irma

Durchs Fenster sehe ich, wie Leah auf ihren Wagen zugeht. Sie wirkt nicht mehr ganz so verhärmt. Vielleicht liegt es an Marthas gutem Essen.

»Kann ich Ihnen etwas bringen?«

Martha steht in der Tür. An ihren zusammengepressten Lippen erkenne ich, dass ihr dieser Besuch ganz und gar nicht recht war.

»Ja, meine Wolldecke.«

»Ich hätte Ihre Tochter gern weggeschickt, aber Sie wollten ja, dass sie hereinkommt.«

»Martha, es ist alles in Ordnung.«

Sie legt mir die Decke über die Beine.

»Danke. Machen Sie mit Henry einen Spaziergang. Er war heute noch nicht draußen.«

Sofort beginnt Henry vor Freude zu bellen. Ein paar Minuten später fällt die Haustür ins Schloss.

Lebt Lea noch? Werde ich ihr schreiben können, um zu erklären, warum ich damals, vor vierundsiebzig Jahren, plötzlich aufbrechen musste?

Wir fahren mit dem Taxi zum Altonaer Bahnhof. Die Sonne scheint. Warum regnet es nicht an einem Tag wie heute? In mir ist alles taub. Mutter schweigt, Vater schweigt. Wie kann es sein, dass sie mich wegschicken? Wir steigen aus, Vater trägt meinen Koffer. Wir müssen zum Wartesaal der II. Klasse, sagt er leise. Mutter ist bleich. Überall stehen Eltern mit ihren Kindern, großen und kleinen. Manche sind so klein, dass sie kaum laufen können. Viele weinen, ich weine nicht. Vater reicht mir den Koffer. Wir dürfen nicht mit auf den Bahnsteig kommen, sagt er leise. Ich nicke. Vater umarmt mich und wünscht mir Gottes Segen. Mutter drückt mich an sich, will mich nicht loslassen. Aufrufe ertönen. Irma muss jetzt gehen, sagt Vater leise. Mutter hält mich fest. Vorsichtig löst Vater ihre Arme von meinen Schultern. Mutter wird ohnmächtig, er fängt sie auf. Ich laufe zum Zug, ohne mich noch einmal umzudrehen.

An Mutters Ohnmacht habe ich all die Jahre nicht gedacht.
Das Telefon klingelt. Es ist Jeremy, der mich gleich besuchen möchte.
»Ich bin so müde. Komm lieber morgen.«
»Spürst du wieder dein Herz?«, fragt er besorgt.
»Ach …«
»Was ist passiert?«
»Ich denke über die Vergangenheit nach.«
»Lass sie ruhen.«
»Nein. Vorhin habe ich lange mit Rebecca telefoniert, und da hat sie mir erzählt …«
»Ich habe geahnt, dass sie diese Dinge in dir aufwühlt«, ruft er empört. »Warum musste sie bloß nach Deutschland gehen?«
»Du machst es dir zu einfach.«
»Ich will nicht, dass du dich aufregst.«

»Ja, ja ...«
»Vater hätte das auch nicht gewollt.«
»Ich weiß.«
»Soll ich nicht doch kurz bei dir vorbeischauen?«
»Nein, ich gehe bald ins Bett.«
»Dann wünsche ich dir eine gute Nacht.«
»Ich dir auch.«

Martha und Henry sind wieder da. Ich höre sein Schliddern auf den Dielen und Marthas beruhigende Stimme.

Ich greife nach meinem Tagebuch.

3rd February 1940
I don't want to write in German all the time. From now on I'll do whatever I feel like.

Ich erinnere mich nicht an diesen Moment, als ich zum ersten Mal etwas auf Englisch notiert habe. Es liegt ein gewisser Trotz in den Zeilen. Hatte ich Angst, meine Wurzeln zu verraten, wenn ich dem Tagebuch meine Gedanken in der neuen Sprache anvertraue?

Ich blättere zurück. Die letzte Eintragung ist vom Tag des Kriegsausbruchs. Warum habe ich fünf Monate lang nichts aufgeschrieben? War ich in der Schule und auf der Farm zu beschäftigt? Oder fürchtete ich mich davor, dass ich vom Heimweh überwältigt würde, wenn ich zu viel über all das nachdachte, was ich verloren hatte?

Yesterday Eva and I spent the afternoon at Dorothy's, a girl from our class. Her mother had made an apple tart, it was delicious. Dorothy is very nice, and she can be quite funny. With us she always speaks slowly, so we can understand her really well.

Ich sehe Dorothy genau vor mir, mit ihren Sommersprossen und den hellblauen Augen. Sie hatte viel Geduld. Wenn ich ein Wort falsch aussprach, wiederholte sie es. Und ich übte, bis es richtig klang für sie.

20. November 1940
Heute habe ich in der Dorfschule Schläge mit dem Stock auf meine Hände bekommen, weil ich etwas auf Deutsch zu Eva gesagt habe. Warum ist der Lehrer so streng? Die irischen Kinder leiden genauso unter ihm.

Habe ich irgendwann begonnen, auch mit Eva und den anderen auf der Farm Englisch zu sprechen?
Ich glaube ja.

1. März 1941
Seit anderthalb Jahren herrscht Krieg, aber hier in Millisle merken wir nichts davon. Manchmal habe ich ein schlechtes Gewissen, daß wir nicht leiden müssen und immer genug zu essen haben. Es fallen keine Bomben, und wir müssen uns nicht verstecken.
Seit Ausbruch des Krieges dürfen wir nur noch Postkarten mit höchstens fünfundzwanzig Wörtern über das Rote Kreuz verschicken. Ich schreibe den Eltern, daß es mir gutgeht, mir die Schule viel Spaß macht (was nicht ganz stimmt) und ich gelernt habe, wie man Hühner füttert. Was soll ich auf so einer Postkarte sonst auch schreiben?
If I could only help my parents escape from Germany.

3. August 1942
Heute kam endlich wieder eine Postkarte von Mutter und Vater. »Geliebte Irma, morgen müssen wir wegfahren. Vielleicht werden wir Dir dann nicht mehr schreiben

können. Sei tapfer. Es umarmen Dich Deine Dich immer liebenden Eltern.«
Where do they have to go?

Es folgen nur noch leere Seiten.
Mir ist kalt.

30.

Rebecca

Ich gebe bei Google den Namen *Lea Ginzburg* ein, und ein paar Sekunden später meldet die Suchmaschine *Ungefähr 2.580.000 Ergebnisse*. Da gibt es das Ausnahmetalent vom 1. Voerder Tanzsportclub Rot-Weiß, die elfjährige Lea Ginzburg, die seit ihrem fünften Lebensjahr tanzt und im Dezember 2013 an der Weltmeisterschaft in Mikolajki/Masuren/Polen teilnehmen wird. Wo liegt Voerde?

Oder jene Lea Ginzburg, nicht älter als sechzehn, die der Zionist Yaacov Liberman 1947 auf Taiwan entdeckte und in seinem Buch *My China: Jewish Life in the Orient 1900 – 1950* als quicklebendiges, junges Mädchen mit einem hübschen Gesicht und einer verführerischen Figur beschrieb.

Die Website *search.ancestry.de* registriert 287 Ergebnisse zum Namen Lea Ginzburg, darunter eins in der Rubrik *Deutschland, Index von Juden, deren deutsche Staatsbürgerschaft vom Nazi-Regime annulliert wurde (1935–1944)*. Aufgeregt klicke ich sie an und werde aufgefordert, ein kostenloses Konto zu erstellen. Dann werde mir der monatliche Ancestry-Newsletter mit Tipps rund um das Thema Familienforschung zugeschickt. Spezifische Informationen werden nur an Mitglieder ausgegeben, und eine Mitgliedschaft kostet 29,95 € für sechs Monate. Soll ich dort Mitglied werden? Es könnte gut sein, ja, es ist sogar sehr wahrscheinlich, dass Lea Ginzburg im Krieg ihre deutsche Staatsbürgerschaft aberkannt wurde. Ich halte inne. Im Krieg? Da hieß sie noch nicht Lea Ginzburg, sondern Lea Weizmann. Soll ich erst einmal nachforschen, was für Einträge ich unter Lea Weizmann finden kann?

Nein, ich will Lea Ginzburg finden. Aber ich könnte ihren Geburtsnamen mit eingeben: *Lea Ginzburg, geb. Weizmann*. Wieder erscheint als Erstes das Ausnahmetalent vom TSC Rot-Weiß Voerde. Andere Einträge beziehen sich auf Chaim Weizmann oder Lea Winterberg oder das Weizmann Institute of Science in Israel. So komme ich nicht weiter.

»Wir schließen gleich«, höre ich den Bibliothekar sagen.

Ist es schon fünf? Zwei Minuten vor. Ob ich die Archivarin noch erreiche? Ich packe schnell meine Sachen zusammen und bringe die Mappen mit den Interviews ins Büro des Bibliothekars.

»Haben Sie Ihre Arbeit abgeschlossen?«

»Nein, morgen um neun bin ich wieder da.«

Ich verabschiede mich und haste durch den Flur.

Im Treppenhaus begegne ich der Archivarin. »Haben Sie ein paar Minuten Zeit für mich?«

»Ja, natürlich.«

Ich erzähle ihr von meinem Fund, sehe, wie sehr sie sich freut.

»Phantastisch.«

»Ich habe versucht, im Internet etwas über Lea Ginzburg herauszufinden, aber es ist unmöglich. Ich wüsste so gern, ob sie noch lebt.«

»Überlassen Sie das mir. Ich kümmere mich darum.«

»Wirklich?«

Ich hätte sie am liebsten umarmt.

»Ich werde sicherlich irgendetwas in Erfahrung bringen können.«

»Vielen, vielen Dank.«

Sie lächelt. »Bis morgen.«

Ich radele nach Hause. Warum meldet Leah sich nicht? Langsam werde ich unruhig. Geht es Oma so schlecht, dass sie wieder ins Krankenhaus muss? Oder ist Leah gar nicht zu ihr gefahren? Ich würde ihr zutrauen, dass sie im letzten Moment umgekehrt ist.

In meinem Zimmer laufe ich auf und ab. Soll ich ihr eine SMS schicken oder sie anrufen? Kann sie sich nicht vorstellen, dass ich mir Sorgen mache? Nein, sie denkt wieder nur an sich.

Um kurz nach sieben klingelt mein Handy. Leah.

»Na endlich«, sage ich zur Begrüßung.

»Tut mir leid. Ich bin gerade erst nach Hause gekommen. Es gab einen Wahnsinnsstau auf der Stillorgan Road.«

»Wie geht's Oma?«

»Sie ist erschöpft, weil das Ganze sie ziemlich aufgewühlt hat.«

Leahs Stimme klingt anders als sonst, nicht so gepresst und monoton.

»Trotzdem war es gut, dass du ihr von dem Interview erzählt hast.«

»Ich habe zwischendurch gedacht, es wäre besser gewesen, ihr zu schreiben, anstatt sie mit dieser Nachricht so zu überfallen.«

»Ein Brief hätte dieselbe Wirkung gehabt. Irma wird eine Weile brauchen, bis sie es richtig fassen kann, dass ihre Freundin überlebt hat.«

»Ich hoffe so sehr, dass sie immer noch lebt.«

»Ja, ich auch. Hast du eine Idee, wie du etwas über sie herausfinden kannst?«

»Die Archivarin hat versprochen, mir bei der Suche zu helfen.«

»Wenn es irgendetwas gibt, was ich tun kann ...«

»Dann sag ich dir Bescheid.«

Ich stehe auf und trete ans Fenster. Es hat angefangen zu regnen. Ich kann es kaum glauben, dass das meine Mutter ist, mit der ich mich da unterhalte. Endlich ist sie mal nicht mehr so hart.

»Rebecca?«
»Ja?«
»Es war heute leichter, mit Irma zu sprechen.«
»Echt? Das find ich toll.«
»Ich kann's dir kaum beschreiben ...«
»Hat sie dir von ihrer Freundin erzählt?«
»Ja. Sie sagte, dass sie ... ein großes Herz gehabt hätte und stark und mutig gewesen sei.«
Was ist das für ein Geräusch? Weint Leah?
»Ich bin ganz anders ... konnte kein Ersatz für diese verlorene Freundin sein.«
»Keiner hätte sie ersetzen können.«
»Irma muss sich so etwas gewünscht haben, sonst hätte sie mir nicht denselben Namen gegeben.«
»So eine Last darf man niemandem aufbürden«, rutscht es mir heraus, bevor ich mich bremsen kann.
»Es war Irma bestimmt nicht bewusst.«
»Nein. Wahrscheinlich war ihr vieles nicht bewusst. Aber Hauptsache, zwischen euch läuft es jetzt besser.«
Leah putzt sich die Nase. »Ich glaube, ich bin all das, was ihre Freundin nicht war. Und deshalb hat sie mich mein Leben lang abgelehnt.«
»Vielleicht ändert sich das auch.«
»Ja ...«
Ich schaue in den Regen. Unten vor dem Haus nimmt eine Mutter ihr Baby aus dem Kinderwagen und drückt es an sich. Ist Leah von Oma jemals so gedrückt worden? Oder hat die Ablehnung gleich nach ihrer Geburt begonnen? Irgendwann hat Leah mir gesagt, dass sie ein Frühchen gewesen sei und lange nicht trinken wollte und immerzu geschrien habe. Oma sei ganz verzweifelt gewesen.
»Wie geht es dir?«, höre ich sie da fragen.
»Gut.«

»Bist du in deinem Zimmer?«

»Ja. Es liegt im dritten Stock und ist schön hell.«

»Simon sagte mir, dass du dir die Wohnung mit zwei jungen Frauen teilst.«

»Ja. Johanna und Nadine. Sie sind Anfang zwanzig und studieren Geschichte.«

»Aha ...«

»Die beiden haben mich bei meiner Recherche sehr unterstützt. Ohne sie hätte ich die Forschungsstelle und die *Werkstatt der Erinnerung* nicht so schnell entdeckt. Und ... Jonas hat mir natürlich auch geholfen.«

»Es tut mir leid, dass ich es dir in den letzten Monaten so schwer gemacht habe.«

Ich traue meinen Ohren nicht. Leah entschuldigt sich bei mir?

»Ich hatte solche Angst um dich.«

»Brauchst du nicht zu haben.«

»Das begreife ich auch allmählich.«

Soll ich ihr von meinem Job erzählen? Oder von Jonas? Oder davon, dass ich schon viel besser Deutsch kann als vor fünf Wochen?

»Hast du noch Rückenschmerzen?«

»Kaum.«

»Läufst du wieder?«

»Bisher nicht. Ich gehe spazieren, und ich war ein paarmal schwimmen.«

»Im Monkstown Pool?«

»Ja.«

»Ich dachte, du hasst Hallenbäder.«

»Früher war das so.« Leah räuspert sich. »Ich wollte dich noch was fragen.«

»Ja?«

»Von Simon habe ich erfahren, dass du einen Job in einer Kneipe hast.«

»Hm, im *Fasan*. Da arbeite ich von fünf bis ein Uhr morgens. Aber heute ist Dienstag. Da habe ich immer frei. Sonst könnten wir jetzt gar nicht reden«

»Und wo ist dieser *Fasan?*«

»Hier in Eimsbüttel. Bis dahin brauche ich mit dem Rad nur sechs Minuten.«

»Ein Rad hast du auch?«

»Ja, es ist das alte Rad von Jonas' Schwester. Hamburg ist toll zum Radfahren. Und lange nicht so gefährlich wie Dublin. Es gibt überall Radwege.«

»Pass trotzdem gut auf dich auf.«

»Du auch auf dich.«

»Ja.«

»Ich melde mich, sobald ich was Neues über Omas Kindheitsfreundin weiß.«

»Danke.«

»Tschüs, Leah.«

Ich lasse mich auf mein Sofa fallen. Niemals hätte ich gedacht, dass die Entdeckung des Interviews mit Lea Ginzburg solche Kreise ziehen könnte. Plötzlich kann ich mit meiner Mutter normal reden.

Leah

Auf der Bank am Leuchtturm sitzt eine Gruppe Jugendlicher. Ein Mädchen spielt Gitarre, die anderen rauchen und unterhalten sich. Ich setze mich ein Stück weiter weg auf einen Felsen und blicke aufs graue, kabbelige Meer. Kleine, gegeneinanderlaufende Wellen, die immer größer werden. Und auch der Wind nimmt zu. In der Ferne sehe ich einen Kormoran fliegen. Seine Flügelspitzen berühren beinahe die Wasseroberfläche.

Mir kommt es so vor, als hätte sich eine gläserne Glocke gehoben, unter der ich bisher gefangen war. Die dünne Luft hat immer nur zum Nötigsten gereicht. Überleben statt leben.

31.

Rebecca

Jonas zündet die Kerze auf seinem Schreibtisch an und schenkt uns Rotwein ein. Ich glaube, wir haben noch nie vorher zusammen Wein getrunken.

»Darauf, dass du Lea Ginzburg gefunden hast.« Er reicht mir ein Glas. Wir stoßen an.

Der Wein schmeckt gut, nach einer Mischung aus dunklen Kirschen und Brombeeren. »Ich kann es immer noch nicht fassen, was heute alles passiert ist.«

»Süße, wenn du nicht angefangen hättest, Nachforschungen anzustellen, wäre es nie dazu gekommen, dass deine Mutter und deine Oma anders miteinander reden können.«

»Leah und ich auch nicht. Ist das nicht verrückt? Vorhin am Telefon kam es mir so vor, als müsse das jemand anderes sein, der da spricht.«

Jonas nimmt mich in den Arm. »Ich hoffe so sehr, dass es keine Momentaufnahme ist und sie nie wieder so eklig zu dir ist wie in den letzten Monaten.«

»Wir werden bestimmt nicht immer einer Meinung sein, aber sie ist nicht mehr so kalt, sie kann über ihre Gefühle sprechen und sie hört plötzlich zu. Was mir eher Sorgen macht, ist meine Oma.«

»War sie denn nicht erleichtert, dass ihre Kindheitsfreundin überlebt hat?«

»Es kam mir so vor, als ob die Erinnerung an Lea etwas Trauriges oder Beunruhigendes für sie hatte.«

»Das war sicherlich nur der erste Schock.«

»Kann sein ... Zuletzt hat sie mich gefragt, ob Lea ihren

Namen an irgendeiner Stelle erwähnt hätte. Und als ich sagte ›nein‹, brach das Gespräch ab.«

»Vielleicht hatten die beiden Streit, bevor sie sich trennen mussten. Am besten sprichst du deine Oma beim nächsten Mal direkt darauf an.«

»Ich weiß nicht … Sie klang heute echt schwach. Ich will nicht, dass sie einen Herzschlag bekommt.«

»Bisher war sie immer froh darüber, dass sie mit dir über die Vergangenheit reden konnte.«

»Aber nicht über alles. Ich habe dir doch erzählt, dass sie mir ihr Tagebuch fast aus der Hand gerissen hat, als ich den Namen Lea darin entdeckt habe. Bei Lea hört das Reden auf.«

Jonas streicht mir über die Haare. »Hoffentlich lebt sie noch.«

»Und kann sich an Irma erinnern.«

Irma

Auf meinen Rollator gestützt laufe ich langsam den schattigen Weg entlang, der um den Park herumführt. Was für schöne, alte Kastanienbäume. Auf der hügeligen, sonnigen Wiese toben Kinder, so wie wir früher dort getobt haben. Ein paar Jogger mit Kopfhörern im Ohr kommen mir entgegen, die gab es damals nicht. Wenn nur meine Beine nicht so schwach wären. Schaffe ich es noch bis zur nächsten Bank? Ruhig, ganz ruhig, und nicht stolpern. Mit letzter Kraft erreiche ich die Bank, auf der eine Mutter ihr Baby stillt. Entschuldigen Sie, sage ich und setze mich. Sie lächelt mir zu. Das Baby schmatzt. Ich schaue weg. Schämt sich die Frau nicht, ihr Kind in der Öffentlichkeit zu stillen? So etwas hätte ich niemals getan. Und warum trägt sie hier im

Schatten eine Sonnenbrille? Ich kenne Sie von irgendwoher, sagt die Frau nach einer Weile. Ihre Stimme ist weich. Ich drehe mich zu ihr um, betrachte ihr Gesicht. Sie hat ebenmäßige Züge, eine blasse Haut mit Sommersprossen und lange, dunkle Haare. Nichts daran ist mir vertraut. Sie nimmt die Sonnenbrille ab, ihre Augen sind grün. Ich erschrecke. Meine Mutter kommt gleich, sagt sie und setzt die Brille wieder auf. Ich starre sie an. Erinnern Sie sich nicht an sie?, fragt die Frau. Sie waren Ihre beste Freundin. Ihr Name ist Lea Ginzburg, geborene Weizmann. Sie wird sich freuen, Sie zu sehen. Ich weiß nicht, murmele ich und spüre plötzlich mein Herz. Was haben Sie?, ruft die Frau. Sie sind auf einmal ganz bleich. Mir ist nicht gut, ich muss nach Hause. Ächzend stehe ich auf. Aber warten Sie doch, ruft die Frau. Meine Mutter wird Ihnen helfen. Nein, nein, mir kann niemand mehr helfen. Ich will nach meinem Rollator greifen, er rutscht mir weg, ich falle, falle in einen tiefen Abgrund ...

»Mrs. Goldberg?«

Wo bin ich? Ich öffne die Augen. Es ist dunkel.

Die Deckenlampe wird angeknipst. Vor mir steht Martha und sieht mich besorgt an.

»Sie haben geschrien.«

»Ich habe schlecht geträumt.«

»Soll ich Ihnen einen Pfefferminztee kochen?«

»Ja, gern, wenn es Ihnen nicht zu viel Mühe macht.«

»Natürlich nicht. Kann ich Ihnen noch etwas anderes bringen?«

»Nein, danke.«

Ich richte mich auf. Zehn nach drei. Die arme Martha.

In dem Moment kommt Henry ins Schlafzimmer gelaufen und stupst mich mit seiner Nase an.

Ich streichele ihm den Kopf. »Dir gefällt es, wenn hier nachts etwas los ist, stimmt's?«

Er wedelt mit dem Schwanz und rollt sich auf meinem Bettvorleger zusammen.

Was für ein merkwürdiger Traum. Da sitzt Leas Tochter neben mir auf der Bank im Innocentiapark und stillt ihr Kind. Ich wünschte, ich hätte auf Lea gewartet, anstatt in diesen grässlichen Abgrund zu fallen.

Wann habe ich zuletzt von ihr geträumt? Es muss Jahrzehnte her sein. Selbst aus meinen Träumen hatte ich sie verbannt.

»So, Mrs. Goldberg«, sagt Martha und stellt das Tablett auf meinem Frisiertisch ab. »Ein leichter Pfefferminztee und ausnahmsweise eine Madeleine.«

»Ich danke Ihnen.«

»Soll ich Ihnen ein Extrakissen geben, damit Sie besser sitzen können?«

»Ja, bitte.«

Sie stopft mir ein Kissen in den Rücken und reicht mir die Teetasse. »Kein Wunder, dass Sie einen Alptraum hatten.«

»Wieso?«, frage ich erstaunt.

»Ein Besuch Ihrer Tochter bedeutet nie etwas Gutes. Als sie gestern vor der Tür stand, habe ich gleich gewusst, dass Sie sich wieder aufregen werden.«

»Diesmal habe ich mich aus anderen Gründen aufgeregt. Meine Enkelin ...« Ich kann nicht weitersprechen.

»Ist ihr etwas zugestoßen?«

»Nein, zum Glück nicht. Ich möchte jetzt nicht mehr darüber nachdenken.«

Martha nickt. »Hoffentlich können Sie bald wieder einschlafen.«

»Und Sie auch. Es tut mir leid, dass Sie meinetwegen aufstehen mussten.«

»Machen Sie sich über mich keine Gedanken.«

Martha wünscht mir eine gute Nacht und schließt leise die Tür hinter sich.

Ich trinke meinen Tee und beiße in die Madeleine. Wie empört ich im Traum war, dass die Frau ihr Baby in der Öffentlichkeit stillte. Das habe ich tatsächlich oft so empfunden. Ich kann mich an diesen Anblick nicht gewöhnen. Wahrscheinlich bin ich sehr altmodisch.

Was habe ich im Traum gedacht? Dass ich so etwas niemals getan hätte? Dabei habe ich meine Kinder gar nicht gestillt. Ich hatte keine Milch.

Den Jungen hat es nichts ausgemacht. Wenn Carmel ihnen ihre Fläschchen gab, tranken sie sie ruck, zuck aus und verlangten nach mehr. Sie wuchsen und gediehen, dass es eine Freude war. Meine kleinen Wonneproppen.

Leah dagegen mochte man kaum ansehen. So ein dünnes, schmächtiges Kind. Sie kam acht Wochen zu früh auf die Welt, ein winziges Wesen, das nicht trinken wollte und immerzu schrie. Wir sollten wieder eine Nanny beschäftigen, meinte Samuel und setzte eine Anzeige auf. Aber die jungen Frauen, die sich bei uns vorstellten, passten mir alle nicht. Warum hatte ich mir in den Kopf gesetzt, meine Tochter selbst zu versorgen? Mit achtunddreißig war ich nicht mehr die Jüngste. Außerdem hatte ich es unterschätzt, wie geschwächt ich nach der schwierigen Schwangerschaft war. Sechs Monate lang hatte ich gelegen und gehofft, ich möge das Baby nicht verlieren. Ich schwor mir, wenn es ein Mädchen würde, bekäme es den Namen meiner schmerzlich vermissten Kindheitsfreundin. Samuel hatte nichts dagegen, er wollte nur ein h anhängen, weil dies die üblichere Schreibweise im englischsprachigen Raum war. Ich habe ihm nie von Lea erzählt.

Hat Leah recht mit ihrer Frage? Hatte ich insgeheim gehofft, dass sie Ähnlichkeiten mit meiner Lea haben würde? Wollte ich deshalb keine Hilfe für ihre Betreuung annehmen?

Über solche Dinge habe ich nicht nachgedacht. Ich weiß

nur, wie enttäuscht ich war über dieses in sich gekehrte, mürrische Kind.

Oh, jetzt habe ich wieder diesen Druck auf der Brust. Ich muss an etwas anderes denken. Wo ist die Zeitschrift, die Esther mir neulich mitgebracht hat?

Ich greife nach dem Stapel auf meinem Nachttisch. Zwei Bücher fallen zu Boden. Da liegt sie. Schöne Kaschmir-Twinsets in Moosgrün, Rubinrot und Silbergrau.

Ich trinke noch einen Schluck Tee und blättere weiter. Gabardine-Hosen in dezenten Farben. Blusen aus feinstem Baumwollbatist, in Weiß, Zartrosa und Hellblau. Plötzlich sehe ich Leah vor mir, in ihrem zerrissenen hellblauen Sommerkleid mit der Lochstickerei, das sie zu ihrem achten Geburtstag bekommen hat. Schämst du dich nicht, in deinem schönen, neuen Kleid herumzutoben?, schreie ich sie an. Was hast du dir dabei gedacht? Nichts, antwortet sie bockig. Ich bin über einen Zaun geklettert und hängengeblieben. Anstatt zu weinen, steht sie da wie ein lebendiger Vorwurf. In dem Moment hasse ich sie.

Ich schließe die Augen. Nein, so etwas darf eine Mutter nicht denken.

Leah

Ich habe acht Stunden lang durchgeschlafen. Beim Blick in den Badezimmerspiegel bin ich überrascht, wie wach ich aussehen kann.

Fast beschwingt setze ich mich an meinen PC und entwerfe eine Mail an meine Tochter.

Liebe Rebecca,
es tat gut, gestern mit dir zu telefonieren. Eine Bitte habe ich

noch: Könntest du mir ein paar Fotos schicken? Ich bin neugierig, wie es bei dir aussieht.
Herzlichst
Leah

Rebecca

Eine Mail von Leah, die erste, seitdem ich in Hamburg bin. Welche Fotos soll ich ihr mailen? Es sind über fünfhundert. Nach einer knappen Stunde habe ich sieben ausgewählt: Zwei von meinem Zimmer, eins von meinem Ausblick auf die Bäume und die Kirche, eins von Johanna und Nadine in unserer Küche, eins von mir und meinem Rad an der Elbe, noch eins von mir im *Fasan* und eins von Jonas und mir auf einer Bank an der Alster. Die Fotos von dem Haus in der Oberstraße 9, vom Alberto-Jonas-Haus und von den Stolpersteinen schicke ich ihr noch nicht.

Leah

Ich habe sieben Fotos von Rebecca bekommen. Was für ein schönes Zimmer sie hat. Sogar mit einem Blick ins Grüne. Und das müssen ihre beiden Mitbewohnerinnen sein, die Geschichtsstudentinnen. Rebecca an der Elbe auf ihrem Rad, Rebecca in der Kneipe. Ob Jonas sie fotografiert hat? Da ist er, Arm in Arm mit meiner Tochter. Wie verliebt er sie anschaut, mit seinen leuchtend blauen Augen. Ein hübscher Bursche.

Ich brauche nicht lange für meine Antwort.

Liebe Rebecca,
hab vielen Dank für deine schönen Fotos. Jetzt kann ich mir etwas besser vorstellen, wo und wie du lebst. Jonas und du, ihr seht sehr glücklich aus.
Herzliche Grüße
Leah

Zehn Minuten später mailt Rebecca mir zurück.

Liebe Leah,
ich freue mich, dass dir die Fotos gefallen.
Ja, mit Jonas läuft es super, war auch nicht immer so …
Liebe Grüße
Rebecca

32.

Rebecca

Seit Stunden sitze ich im Lesesaal und versuche, mich auf die Interviews zu konzentrieren. Immer wieder blicke ich zur Tür, in der Hoffnung, die Archivarin würde hereinkommen und mir gute Nachrichten überbringen.

Um kurz vor fünf gehe ich zu ihr ins Büro, nur um zu erfahren, dass sie bisher keine Antwort auf ihre Anfragen erhalten hat.

Ich schicke Leah eine SMS. *Leider gibt's noch nichts Neues, aber die Archivarin bleibt dran. Liebe Grüße, Rebecca.*

Sie simst sofort zurück. *Wir müssen Geduld haben. Ich drücke weiterhin die Daumen. Wie war dein Tag? Herzlich, Leah.*

Gut. Ich habe nur etwas Angst um Oma. Und wie sieht's bei dir aus?

Ich habe auch Angst um sie. Sie wirkt sehr gebrechlich. Aber wenn wir Glück haben und Lea Ginzburg noch lebt, wird Irma sicherlich neue Kräfte schöpfen.

Oder auch nicht, denke ich. Vielleicht fürchtet sie sich vor einem Kontakt mit ihrer Kindheitsfreundin. Was ist damals passiert? Hat Oma etwas getan, was sie später bereut hat? War sie unvorsichtig? Hat sie Lea oder ihre Eltern in Gefahr gebracht?

Leah

»Du wirkst viel entspannter«, sagt Angela und schenkt mir noch eine Tasse Tee ein.

»Mir geht's auch besser.«

Ich erzähle ihr, was geschehen ist, und danke ihr für ihre Hilfe und Unterstützung in diesem Sommer.

»Du hast eine starke Tochter. Weißt du das?«

»Ja.«

»Sie hat bei euch in der Familie richtig etwas in Bewegung gebracht.«

»Ich hätte das nicht geschafft.«

»Hast du es versucht?«

»Nein. Ich wäre niemals auf die Idee gekommen, nach Deutschland zu reisen, um auf den Spuren meiner Mutter zu wandeln.«

»Vermutlich war es für Rebecca einfacher, weil sie als Enkelin eine größere Distanz hat.«

»Dafür habe ich ihr alle möglichen Steine in den Weg gelegt.«

»Ja, das hast du.« Angela reicht mir den Teller mit den Scones. »Nimm dir noch einen.«

»Na gut.« Heute gibt es selbstgemachtes Pflaumenmus zu den Scones. Es schmeckt köstlich. »Eigentlich sollte ich aufhören zu essen. Ich habe in den letzten Wochen zwei Kilo zugenommen.«

»Das steht dir gut. Endlich siehst du nicht mehr so elend aus.«

»Am nächsten Dienstag fange ich wieder an zu arbeiten.«

»Wirklich?« Angela strahlt. »Super.«

»Ich freue mich auch.«

Georgia und Emily stürmen herein, um sich ihre Scones abzuholen. Sie rufen mir ein Hallo zu und sind wieder verschwunden.

Beim Abschied muss ich Angela versprechen, dass ich es mit der Arbeit langsam angehen lasse. Es wird mir schwerfallen.

Gleich acht. Soll ich Irma anrufen und sie fragen, wie es ihr heute geht? Ich bin immer noch auf der Hut, auch wenn wir gestern anders miteinander umgegangen sind.

Nach einer halben Stunde überwinde ich mich und tippe ihre Nummer ein. Sie nimmt sofort ab.

»Hallo?«

»Ich bin's, Leah.«

»Oh ... Gerade habe ich mit Thomas über dich gesprochen.«

»Ah, du hast Besuch. Dann können wir auch später telefonieren.«

»Nein, nein. Thomas weiß jetzt über alles Bescheid. Er war ziemlich sprachlos. Stimmt's?«

Im Hintergrund höre ich meinen Bruder etwas murmeln, was ich nicht verstehen kann.

»Er bestellt dir schöne Grüße.«

»Danke. Grüß ihn zurück.«

»Mach ich. Hast du etwas von Rebecca gehört?«

»Ja, sie hat mir eine SMS geschickt. Es gibt bisher nichts Neues.«

»So schnell kann es wohl auch nicht gehen.«

»Das kommt darauf an. Über das Internet bekommt man manche Informationen innerhalb kürzester Zeit. Aber in diesem Fall ist es wahrscheinlich etwas schwieriger.«

»Hat Rebecca jemanden, der ihr bei der Suche nach Lea hilft?«

»Ja, eine Archivarin. Sie gibt sich große Mühe.«

»Sehr gut.«

»Wie ist es dir ergangen?«

»Ich bin etwas müde. Heute Nacht habe ich geträumt,

dass ich der Tochter von Lea in Hamburg begegnet bin. Ist das nicht verrückt?«

»Vielleicht hat sie eine Tochter.«

»Ja ...«

»Wo bist du ihr denn im Traum begegnet?«

»Im Innocentiapark. Dort habe ich als Kind immer gespielt. Ein wunderbarer Park. Rebecca hat mich neulich von da aus angerufen.«

»Hat sie dir schon Fotos geschickt?«

»Noch nicht. Aber ich weiß, dass sie ständig fotografiert. Sie will mir bestimmt ein Album zusammenstellen.«

»Hat sie auch dein Zuhause von damals gefunden? Gibt es das überhaupt noch?«

»Ja, es war in der Nähe des Parks, in der Oberstraße neun. Thomas macht ganz große Augen. Er hört den Straßennamen auch zum ersten Mal.«

»Ich würde gern ein Bild von dem Haus sehen, in dem du aufgewachsen bist.«

»Sobald ich es habe, werde ich es euch allen zeigen. Thomas nickt. Er ist genauso neugierig wie du.«

»Dann wünsche ich euch noch einen schönen Abend.«

»Danke, dir auch.«

»Bis morgen.«

Ich lege auf und schaue mir im Internet Fotos vom Innocentiapark an, eine sonnige Wiese, umgeben von schattenspendenden Bäumen. Bei Google Maps finde ich die Oberstraße 9. Ich stelle mir vor, wie meine Mutter als Kind von dort zum Park gelaufen ist. Sie wird nicht länger als fünf Minuten gebraucht haben.

Irma

Martha ist zu Bett gegangen, Henry schnarcht auf meinem Bettvorleger, und ich sollte auch längst schlafen. Aber in mir kreisen die Gedanken. Was für ein glücklicher Zufall, dass Thomas heute bei mir war. Er hat sich alles ruhig angehört, und ich habe gespürt, dass er versteht, warum es mir wichtig ist, nicht länger über die Vergangenheit zu schweigen. Der hitzige Jeremy hätte ganz anders reagiert. Thomas wird ihm berichten, was er von mir erfahren hat. Und er soll ihm auch sagen, dass seine Vorbehalte Rebecca gegenüber völlig unangebracht sind. Er tut so, als sei sie in ein Deutschland gereist, in dem immer noch Krieg herrscht.

Ich stehe bei den Pferden auf der Weide und sehe Eva auf mich zulaufen. Sie schwenkt die Arme. Der Krieg ist aus! Der Krieg ist aus! Was???, rufe ich. Ja! Ich habe es eben im Radio gehört. Sie fällt mir um den Hals. Ich bin so froh, bin so froh! Ich auch, sage ich und denke an Mutter und Vater. Wo sind sie?

33.

Rebecca

Ich lese und höre ein Interview mit einem Kindertransport-Überlebenden, der 1928 in Berlin geboren wurde und im Sommer 1939 über London nach Belfast kam. Nach einem kurzen Aufenthalt in einem Hostel wurde er weiter nach Millisle geschickt, einem Dorf auf der Ards-Halbinsel, im nordirischen County Down. Dort lebte er jahrelang auf einem Bauernhof direkt am Meer, zusammen mit anderen Flüchtlingen, Kindern und Erwachsenen, die sich auf ihre Auswanderung nach Palästina vorbereiteten. Millisle Kinderfarm wurde der Hof allgemein genannt.

Ich muss an Oma denken. Könnte sie damals von England aus nach Nordirland geschickt worden sein und dort länger gelebt haben? Hat sie deshalb diesen nordirischen Akzent? War sie vielleicht sogar eines der Kinder auf diesem Hof? Sie hat nie erwähnt, dass sie mal auf einer Farm gewesen wäre. Aber sie redet ja sowieso nicht über die Zeit nach der Trennung von ihren Eltern.

Der Mann schildert, wie verfallen die Farm anfangs war und dass sie alle mit anfassen mussten. In der Küche, beim Wäschewaschen, bei der Betreuung der kleineren Kinder und beim Füttern der Hühner. In den ersten Monaten schliefen sie in Zelten, es gab ein Jungen- und ein Mädchenzelt. Tagsüber brachten sie ihre Klappbetten nach draußen zum Lüften, und abends bekam jeder irgendeine andere Decke.

Ich halte inne. Noch nach Jahrzehnten erinnert sich dieser Mann, dass sie so nie dieselbe Bettwäsche hatten. Ich versuche, mir vorzustellen, wie er als Junge in Berlin gelebt hatte. Vielleicht in einer großen Wohnung mit einem eigenen Zimmer und einer Mutter, die einmal in der Woche sein Bett frisch bezog.

Ich lese weiter. Erfahre, dass sie im Herbst, als es kalt wurde, in umgebauten Ställen übernachteten. Später bauten die Erwachsenen eine große, längliche Holzhütte, in der die Schlafräume untergebracht wurden. Ab Herbst 1939 gingen alle Kinder in die Dorfschule. Jedes jüdische Kind wurde neben ein nordirisches Kind gesetzt, damit es möglichst schnell Englisch lernte und Freundschaft mit den Dorfkindern schloss. Der Lehrer war sehr streng. Wenn sie ein Wort falsch buchstabierten, mussten sie ihre Hand ausstrecken und er schlug ihnen mit dem Stock auf die Finger. Eines der jüdischen Mädchen weigerte sich, seine Hand auszustrecken; stattdessen nahm es den Stock und brach ihn entzwei.

Ich spüre, wie stolz der Mann noch immer auf dieses Mädchen ist. Eine von ihnen, von den Flüchtlingen, hatte sich gewehrt. Sie würden sich auch in der Welt, in der sie Zuflucht gefunden hatten, nicht demütigen lassen. Ob Oma so etwas getan hätte? Zutrauen würde ich es ihr.

An den jüdischen Feiertagen blieben sie auf der Farm. Ein Raum diente ihnen als Synagoge; dort wurde auch die Bar Mitzwa des Mannes gefeiert. Es gab eine kleine Bibliothek und ein Musikzimmer. Viele der Flüchtlinge kamen aus Wien und waren sehr musikalisch.

Gerade habe ich gedacht, dass es fast idyllisch klingt im Vergleich zu dem, was andere Kindertransport-Überlebende mitmachen mussten. Da lese ich, dass die Erwachsenen keine Zeit für die Kinder gehabt hätten, sie seien mit sich selbst beschäftigt gewesen. *It was a crazy place, because the refugees were crazy. They were slightly nutty, everybody.*

Alle waren etwas verrückt? Was meint er damit? Wahrscheinlich, dass sie traumatisiert waren. Manche waren vielleicht gefoltert worden, hatten Angehörige verloren, eine gefährliche Flucht überlebt.

Jeder hatte ein schweres Schicksal, fährt er fort. Ein Mann, zum Beispiel, wollte gar nicht mehr aufstehen.

Ich brauche eine Pause. Draußen im Flur hole ich meine Wasserflasche aus dem Schließfach und trete ans Fenster. Die Sonne ist herausgekommen. Soll ich für heute aufhören und mich an die Alster setzen? Nein. Warum nimmt mich dieser Text mehr mit als die anderen? Weil ich immer auch Oma im Kreis dieser Kinder sehe? Wie mögen sie darauf reagiert haben, dass ein Mann nicht mehr aufstehen wollte? Hat es sie erschreckt, oder haben sie es einfach hingenommen, nach all dem Schlimmen, das sie schon erlebt hatten?

Ich kehre zu meinem Platz zurück. Lese, dass die Kinder heranwuchsen, ohne dass sich jemand auf der Farm um ihre Erziehung kümmerte. Bis Erwin Jacobi auftauchte, ein Saxophonspieler aus Wien. Er war zwischen dreißig und vierzig Jahre alt, ein kleiner, untersetzter Mann mit Glatze. Erst nahmen sie ihn gar nicht ernst, aber dann merkten sie, dass er ein guter Zuhörer war. Er tröstete sie, wenn sie Sorgen oder Heimweh hatten. Ja, er organisierte sogar Geburtstagsfeste für sie.

Wenigstens gab es einen Menschen dort, dem die Kinder sich anvertrauen konnten.

Erwin Jacobi war es auch, der die finanziellen Mittel besorgte, damit sie aufs Gymnasium gehen konnten. Dennoch mussten sie alle weiter auf der Farm mithelfen: pflügen, säen, Unkraut jäten, die Heu- und Kartoffelernte einbringen. Es war harte Arbeit, aber sie spielten auch: Fußball, Tischtennis, Theater, Karten, Schach, Mühle, Monopoly. Sie bauten Modellflugzeuge und lasen die abgelegten Comic-Hefte der jüdischen Kinder aus Belfast. Und manchmal gingen sie nachmittags ins Kino, nach Donaghadee, drei Kilometer am Meer entlang.

Als Nächstes geht es um das Thema Sprache. In den ersten Jahren hätten sie untereinander noch Deutsch gesprochen, lese ich. Aber irgendwann seien sie mehr und mehr zum Englischen übergegangen, weil das die Sprache ihrer Umgebung war. Für Oma wird es nicht anders gewesen sein.

Nach Kriegsende begann die Suche nach überlebenden Verwandten. Einige wenige hatten Glück und fanden ihre Mutter oder ihren Vater wieder. Den meisten erging es wie ihm: Sie erfuhren über das Rote Kreuz, dass ihre Eltern ermordet worden waren.

1947 verließ er Millisle, um an der Queen's University in Belfast zu studieren.

Seinen Kindern hat er mit Absicht nichts oder nur sehr wenig von dem erzählt, was er erlebt hat. Und er hat weder seiner Frau noch seinen Kindern Deutsch beigebracht.

1999 nahm er an einem Treffen von Kindertransport-Überlebenden in London teil. Ansonsten hält er sich von Menschen fern, die ein ähnliches Schicksal hatten wie er. *After the whole debacle, really, you wanted to live a normal life.*

Ich lege die Mappe beiseite und nehme die Kopfhörer ab. So wird Oma auch gedacht haben. Soll ich sie anrufen und fragen, ob sie tatsächlich im Krieg auf der Kinderfarm in Millisle gelebt hat? Nein. Ich warte ab, bis sie von sich aus wieder über früher reden will.

34.

Irma

Eva und ich sitzen am Strand von Millisle und blicken aufs Meer. Es ist der erste warme Sommertag. Das Wasser glitzert in der Sonne, die Möwen kreischen, ich spüre den leichten Wind auf meinem Gesicht. Seit über einem Jahr ist der Krieg vorbei, und ich habe immer noch nichts von Mutter und Vater gehört. Drei Briefe habe ich schon ans Rote Kreuz in London geschrieben und keine Antwort erhalten. Aus den BBC-Nachrichten und den Zeitungsmeldungen wissen wir von den Deportationen, den Konzentrationslagern und dem Mord an Millionen von Menschen. Aber ich gebe die Hoffnung nicht auf, dass Mutter und Vater rechtzeitig untertauchen oder fliehen konnten. Irgendwann werden wir uns wiederfinden, müssen wir uns wiederfinden. Es kann nicht sein, dass sie ... Nein. Ich würde ihnen so gern sagen, wie gut es mir geht und dass ich im Krieg nicht gelitten habe. Dass wir hier in Millisle großes Glück hatten, weil wir nicht allein waren und uns gegenseitig helfen konnten. Es gab viele Tage, an denen ich das Leben genossen und nicht an den Krieg gedacht habe. Dafür schäme ich mich jetzt. Hätte ich nicht mehr für Mutter und Vater tun müssen?

Ich habe heute einen Brief von meinen Eltern bekommen, höre ich Eva da sagen. Und?, frage ich. Sie stochert im Sand, vermeidet es, mich anzusehen. Sie haben Kuba verlassen und leben jetzt in Amerika. Ich schlucke. Bedeutet das, dass du ... Ich kann nicht weitersprechen. Sie nickt. In der nächsten Woche geht mein Schiff nach New York. Ich schließe die Augen. Eva legt ihren Arm um meine Schultern. Ich werde dich vermissen, murmelt sie. Und ich weiß auch gar nicht, wie es sein wird mit meinen Eltern. Ich habe sie seit siebeneinhalb Jahren nicht gesehen. Bei unserem Abschied war ich zwölf. In ihrem Brief klingt es so, als sei ich für sie immer noch ein Kind. Freust du dich denn nicht?, frage ich. Natürlich freue ich mich. Aber ich habe auch Angst davor. Wie sollen wir überhaupt miteinander reden? Ich glaube, ich kann gar kein Deutsch mehr. Das wirst du bestimmt schnell wieder lernen, sage ich. Ich wünschte, du könntest mitkommen, seufzt Eva, dann wäre alles leichter. Aber ich muss doch meine Eltern suchen, rufe ich. Ja, sicher. Ich dachte auch nur ... Eva drückt mich an sich. Hoffentlich findest du sie bald.

»Ist dir nicht gut, Mutter?«

Ich blicke hoch. Vor mir steht Jeremy mit einem Strauß bunter Astern in der Hand.

»Ich war nur gerade in Gedanken ... Was für schöne Blumen.«

»Sie sind aus unserem Garten.« Er gibt mir einen Kuss auf die Stirn.

»Merkwürdig, dass ich die Klingel nicht gehört habe.«

»Martha hat mich kommen sehen und mir die Tür geöffnet.«

»Möchtest du Tee?«

»Alles schon fertig«, verkündet Martha und bringt uns das Tablett und auch eine Vase für die Astern.

»Danke.«

»Ich bin immer noch ganz überwältigt von all dem, was Thomas mir gestern erzählt hat«, sagt Jeremy, nachdem Martha gegangen ist.

»Ja, ich auch ... Und ich mache mir Vorwürfe, wenn ich an Leah denke. Ich war eine schlechte Mutter für sie.«

»Du hast getan, was du konntest.«

»Nein.«

»Wenn heute Kinder zu früh geboren werden, bekommen die Eltern viel Unterstützung.«

»Uns hat niemand geholfen.«

»Thomas und ich haben gestern gemeinsam überlegt, an was wir uns erinnern können. Immerhin waren wir acht, als sie geboren wurde.«

»Und?«

»Leah hat nur gebrüllt und immer so viel gespuckt. Es war schrecklich. Dabei hatten wir uns so auf unsere kleine Schwester gefreut.«

»Euer Vater und ich auch.«

»Davon haben wir nichts gemerkt. Ihr habt euch ständig gestritten.«

»Was???«

»Er wollte ein Kindermädchen einstellen, doch du warst strikt dagegen.«

»Ja, aber ich erinnere mich nicht, dass es deshalb Streit zwischen uns gab.«

»Vielleicht fühltest du dich in deinem Stolz gekränkt, weil du dachtest, dass du mit deiner Tochter allein zurechtkommen müsstest.«

»Das mag sein. Ich weiß nur, wie verzweifelt wir waren.«

»Eure Auseinandersetzungen endeten oft damit, dass Vater die Tür zuknallte und in seinen Club ging.«

»Wirklich?«

»Thomas und ich hatten manchmal die Phantasie, dass er nicht wiederkommen würde.«

»Jeremy! Euer Vater und ich haben eine gute Ehe geführt.«

»Ja. Irgendwann wurde es auch besser. Da hat Leah nicht mehr geschrien, sondern nur noch geschwiegen.«

»Darunter haben wir genauso gelitten. Wir hatten immer das Gefühl, dass sie uns bestrafen wollte.«

»Du warst sehr streng mit ihr, viel strenger als mit uns.«
»Ich ... habe sie nicht geliebt, ich konnte sie nicht lieben.«
Jeremy starrt mich an.
»Ich weiß, es ist schlimm. Aber so war es.«
»Hast du mit Vater darüber gesprochen?«
»Nein. Er hat es vermutlich geahnt.« Ich greife nach der Teetasse. Meine Hand zittert.
»Thomas meinte, dass du gestern ganz entspannt klangst, als du mit Leah telefoniert hast.«
»Ja, eine völlig neue Erfahrung.«
»Vielleicht wird nun auch für uns der Kontakt mit ihr leichter.«
Ich nicke. Fast hätte ich den Tee verschüttet.
»Du siehst müde aus.«
»Es sind anstrengende Tage.«
»Dann gehe ich jetzt, und du kannst dich ausruhen.«
»Danke, Jeremy.«
Er hat kaum das Zimmer verlassen, als mir die Augen zufallen. Das Letzte, was ich spüre, ist Henrys Schnauze auf meinem Fuß.

Leah

Ich schwimme im Meer, das Wasser ist kalt, über mir schlägt eine Welle zusammen. Ich schnappe nach Luft, meine Kräfte lassen nach. Ich muss zurück, zurück an die Küste. Aber ich sehe nichts als einen schmalen Streifen Land. Und die Strömung treibt mich immer weiter hinaus. Ich versuche, auf dem Rücken zu schwimmen. Nach ein paar Zügen schlucke ich Wasser und fange an zu husten. Ich schaffe es nicht. Plötzlich fassen mich zwei Hände an meinem Unterkiefer. Leg den Kopf nach hinten und lass dich treiben, sagt eine vertraute Stimme. Rebecca. Wo kommst du her? Woher wusstest du, dass ich in Not bin? Nicht reden, sagt sie. Mit kräftigen Zügen schleppt sie mich ab. Wir erreichen ein Boot, jemand zieht mich aus dem Wasser, ein Motor wird gestartet. Aber ihr müsst auch meine Tochter mitnehmen, rufe ich. Ich bin doch längst an Bord, sagt Rebecca und legt mir eine Decke um die Schultern.

Was ist das für ein Lärm, dieses Motorengeräusch direkt vorm Haus? Schon zehn vor neun. Es muss die Müllabfuhr sein. Habe ich den Wecker im Schlaf ausgestellt?

Ich stehe auf, bin noch ganz benommen. In der Küche trinke ich ein Glas Wasser und esse eine Banane. Die Sonne scheint. Ich gehe hinaus in den Garten, es ist warm. Soll ich eine Runde joggen, zum ersten Mal nach fünfeinhalb Wochen? Ich habe kaum noch Schmerzen. Auch die Physiotherapeutin meinte gestern, dass ich es versuchen könne. Ich dürfe es nur nicht übertreiben. Zu Anfang sei eine halbe Stunde mehr als genug.

Ich laufe zum Hafen, mache ein paar Dehnungsübungen und setze mich auf die Bank am Leuchtturm. Es ist fast windstill. Das Meer schimmert grün in der Sonne. Auf einmal sehe ich die Rückenflosse eines Delphins. Und gleich daneben noch eine. Und eine dritte. Ich beobachte, wie sie gleichmäßig auf- und abtauchen. Nach einer Weile wechseln sie die Richtung, und wieder schwimmen alle drei im selben Rhythmus. Jahrelang habe ich keine Delphine mehr gesehen.

Ein paar Minuten später sind sie verschwunden.

35.

Rebecca

Am späten Vormittag betritt die Archivarin den Lesesaal und gibt mir ein Zeichen, dass ich zu ihr herauskommen soll. Ist ihr Gesicht ernster als sonst?

Ich stehe auf, gehe mit weichen Knien auf die Tür zu. Ist Lea Ginzburg tot? Erst jetzt merke ich, wie sehr ich diesen Gedanken in den letzten Tagen verdrängt habe. Ich konnte und wollte mir nur vorstellen, dass Lea noch lebt.

Die Archivarin erwartet mich im Flur.

»Haben Sie schlechte Nachrichten?«

»Ja. Ich habe eben erfahren, dass Lea Ginzburg vor zehn Jahren in New York gestorben ist.«

Ich lehne mich an die Wand. Also doch.

»Es tut mir sehr leid.«

»Wie alt ist sie geworden?«

»Sechsundsiebzig.«

»Ich weiß nicht, wie ich meiner Großmutter das beibringen soll.«

»Sagen Sie es ihr nicht am Telefon.«

»Nein, ich werde meine Mutter bitten, zu ihr zu fahren.«

»Ihre Großmutter wird möglicherweise gar nicht so überrascht sein, wenn sie von Lea Ginzburgs Tod erfährt. Alte Menschen erleben es ständig, dass gleichaltrige Freunde versterben.«

»Ja, das stimmt. Vielleicht war ich viel zuversichtlicher als sie.«

»Machen Sie sich keine Vorwürfe. Sie haben das Interview gefunden, und somit weiß Ihre Großmutter, dass ihre

Kindheitsfreundin den Holocaust überlebt hat. Das wird ein bleibender Trost für sie sein.«

»Hoffentlich.« Und wenn nicht?

»Haben Sie sonst noch Fragen?«

Ich denke an das Interview. Lea Ginzburg sprach von ihren Kindern und Enkeln, die ihr größtes Glück seien. »Meinen Sie, es hat Sinn, die Nachkommen von Lea Ginzburg zu suchen?«

»Warum nicht?«

»Ich habe gestern in einem anderen Interview gelesen, dass es eine Vereinigung von Kindertransport-Überlebenden gibt.«

»Ja, sie heißt *The Kindertransport Association* und hat ihren Sitz in New York. Darüber habe ich auch die Auskunft zu Lea Ginzburg bekommen. Die Kontaktadresse finden Sie im Internet. Sie können sich gern auf mich beziehen.«

»Vielen Dank, dass Sie mir so geholfen haben.«

Die Archivarin lächelt. »Alles Gute.«

Ich gehe zurück in den Lesesaal. Meine Arbeit hier ist beendet, auch wenn ich noch nicht alle Interviews gelesen habe. Ich bringe die Mappen ins Büro des Bibliothekars und verabschiede mich.

Leah

Ich lausche Rebeccas enttäuschter Stimme.

»Wäre ich bloß nicht so optimistisch gewesen.«

»Ich war es auch.«

»Sagst du es Oma?«

»Ja.«

»Aber erzähl ihr nicht, dass ich die Kinder von Lea Ginzburg suchen will.«

»Nein.«

»Und sag mir Bescheid, wie sie die Nachricht aufgenommen hat.«

Ich verspreche es ihr.

Irma öffnet mir die Tür. Sie kann sich kaum auf den Beinen halten.

»Leah, komm rein.«

Ich nehme sie vorsichtig in die Arme. Sie zuckt leicht zusammen. »Ist Martha nicht da?«

»Sie führt Henry aus.«

»Tut mir leid, dass du meinetwegen aufstehen musstest.«

»Macht nichts.«

Ich hake sie unter und helfe ihr, ins Wohnzimmer zurückzugehen. Sie scheint in den letzten Tagen noch dünner geworden zu sein.

Seufzend sinkt sie in ihren Sessel. »Mit mir ist nicht mehr viel los.«

»Du bist halt etwas wackelig.«

»Nicht nur das. Mein Herz ist müde.« Sie wischt sich mit einem Stofftaschentuch über den Mund. Ihre Hände zittern.

Ich weiß nicht, ob ich es über mich bringe, ihr zu sagen, dass Lea Ginzburg nicht mehr am Leben ist.

»Hast du heute schon mit Rebecca gesprochen?«

»Ja ...«

»Und?« Ihr Blick lässt mich nicht los.

»Sie ...«

»Lea ist tot.«

»Ja.« Ich greife nach Irmas Hand. »Es tut mir so leid.«

Sie schließt die Augen. »Wann ist sie gestorben?«

»Vor zehn Jahren. Im Alter von sechsundsiebzig.«

»Wo?«

»In New York.«

»War sie krank? Hat sie gelitten?«

»Darüber hat Rebecca leider nichts in Erfahrung bringen können.«

Irma zieht ihre Hand weg und verfällt in Schweigen. Ich weiß nicht, wie ich sie trösten soll.

Regungslos sitzen wir da, bis wir das Gartentor hören und Martha und Henry von ihrem Spaziergang zurückkommen. Es ist, als ob Irma aus einer Starre erwacht. Sie lädt mich ein, zum Mittagessen zu bleiben, erkundigt sich, wie es mir damit geht, dass ich in der nächsten Woche wieder arbeiten werde, und bittet mich, es nicht zu übertreiben und auf meinen Rücken zu achten.

Über Lea sprechen wir nicht mehr.

Irma

Eben ist Leah nach Hause gefahren. Ich rechne es ihr hoch an, dass sie mir die Todesnachricht nicht am Telefon überbracht hat.

Drei Tage habe ich gehofft, noch einmal in meinem Leben mit Lea sprechen oder ihr schreiben zu können. Nun ist alles vorbei.

Der Kummer schnürt mir die Kehle zu. Ich wünschte, ich könnte weinen.

Leah

Ich laufe unruhig in der Küche auf und ab. Hätte ich länger bei Irma bleiben sollen? Sie wolle schlafen, sagte sie nach dem Mittagessen. Ich glaube, sie wollte vor allem allein sein.

Ich muss Thomas Bescheid sagen, zur Not auch Jeremy, obwohl es mir immer noch schwerfällt, mit ihm zu sprechen.

In der Kanzlei erreiche ich nur die Sekretärin.

»Könnten Sie mir bitte die Handynummer meines Bruders Thomas geben?«

»Tut mir leid, ich bin nicht befugt ...«

»Auch nicht, wenn es um unsere Mutter geht?«, unterbreche ich sie. »Es ist dringend.«

Sie nennt mir die Nummer. Ein paar Sekunden später habe ich Thomas am Apparat. Ich berichte ihm von meinem Besuch bei Irma und bitte ihn, sie heute Abend anzurufen oder bei ihr vorbeizugehen.

»Ja, natürlich. Wie hat sie auf dich gewirkt?«

»Sehr tapfer.«

»Hat sie geweint?«

»Nein, aber ich bin mir sicher, dass die Nachricht von Lea Ginzburgs Tod sie tief erschüttert hat.«

»Vielleicht wäre es für Mutter besser gewesen, wenn sie nichts von dem Interview erfahren hätte.«

»Das ist ein harter Satz. So weiß sie wenigstens, dass ihre Freundin den Holocaust überlebt hat.«

»Ja ... Ich meinte nur ... Es ist mir so rausgerutscht. Vergiss es.«

»Nein, ich verstehe, was du sagen willst. Mir ist der Gedanke auch schon gekommen, dass das alles zu viel für Irma ist.«

»Hoffentlich fängt sie sich wieder. Sie ist in den letzten Wochen immer gebrechlicher geworden.«

»Ja. Ich habe heute Mittag gesehen, wie wenig sie isst, obwohl Martha sehr lecker kocht.«

»Seit ihrem Herzinfarkt hat sie kaum noch Appetit. Jeremy und ich sind sehr besorgt.«

»Ich ... werde sie jetzt häufiger besuchen.«

»Darüber wird sie sich bestimmt freuen. Und ... dann komm doch auch mal wieder zu uns.«

»... Gern.«

Nachdem wir uns verabschiedet haben, überlege ich, wann ich zuletzt bei Thomas war. Es muss Jahre her sein. Haben wir Irmas achtzigsten Geburtstag bei ihm oder bei Jeremy zu Hause gefeiert? Nicht einmal das erinnere ich.

Zehn nach fünf. Rebecca arbeitet in ihrer Kneipe, sie wird nicht telefonieren können. Ich schicke ihr eine SMS, dass Irma sehr gefasst auf die Nachricht reagiert habe.

Danke, simst sie zurück. *Bin total erleichtert! LG, Rebecca*

Irma

Thomas hat mich vorhin besucht, und Jeremy hat angerufen. Ihre Anteilnahme ist gut gemeint, aber sie tröstet mich nicht. Woher sollen die beiden auch ahnen, warum Leas Tod mich so quält? Ich kann und will es ihnen nicht erklären, dazu reicht meine Kraft nicht mehr.

Henry drängt mich, ihn zu streicheln, als wolle er sagen, ich bin auch noch da. Er hat recht, ich habe ihn heute Nachmittag vernachlässigt.

Nach einigem Hin und Her rollt er sich zum Schlafen zusammen. Und ich werde wieder von meinen Erinnerungen heimgesucht.

Es ist ein eiskalter Januartag. Ich stehe in der Küche und schäle Kartoffeln. Meine Finger sind klamm. Wir sind lange nicht mehr so viele bei Tisch wie im Krieg. Irgendwann werden sie die Farm schließen, und dann müssen auch die Letzten von uns Millisle verlassen. Aber wo soll ich hingehen? Vor einer Woche bin ich zwanzig geworden. Eva hat mir zum Geburtstag geschrieben, sie lebt jetzt in Kalifornien. Dort ist es warm.

Durchs Fenster sehe ich den Postboten mit ein paar Briefen in der Hand aufs Haus zukommen. Ich laufe ihm entgegen. Er weiß, wie dringend ich auf Post von meinen Eltern warte. Heute ist etwas für Sie dabei, vom Roten Kreuz, sagt er. Ich reiße den Umschlag auf und fange an zu lesen. Die Buchstaben verschwimmen vor meinen Augen ... *müssen wir Ihnen leider mitteilen, daß Ihre Eltern, Paul und Ruth Morgenstern, im Juli 1942 nach Theresienstadt deportiert und im Oktober 1944 in Auschwitz ermordet wurden.*

36.

Rebecca

Ich checke meine Mails. Immer noch keine Antwort von Noah Ginzburg. Vor zweieinhalb Wochen habe ich ihm geschrieben, gleich nachdem ich über die Vereinigung der Kindertransport-Überlebenden herausgefunden hatte, dass Lea Ginzburg Mutter zweier Söhne war. Der eine starb im Februar 2003 bei einem Autounfall in Minnesota, wenige Monate vor ihrem Tod. Der andere, Noah Ginzburg, lebt in New York. Ich habe mir seine Webseite angeschaut. Er ist Fotograf, anscheinend sehr erfolgreich. Seine Bilder gefallen mir, Portraits in Schwarzweiß, Gesichter, die in Erinnerung bleiben. Er wurde 1965 geboren, im selben Jahr wie Leah.

Ob sie zu Hause ist? Samstagsvormittags kauft sie meistens ein.

Ich schicke ihr eine SMS. *Wann wollen wir skypen? LG, R. Am besten gleich*, simst sie zurück. *Herzlich, L.*

Ein paar Sekunden später sehe ich sie an ihrem Schreibtisch sitzen.

»Hallo, Rebecca.«

»Hallo, Leah.« Ich glaube, sie hat zugenommen. Steht ihr gut.

»Wie geht's?«

»Noah Ginzburg meldet sich einfach nicht.«

»Vielleicht ist er verreist.«

»Auch dann müsste er doch zwischendurch mal seine Mails abrufen.«

»Nicht unbedingt.«

»Als freiberuflicher Fotograf?«

»Oder er weiß nichts über die Vergangenheit seiner Mutter und will sich mit dem Thema nicht belasten. So etwas soll's geben.«

»Trotzdem könnte er mir kurz antworten.«

»Ja, natürlich.« Leah seufzt. »Es sei denn, ihre Beziehung war nicht die beste. Dann wird er kein Interesse an einer Korrespondenz mit der Enkelin ihrer Kindheitsfreundin haben.«

»Kann sein.«

»Versuch, Noah Ginzburg zu vergessen. Du hast so viel herausgefunden.«

»Hm.«

»Wenn du das Interview nicht entdeckt hättest, würden wir jetzt vermutlich nicht miteinander skypen.«

»Nein ...«

»Und ich würde mich morgen Vormittag nicht mit Thomas und Jeremy bei Irma zum Tee treffen.«

»Aber Oma klingt seitdem so traurig.«

»Das hat bestimmt eher damit zu tun, dass sie immer gebrechlicher wird. Sechsundachtzig ist ein hohes Alter, und sie hatte einen Herzinfarkt.«

»Was mich auch wundert, ist, dass sie das Fotoalbum gar nicht erwähnt hat.«

»Wann hast du es abgeschickt?«

»Vor über einer Woche. Sie müsste es längst bekommen haben.«

»Wenn du willst, frage ich sie morgen nach dem Album.«

»Nein, lass mal. Ich rufe sie nachher an.«

»Okay.«

»Wie läuft's bei dir?«

»Ich genieße es, wieder in der Schule zu sein.«

»Unterstützen dich deine Kollegen?«

»Ja, vor allem Angela. Sie hat mich zwei Wochen lang in meinem Englisch-Oberstufenkurs vertreten. Dadurch haben die Schüler nichts versäumt, und ich bin nicht so unter Druck.«

»Hauptsache, du arbeitest nicht zu viel.«

»Nein, ich stelle mir immer einen Wecker und stehe spätestens nach einer Dreiviertelstunde vom Schreibtisch auf.«

»Sehr gut.«

Beim Abschied winkt Leah in die Kamera. Sie sieht viel jünger aus, wenn sie lächelt.

Nachmittags radele ich wieder zur Oberstraße 9 Bisher hatte ich nicht den Mut, mich zu erkundigen, wer im ersten Stock wohnt. Und selbst wenn ich es herausfinden sollte, würde ich die Leute wirklich fragen, ob sie mir ihre Wohnung zeigen?

Ich schließe mein Rad an und warte. Zehn Minuten, zwanzig Minuten. Niemand kommt oder geht. Vielleicht verreisen viele am Wochenende, fahren aufs Land oder ans Meer, in ihre Ferienhäuser.

Ich gehe auf die Eingangstür zu und studiere die Namensschilder neben den Klingeln. Bei der Vorstellung, jemand würde mir jetzt öffnen und mich hineinbitten, wird mir auf einmal mulmig. Nein, ich möchte niemandem erzählen, dass meine Großmutter in diesem Haus gelebt hat. Dass sie von hier aus mit dem Kindertransport nach England reisen musste. Ich will die Wohnung nicht sehen.

Ich fahre zum Innocentiapark und drehe eine Runde auf dem Weg, der um die Wiese herumführt. Die bunten Blätter der Bäume leuchten in der Sonne. Ich habe kaum gemerkt, dass es Herbst wird, weil es immer noch so warm ist, wärmer als im irischen Sommer.

Ich setze mich ins Gras und wähle Omas Nummer. Besetzt. Hat Leah recht, wenn sie meint, dass Omas Traurigkeit mit ihrer Gebrechlichkeit zu tun hat? Aber warum ist sie genau seit dem Tag so traurig, an dem ich ihr von dem Interview mit Lea Ginzburg erzählt habe? Es hat ihr etwas ausgemacht, dass Lea ihren Namen nicht erwähnt hat. Dahinter steckt eine Geschichte, die wir nicht kennen und vielleicht auch nie erfahren werden.

Ich lege mich auf den Rücken und blicke in den Himmel. Die letzten drei Wochen sind so schnell vergangen. Anfangs war es seltsam, nicht mehr jeden Tag in die Forschungsstelle zu gehen. Aber dann habe ich mich an ein ganz normales Leben hier gewöhnt, habe gejobbt, war jeden zweiten Tag mit Jonas schwimmen, habe seine netten Eltern kennengelernt und sonntags immer mit Johanna und Nadine gefrühstückt. Und das, wovor ich am meisten Angst hatte, liegt auch hinter mir: Bei der Geburtstagsparty von Jonas' Freund Philipp bin ich Svenja begegnet. Sie ist noch hübscher als auf dem Foto. Und ziemlich schüchtern. In den ersten paar Minuten waren wir beide unsicher, aber dann konnten wir gut miteinander reden. Sie studiert Sprachen, vielleicht hätte ich dazu auch Lust. Keine Ahnung, warum Jonas mir nicht erzählt hat, dass sie seit Januar mit Philipp zusammen ist.

Vor einer Woche hat Simon endlich gelernt zu skypen, und wir haben fast zwei Stunden lang über alles gesprochen. Ich habe gemerkt, wie sehr er sich freut, dass Leah und ich besser miteinander klarkommen.

Ich tippe wieder Omas Nummer ein. Jetzt ist die Leitung frei.

»Hallo, Oma.«

»Rebecca, Liebes.«

»Geht es dir heute besser?«

»Ach, weißt du ... Das wird nichts mehr mit mir.« Ihre Stimme zittert.

»Doch. Du hast nur gerade eine schlechte Phase.«

»Das ist keine Phase. Es geht bergab.«

»So was darfst du nicht sagen.«

»Aber wenn es doch so ist?«

Im Hintergrund höre ich Henry bellen. Oma murmelt etwas, was ich nicht verstehen kann.

»Ich wollte dich fragen, ob du das Fotoalbum bekommen hast.«

»Ja ... vielen Dank. Vor zwei Tagen kam das Päckchen hier an.«

»Und? Was sagst du zu den Fotos?«

»Du hast dir große Mühe gegeben.«

»Hast du vieles wiedererkannt?«

»Ja ... durchaus ... Wie ist das Wetter in Hamburg?«

Ich schlucke. Mehr hat sie zu dem Album nicht zu sagen? Tränen schießen mir in die Augen.

»Rebecca? Bist du noch da?«

»... Hier scheint die Sonne.«

»Bei uns regnet es.«

»Vielleicht wird's ja morgen wieder schön ... Ich muss jetzt los ... zu meinem Kneipenjob.«

»Dann viel Spaß beim Arbeiten.«

»Danke.«

Ich muss erst in einer Stunde im *Fasan* sein. Aber mit Oma über das Wetter zu reden, das ertrage ich nicht.

Irma

Meine kleine Rebecca. Sie war so enttäuscht.

Ich habe kaum in das Fotoalbum hineinschauen können. Seitdem ich weiß, dass Lea nicht mehr lebt, schmerzt es mich wieder wie früher, an Hamburg zu denken. Was ist mit mir geschehen? Jahrzehntelang glaubte ich, dass sie tot sei. Dann habe ich drei Tage lang Hoffnung geschöpft, noch einmal mit ihr zu sprechen oder sie sogar wiederzusehen. Jetzt kann ich nicht mehr. Ich habe immer befürchtet, dass Lea mir nie verziehen hat. Nun weiß ich, dass es so war. Sonst hätte sie mich nach dem Krieg gesucht oder mich wenigstens in dem Interview erwähnt. Es ist, als ob die Nachricht von Leas Tod mir den letzten Lebensmut genommen hat.

37.

Leah

Irma hat die Augen geschlossen. Sie wirkt heute noch schwächer als bei meinem letzten Besuch vor drei Tagen. Marthas Tee hat sie bisher nicht angerührt. Ist sie eingeschlafen?

Jeremy und Thomas sitzen auf dem Sofa und blättern in Rebeccas Fotoalbum. Ich überlege, ob ich mich dazusetzen soll.

»Oberstraße neun«, höre ich Thomas sagen. »Was für ein schönes Haus.«

»Zeig mal.« Ich stehe auf.

Thomas rückt ein Stück beiseite und lässt mich Platz nehmen. Mein Blick fällt auf einen weißen Altbau mit prächtigem Stuck und einer hohen Eingangstür.

»Mutter, in welchem Stock habt ihr gewohnt?«, fragt Jeremy.

»Im ersten«, murmelt Irma, ohne die Augen zu öffnen.

»Dann hattet ihr einen der beiden großen Balkone.«

»Hm.«

Wir blättern weiter. Es folgen mehrere Fotos vom Innocentiapark.

»Dort hat sie als Kind gespielt«, sage ich leise.

»Woher weißt du das?«, fragt Jeremy misstrauisch.

Irma räuspert sich. »Ich habe es Leah neulich erzählt.«

Auf der nächsten Seite sehen wir Aufnahmen eines alten Gebäudes. *Alberto-Jonas-Haus in der Karolinenstraße 35* hat Rebecca darunter notiert.

Über dem Eingang entdecke ich den Schriftzug: ISRAELITISCHE TÖCHTERSCHULE.

»Hast du das Foto deiner ehemaligen Schule gesehen?«, frage ich.

»Ach, Kinder, ich bin so müde«, seufzt Irma. »Seid mir nicht böse, aber ich muss mich jetzt etwas hinlegen.«

Kurz darauf verabschieden wir uns.

An der Tür drehe ich mich um und blicke in Irmas traurige Augen.

Rebecca

Viertel nach zwölf. Ich habe das Frühstück mit Johanna und Nadine verschlafen. Manchmal weiß ich nicht, wie lange ich den Job im *Fasan* noch durchhalte. Heute Nacht lag ich um zwanzig vor fünf im Bett. Ich könnte versuchen, auf drei Abende pro Woche zu reduzieren. Dann wird es finanziell zwar knapp, aber vielleicht finde ich etwas anderes. Jonas' Sprachenschule zahlt gut, und er meint, einen ›native speaker‹ wie mich würden sie sofort nehmen. In zwei Wochen hört er dort auf, weil sein Semester anfängt.

Hat er sich schon gemeldet? Nein. Ich schicke ihm eine SMS. *Bin gerade erst aufgewacht. Es war total anstrengend gestern Abend. Kuss, deine R.*

Ein paar Minuten später simst er zurück. *Soll ich nachher bei dir vorbeikommen? Ich könnte was kochen, bevor du wieder losmusst.*

Super. Ich freu mich.

Für uns beide wäre es auch besser, wenn ich nicht fast jeden Abend in der Kneipe schuften müsste.

Nach dem Duschen rufe ich meine Mails ab. Ich kann es kaum fassen, als ich sehe, dass Noah Ginzburg mir geschrieben hat. Mein Herz klopft. Er war drei Wochen im Urlaub, deshalb meldet er sich erst jetzt.

Meine Mutter hat oft von Irma Morgenstern gesprochen. Wir haben in den neunziger Jahren auch versucht, sie zu finden, haben sogar erfahren, dass sie Deutschland 1939 mit einem der Kindertransporte verlassen konnte und den Krieg auf einer Farm in Millisle (County Down) in Nordirland überlebt hat. Danach verlor sich ihre Spur.

Oma war tatsächlich in Millisle. Ich denke an das Interview mit dem Mann aus Berlin, der jahrelang auf der Kinderfarm gelebt hat. Plötzlich habe ich eine Vorstellung davon, wie es Oma im Krieg ergangen ist.

Noahs Mail endet mit seiner Adresse und Telefonnummer. Ich solle mich melden, wenn ich mal nach New York käme.

Am liebsten würde ich Oma sofort anrufen, aber ich traue mich nicht. Sie ist so schwach und will nicht mehr über die Vergangenheit reden. Es würde ihr bestimmt weh tun, zu hören, dass ihre Kindheitsfreundin sie vergeblich gesucht hat.

Ich schicke Noah eine Mail (mit Kopie an Leah), in der ich Omas Situation schildere.

Diesmal antwortet er nach wenigen Minuten.

Liebe Rebecca,
ich freue mich sehr zu hören, dass Ihre Großmutter noch lebt. Könnten Sie mir bitte ihre Adresse mitteilen? Ich möchte ihr gerne schreiben.
Herzliche Grüße
Noah Ginzburg

Soll ich Leah erst fragen, was sie davon hält? Nein. So wie Noah Ginzburg klingt, wird er Oma einen netten Brief schicken. Und wenn sie ihn nicht öffnen will, kann sie es lassen.

Falls Leah Bedenken hat, soll sie Oma vorsichtig auf Post aus Amerika vorbereiten.

Leah

Noah Ginzburg hat sich gemeldet. Immer wieder lese ich Rebeccas Mail. Wo ist Millisle? Ich habe von dem Ort noch nie zuvor gehört.

Über Google Maps finde ich heraus, dass das Dorf auf der Ards-Halbinsel liegt, siebzehn Meilen östlich von Belfast. Das ist höchstens zweieinhalb Stunden von Dublin entfernt. Dort hat Irma den Krieg überlebt?

Rebecca schickt mir eine SMS, ob wir skypen wollen. Gleich darauf sehe ich sie mit roten Wangen auf ihrem Sofa sitzen.

»Ich bin so froh, dass Noah Ginzburg mir geantwortet hat.«

»Ich auch. Wusstest du, dass es diese Kinderfarm in Millisle gegeben hat?«

»Ja, das habe ich durch eines der Interviews erfahren, die ich im Archiv gelesen habe.«

Ich lausche Rebeccas Erzählung vom Jungen- und Mädchenzelt, von der Arbeit in der Küche und auf den Feldern, vom strengen Lehrer in der Dorfschule und dem Saxophonspieler Erwin Jacobi, der den Kindern zuhörte und sie tröstete, wenn sie Heimweh hatten.

»Am Anfang haben sie noch Deutsch miteinander gesprochen, aber in der Schule mussten sie Englisch reden. Und irgendwann sind sie ganz dazu übergegangen.«

»Jetzt wissen wir endlich, woher Irma den nordirischen Akzent hat.«

»Meinst du, es ist okay, dass Noah Ginzburg ihr schreibt?«

»Ich denke schon.«

Rebecca wirkt erleichtert.

»Heute Morgen war ich übrigens bei Irma, zusammen mit Jeremy und Thomas.«

»Hat sie euch das Fotoalbum gezeigt?«

»Ja. Es hat mich tief berührt, diese Bilder zu sehen. Und ich hatte den Eindruck, dass es Jeremy und Thomas genauso ging. Sie waren sehr neugierig auf all diese Orte aus Irmas Leben.«

»Oma dagegen hat gestern sofort das Thema gewechselt, als ich sie nach dem Album gefragt habe.«

»Vielleicht ist das alles etwas viel für sie.«

Rebecca runzelt die Stirn. »Glaubst du, dass sie sich noch mal erholt?«

»Ich weiß es nicht ...«

»In den letzten Tagen habe ich oft gedacht, dass es besser gewesen wäre, wenn ich ihr nichts von dem Interview erzählt hätte.«

»Nein. Mach dir keine Vorwürfe.«

»Das sagst du so einfach.«

»Du hast nichts falsch gemacht.«

Rebecca sieht auf einmal wieder aus wie ein Kind. Ich wünschte, ich könnte sie in den Arm nehmen.

Irma

Der Flieder blüht. Bei dem Geruch muss ich immer an jenen Tag im Mai 1938 denken, als die BDM-Mädchen mich angriffen und Lea mir zu Hilfe kam. Zehn Jahre sind seitdem vergangen. Heute packe ich meinen Koffer und verlasse die Farm, die fast neun Jahre lang mein Zuhause war. Die jüdische Gemeinde in Belfast hat Geld für mich gesammelt, damit ich eine Ausbildung als Sekretärin machen kann. Ab Montag werde ich in einem Anwaltsbüro in London arbeiten und bei einer älteren Dame zur Untermiete wohnen. Ich fürchte mich vor der großen Stadt und davor, von nun an ganz allein zu sein. Hier in Millisle sind wir noch zu dritt, aber die beiden anderen werden in der nächsten Woche auch aufbrechen, und dann wird die Farm endgültig geschlossen. Von Eva habe ich nichts mehr gehört. Ich hätte sowieso kein Geld gehabt, um nach Kalifornien zu fahren.

Es ist dämmerig geworden. Ich knipse das Licht an und stehe langsam auf. Seit einigen Tagen kann ich mich kaum noch auf den Beinen halten. Ich greife nach meinem Stock und gehe mit wackeligen Schritten zum Sekretär. Die große Schublade klemmt, aber nach einer Weile gelingt es mir, sie aufzuziehen. Ich lege das Fotoalbum zu meinem Tagebuch und mache die Schublade wieder zu. Jetzt ist Schluss mit den Geschichten von früher. Da können die Kinder sagen, was sie wollen.

Rebecca

Ich laufe mit Jonas am Strand von Millisle entlang. Wolken ziehen auf, der Wind nimmt zu, das Rauschen der Wellen wird stärker. Warst du schon mal hier?, fragt Jonas. Nein, noch nie, antworte ich. In der Ferne sehe ich zwei Gestalten auf uns zukommen. Nach einer Weile erkenne ich einen Mann und eine Frau. Sie muss älter sein, so gebeugt, wie sie geht. Er will sie unterhaken, sie schüttelt den Kopf. Eine energische Person, denke ich. Als wir auf gleicher Höhe sind, bleibt die Frau stehen und schaut mich an.

Ihr Gesicht ist voller Falten, ihr Mund ein schmaler Strich, aber ihre Augen leuchten. Sie streckt mir ihre Hand entgegen. Darf ich mich vorstellen? Mein Name ist Lea Ginzburg.

Ich wache auf. Es ist dunkel. Neben mir liegt Jonas und schläft. Ich drehe mich auf die Seite und versuche, in den Traum zurückzufinden. Lea Ginzburg hatte eine dunkle, weiche Stimme. Nicht so resolut, wie ich nach dem Lesen des Interviews gedacht habe.

38.

Irma

»Mrs. Goldberg?«

Ich muss einen Moment lang eingenickt sein. Vor mir steht Martha mit einem Brief in der Hand.

»Sie haben Post aus Amerika bekommen.«

Henry wedelt aufgeregt mit dem Schwanz.

»Ich kenne niemanden in Amerika«, sage ich und setze meine Brille auf. Die kleine Schrift des Absenders ist schwer zu entziffern.

Noah Ginzburg
51 West 81st Street
New York
NY 10024
USA

Ich spüre mein Herz. Das kann nur Leas Sohn sein.

»Ist Ihnen nicht gut?« Martha sieht mich erschrocken an.

»Ich weiß nicht ...«

»Sie müssen den Brief nicht öffnen.«

Ich betrachte den dicken, hellgrauen Umschlag. Woher hat Noah Ginzburg meine Adresse? Von Rebecca? Aber warum hat sie mir nichts von diesem Noah Ginzburg erzählt?

»Soll ich Ihnen einen Tee oder einen Teller Suppe bringen?«

Ich schüttele den Kopf.

»Brauchen Sie einen Arzt?«

»Nein, Martha. Es geht schon wieder.«
»Ich mache mir Sorgen um Sie.«
»Das brauchen Sie nicht. Ich melde mich, wenn was ist. Und nun lassen Sie mich bitte allein.«

Widerstrebend verlässt sie das Zimmer.

Seit zehn Tagen versuche ich, die Vergangenheit zu vergessen. Ein Brief von Noah Ginzburg wird alles in mir wieder aufwühlen.

»Mein kleiner Henry, was soll ich jetzt machen?«

Er legt mir seine Schnauze aufs Knie und schaut mich sehnsüchtig an. Ich gebe ihm ein Leckerli.

Dann reiße ich den Umschlag auf und ziehe einen Brief und ein paar zusammengefaltete Seiten heraus.

Noah Ginzburg schreibt, dass meine Enkelin Rebecca ihm meine Adresse gemailt habe. Er freue sich sehr, dass es ihm nun möglich sei, mit mir Kontakt aufzunehmen. Seine Mutter habe ein Tagebuch geführt, das er jetzt noch einmal genau studiert hätte. Er hoffe, er trete mir nicht zu nahe, wenn er mir anbei Fotokopien der Abschnitte schicke, in denen ich erwähnt würde. Es handele sich um Texte, die seine Mutter in den dunkelsten Zeiten ihres Lebens geschrieben hätte. Er könne sich vorstellen, dass sie für mich von Interesse seien.

Ich wünsche Ihnen alles Gute und grüße Sie herzlich
Ihr Noah Ginzburg

Mit zittrigen Händen falte ich die Kopien auseinander. Die Handschrift kenne ich. Steile, sorgfältige Buchstaben. Ja, das hat Lea geschrieben.

20. Februar 1939, Montag
Seitdem wir erfahren haben, daß Papa tot ist, geht es Mama noch schlechter. Gestern morgen bekam sie einen Weinkrampf und rief, daß sie sich vom Balkon stürzen würde. Ich wußte nicht, was ich tun sollte, und bin

schließlich zu unserem Hausarzt gerannt. Dr. Thiessen ist sofort mitgekommen und hat Mama in ein Krankenhaus eingewiesen. Dann wollte er wissen, ob ich Verwandte hätte. Die einzige, die mir einfiel, war Tante Rosa, Papas Schwester aus Lüneburg. Ich kenne sie kaum, weil Papa und sie sich vor vielen Jahren zerstritten haben. Dr. Thiessen hat sie angerufen, und nachmittags war sie da, um mich zu sich zu holen. Ich habe mich mit Händen und Füßen dagegen gesträubt. Wer soll denn nun Mama besuchen? »Deine Mutter braucht Ruhe«, verkündete Tante Rosa. Ich habe sie gefragt, ob ich wenigstens meiner Freundin Irma Bescheid sagen dürfte. »Unsinn. Wir fahren jetzt los. Meinst du, ich habe den ganzen Tag Zeit?« Was wird Irma von mir denken? Wir haben uns doch geschworen, den anderen niemals im Stich zu lassen.

24. März 1939, Freitag
Ich bin seit über vier Wochen krank. Kurz nachdem ich zu Tante Rosa umziehen mußte, bekam ich Halsschmerzen und Fieber. Der Arzt sagte, daß ich Diphtherie hätte und im Bett bleiben müßte. Das Schlucken fällt mir schwer, und ich bin so müde. Tante Rosa schimpft nur, was sie sich da aufgehalst hätte. Außerdem hat sie Angst, daß sie sich bei mir anstecken könnte. Von Mama haben wir bisher nichts gehört. Ich wünschte, ich könnte mit Irma reden.

11. April 1939, Dienstag
Seit ein paar Tagen darf ich aufstehen. Leider bin ich immer noch sehr schlapp. Jeden Morgen nehme ich mir vor, Irma einen Brief zu schreiben und ihr zu erklären, was inzwischen alles passiert ist. Aber ich habe es bisher nicht geschafft, weil ich Tante Rosa so viel im Haushalt

helfen muß. »*Wochenlang habe ich dich mit durchgefüttert*«, *sagte sie gestern.* »*Es wird Zeit, daß du dir dein Essen verdienst.*«

18. Mai 1939, Donnerstag
Tante Rosa behauptet, daß sie mich in Sicherheit bringen will. Deshalb hat sie mich für einen Kindertransport nach England angemeldet. Seit Tagen redet sie über nichts anderes mehr. Ich glaube, sie will mich nur loswerden. Aber da mache ich nicht mit; ich will Mama und Irma wiedersehen.

23. Juni 1939, Mittwoch
Gestern Morgen verkündete Tante Rosa plötzlich, daß ich jetzt nach England reisen würde. Sie packte meinen Koffer und brachte mich nach Hamburg zum Altonaer Bahnhof. Als ich weglaufen wollte, verpaßte sie mir eine Ohrfeige. »*Begreifst du denn nicht, daß ich es gut mir dir meine?*« *schrie sie mich an. Nun sitze ich seit Stunden mit vielen anderen Kindern in einem Bahnhof in London und warte darauf, daß mich irgendjemand abholt. Wie kann Tante Rosa mich wegschicken, ohne daß ich Mama wiedergesehen habe? Wenn ich wenigstens mit Irma zusammen wäre. Wir könnten uns gegenseitig helfen. Aber ich habe unser Versprechen gebrochen; das wird Irma mir nie verzeihen.*

Ich streiche über das Blatt. Meine Lea.

20. Oktober 1999
Seit meinem letzten Eintrag sind über sechs Jahrzehnte vergangen. Ich hatte es aufgegeben, Tagebuch zu schreiben; das Leben war zu hart. Später, als Mutter und Ärztin, hatte ich keine Zeit dafür. Aber jetzt ist etwas pas-

siert, was ich für meine Kinder und Enkel schriftlich festhalten will: Noah hat herausgefunden, daß meine geliebte Kindheitsfreundin Irma Morgenstern den Holocaust überlebt hat. Sie konnte, wie ich, dem Grauen durch einen Kindertransport entkommen. Ich bin glücklich, daß ich das noch erfahren durfte.

Nachbemerkung

Ich danke Linde Apel von der Werkstatt der Erinnerung, des Oral-History-Archivs der Forschungsstelle für Zeitgeschichte in Hamburg, Erika Hirsch vom Alberto-Jonas-Haus in Hamburg und Vincent Slatt vom United States Holocaust Memorial Museum in Washington für ihre Unterstützung bei meiner Recherche. Ebenso sei Larry Kitzler gedankt, der mir von seinem Leben auf der Kinderfarm in Millisle (County Down, Nordirland) erzählte, und Linda Patterson, Leiterin der Primary School in Millisle, für wertvolle Informationen und Materialien. Mein besonderer Dank gilt Deborah Oppenheimer in Los Angeles für das Vertrauen, das sie mir entgegenbrachte.

Vielen Quellen verdanke ich Anregungen für meinen Roman. Darunter möchte ich vor allem nennen: Christiane Berth, *Die Kindertransporte nach Großbritannien 1938/39. Exilerfahrungen im Spiegel lebensgeschichtlicher Interviews*, Hamburg 2005; Bertha Leverton, Shmuel Lowensohn (Hrsg.), *I Came Alone. The Stories of the Kindertransport*, Brighton 1990; *Into the Arms of Strangers: Stories of the Kindertransport*, Dokumentarfilm, Regie: Mark Jonathan Harris, Produzentin: Deborah Oppenheimer, USA 2000; Diane Samuels, *Kindertransport*, Theaterstück, London 1995; Lily Brett, *Too Many Men*, Roman, New York 2001; Ursula Krechel, *Landgericht*, Roman, Salzburg/Wien 2012; Marilyn Taylor, *Faraway Home*, Roman, Dublin 1999; Ruth Klüger, *weiter leben. Eine Jugend*, Göttingen 1992; Ruth Klüger, *unterwegs verloren. Erinnerungen*, Wien 2008; Anita Lasker-Wallfisch, *Ihr sollt die Wahrheit erben. Breslau –*

Auschwitz – Bergen-Belsen, Bonn 1997; Martin Doerry, *Mein verwundetes Herz. Das Leben der Lilli Jahn 1900–1944*, München 2002; Otto Dov Kulka, *Landschaften der Metropole des Todes. Auschwitz und die Grenzen der Erinnerung und der Vorstellungskraft*, München 2013; Gisela Holfter (Hrsg.), *The Irish Kontext of Kristallnacht. Refugees and Helpers*, Trier 2014; Natan P. F. Kellermann, The Longterm Psychological Effects and Treatment of Holocaust Trauma, in: *Journal of Loss and Trauma*, 6, 2001, S. 197–218; Bettina Alberti, *Seelische Trümmer. Geboren in den 50er- und 60er-Jahren. Die Nachkriegsgeneration im Schatten des Kriegstraumas*, München 2010.

Ein Interview mit Gerald Jayson, geb. Gert Jacobowitz, das ich in der Werkstatt der Erinnerung las (WdE/FZH 1828), und Robert Sugars Bericht über sein Leben auf der Kinderfarm in Millisle (*WWII Evacuee Returns to Millisle*, in: www.culturenorthernireland.org) bildeten die Grundlage für Kapitel 33 meines Romans.

Von den zahlreichen jüdischen Flüchtlingen auf der Kinderfarm in Millisle stammte, anders als in meinem Roman, niemand aus Hamburg.

Wenn die Welt ins Wanken gerät

RENATE AHRENS

Seit jenem Moment

ROMAN

Paula ist zutiefst erschüttert, als sie die Nachricht vom Selbstmordversuch ihres Vaters erhält. Plötzlich wird ihr bewusst, wie wenig sie den eigenen Vater kennt. Zum ersten Mal in ihrem Leben setzt sie sich mit dem ihr so fremden Mann auseinander, stößt in der Familie jedoch immer wieder auf Mauern des Schweigens. An manche Themen sollte man nicht rühren, fordern ihre Verwandten. Doch Paula will sich damit nicht zufriedengeben und sucht nach Erklärungen. Schließlich stößt sie auf ein Ereignis, das Jahrzehnte zurückliegt und immer noch das Leben jedes einzelnen Familienmitglieds überschattet.

»Behutsam und doch unbeirrbar enthüllt die Autorin die Geheimnisse ihrer Figuren und verbindet Zartheit und Direktheit zu einem wunderbaren Roman: Er regt zum Nachdenken an und ist zugleich so spannend, dass man ihn Seite für Seite verschlingt.«
Für Sie

Es gab einmal eine Zeit, da hätte ich für meine
Schwester alles getan ...

RENATE AHRENS
Fremde Schwestern

ROMAN

In ihrer Kindheit waren sich die Schwestern Franka und Lydia einmal sehr nah – bis es zum Bruch kam. Eines Tages steht Lydia jedoch todkrank mit ihrer kleinen Tochter Merle vor Frankas Tür. Widerwillig kümmert sich Franka um ihre Nichte, die die Frauen zwingt, sich mit ihrer Vergangenheit auseinanderzusetzen. Doch dann flieht Lydia plötzlich ans andere Ende der Welt ...

»Behutsam und präzise führt Ahrens auf die verschlungenen Pfade einer Familientragödie [...]. Ein fesselnder Roman, spannend und einfühlsam geschrieben.«
Münchner Merkur

»Fremde Schwestern ist ein Buch für EcholiebhaberInnen: Dieses Buch hallt lange nach. Renate Ahrens' Roman zeigt meisterlich, dass eine Geschichte nicht nur gut sein muss, sondern auch die richtige Erzählform braucht: Dann geht sie durch Mark und Bein.«
Schweizer Radio DRS3